KB059592

코마키·나가쿠테小牧長久手 **전투**(1584) **병풍도 앞부분.**
오다 노부오·도쿠가와 이에야스 연합군과
도요토미 히데요시 군의 전투 장면.

德川家康

도쿠가와 이에야스

2부 승자와 패자

18 대륙에 부는 바람

야마오카 소하치 대하소설 이길진 옮김

德川家康

도쿠가와 이에야스

2부 승자와 패자
18 대륙에 부는 바람

솔

『도쿠가와 이에야스』를 바로 읽기 위해

1. 본문 중 °표시가 된 용어는 용어 사전에서 풀이하였다.

2. 본문 중 *표시가 된 용어는 용어 사전 외에 부록 및 지도 등에서 설명하였다(다른 권 포함).

3. 인명과 지명은 원음 표기를 원칙으로 하며, 된소리를 피하고 거센소리로 표기하였다. 단
   도쿠가와와 도요토미만은 원음과 차이가 있지만 일반인에게 익숙한 이름이기에 외래어 표
   기법에 따랐다. 장음은 생략하였다.

4. 인명, 지명 및 고유명사는 처음 나올 때 원어를 병기함을 원칙으로 하였으며, 강과 산, 고
   개, 골짜기 등과 같은 지명 역시 현지 음대로 강＝카와(가와), 산＝야마(잔, 산), 고개＝사
   카(자카), 골짜기＝타니(다니) 등으로 표기하였다.

5. 성과 이름 중간에 나오는 것은 대부분 관직명과 서열을 나타내는 것인데, 그 당시의 관습
   에 따라 이름과 혼용하여 쓰이는 경우도 있다. 각 관청 및 관직에 대해서는 부록에서 설명
   하였다.
   ex) 히라테 나카츠카사노타유 마사히데→히라테 마사히데(이름)＋나카츠카사노타유
      (나카츠카사의 장관), 아마노 아키노카미 카게츠라→아마노 카게츠라(이름)＋아키
      노카미(아키 지방의 장관)

6. 시간과 도량형은 아즈치·모모야마 시대에 쓰던 것을 그대로 따랐으며, 역시 부록에서 설
   명하였다.

차례

《 쿄토 · 나라 · 오사카 주요 지도 》

탄바
카모가와
쿠라마야마
이와쿠라
사카모토
비와 호
아즈치
야와타
야타고야마
히에이잔
아노
야슈
키타야마
뇨이가다케
카메오카
카츠라가와
쿄토
이치죠지
미어데라
카구라오기
오츠
쿠사츠
오미
쿠츠키케
니시오카
야마시나
이시야마
토바
후시미
텐노잔
오구루스
다이고사
셋츠
야마자키
요도
야와타
우지
우에다
쿠즈하
이케다
타카츠키
톤다
히라카타
시가라키
요도가와
이타미
스이타
후겐다니
야마시로
키즈가와
다이가쿠사
나카지마
키즈
야마가사키
노다
오사카
이코마야마
나라
호류이사
카스가 신사
야규
나카츠가와
코리야마
코후쿠사
오츠가와
텐노사
야오
야마토가와
츠츠이
류오
야마토
사카이
카타오카
하시오
하세
후루이치
타카야
고쿠부
산죠가다케
후카이
코마가야
이이타카
아키야마
타카다
우네비
사쿠라이
마츠야마
이즈미
토우노미네

⋯⋯	⋯⋯ 지역 경계선	▲	⋯⋯ 산
▨	⋯⋯ 강	卉	⋯⋯ 신사
—	⋯⋯ 강의 지류	卍	⋯⋯ 절
═	⋯⋯ 주요도로		

출진出陣

1

히데요시秀吉는 이에야스家康를 보자 반색을 했다. 결막염 때문에 오른쪽 눈을 흰 천으로 가리고 있었으나, 그것도 떼어버리고 얼른 거실 가득히 이번 출진과 관련된 서류를 펼쳐놓았다.

"나고야 성名護屋城은 말이오, 이처럼 훌륭히 완성되어 우리가 도착하기를 기다리고 있소. 바다에서 바라보면 오사카 성大坂城 이상으로 웅장할 것이오."

맨 먼저 성 외관도外觀圖를 보여주고 나서 화제를 히데타다秀忠 이야기로 옮겼다.

"참, 츄죠中將도 해가 바뀌면 열네 살이 되는군요."

"예. 쿄토京都에서는 여러모로……"

"정말 훌륭한 젊은이가 되었소. 그런데, 츄죠의 일로 좀 마음에 걸리는 것이……"

"히데타다의 일로?"

"그렇소. 아마 다이나곤大納言도 잊지는 않았을 거요. 다름이 아니라, 노부오信雄의 딸과 혼인시키기로 하고 아직까지 미루고 있으니 말이오……"

"그 일이라면 별로……"

"아니, 나는 아사히朝日에게 신신당부를 받아서 그런지 늘 마음에 걸리오. 그러나 지금의 노부오는 균형이 맞지 않아요. 내 반드시 좋은 규수를 찾아볼 테니 그때까지는 적당한 소실이라도……"

이에야스는 웃었다.

"그 녀석은 이 아비와는 달리 순진한 녀석이라 아직까지 여자를 원하는 것 같지 않습니다."

"아니, 그렇지도 않아요. 우리도 경험한 기억이 있지 않소? 어딘가에 단정한 여자가 있거든 물색해두라고 남아 있는 사람들에게 말할 생각이오. 출신이 애매한 여자에게 눈독이라도 들이면 그야말로 골치 아픈 일이니까."

그리고 이번에는 선봉이 조선朝鮮에 상륙한 후의 포고령 초안을 펼쳐놓았다.

"이 정도면 괜찮을 것 같소, 그곳에서의 포고령 말이오."

초안에는 먼저 '조선에서 준수할 사항' 이라 크게 씌어 있었다.

1. 이 법령을 여러 벌 만들어 배포하고 백성들에게 주지시킬 것.

1. 농부, 상인으로 피란했다가 돌아온 자의 미곡이나 금전을 빼앗지 말 것. 다만 돌아오지 않는 자는 그 신분을 확인할 것.

1. 굶주리는 백성이 있거든 잘 돌보아 굶주리지 않도록 응분의 조치를 취할 것.

1. 어느 장소든지 방화를 금할 것. 이번 공격에서 사람을 체포했을 때는 남녀 불문하고 각각 그들이 살던 곳으로 돌려보낼 것.

1. 법령을 어기는 자는 그자를 히데요시에게 신고하겠다는 뜻의

서약서를 쓰도록 엄히 사람들에게 시행케 할 것.

이에야스는 다 읽고 나서 진심에서 우러나는 말을 했다.
"완벽한 군율軍律이라 생각합니다."
첫째는 주민들에 대한 위무책慰撫策, 둘째는 과세징수 금지, 셋째는 기아의 구제, 넷째는 방화와 포로 금지를 명하고, 이를 어기는 자는 히데요시에게까지 신고하라고 했으니 이 이상 엄한 군율도 없을 터였다. 히데요시는 벌써부터 승리자가 된 기분으로 상대에게 관용을 베풀 결심을 하고 있었다.
"다음에는 우리가 쿄토를 출발하여 행군하는 도중, 낭비를 막기 위해 마련한 숙식의 군령이오."
이에야스는 히데요시의 세심함에 새삼스럽게 놀라면서 '숙식 규정'을 손에 들었다.

2

1. 진짓상은 첫번째 상에 다섯 가지, 두번째 상에 세 가지, 국 세 가지, 그중 야채 한 가지. 그 이상 준비하는 것과 금은식기는 사용을 금한다.*

1. 말벗은 30명, 차는 다섯 종류, 국은 두 가지, 그중 하나는 야채로 할 것.

1. 여자도 30명. 나머지는 위와 같음. 이상 규율보다 사치할 경우 남편을 벌할 것임. 또 인원수 이상으로 접대하는 자도 벌할 것임.

텐쇼天正 20년 정월 5일

타이코太閤° 수결手決

그때 이미 히데요시는 칸파쿠關白°를 히데츠구秀次°에게 물려주고
자신을 타이코라 칭하였다.

"어떻소, 다이나곤? 이 정도로 절약을 명해놓으면 충분할 것이오.
나는 다이나곤과 달리 사치스럽다고 알려져 있어요. 내 비위를 맞추려
고 소중한 군비軍費를 낭비하게 할 수는 없지요. 저마다 향응의 경쟁을
벌이는 것은 무의미한 일이니까."

그러면서 히데요시는 눈을 가늘게 뜨고 웃었다.

"세상은 이번 일을, 타이코가 너무 서두른다고 하는 모양인데, 혹시
그런 말을 듣지 못했소?"

"글쎄요, 그런 말은……"

"좋아요, 들었다 해도 상관없으니까."

이번에는 제1군 이하 각군의 편제표를 이에야스 앞에 펼쳐놓았다.

"나도 완전한 바보는 아니오. 이번 일이 어렵다는 것을 마음에 깊이
새기고 있소. 그러기에 사카이堺 사람들은 말할 나위 없고 선교사 등
수백 명의 의견을 들었소. 지금 명明나라를 우리 수중에 넣지 않으면
유럽의 여러 나라가 그곳을 분할해서, 명나라도 조선도 일본도 남만인
南蠻人들 채찍을 맞아가며 노예선을 타게 될 날이 반드시 와요. 내 이를
내다보고 이번 일을 결심하게 된 것이오."

"……"

"다이나곤도 알다시피 인간에게는 운명의 흥망성쇠가 있고, 천지에
도 낮과 밤이 있소. 이와 마찬가지로 민족에게도 봄과 가을이 있소. 말
하자면 지금은 일본인의 봄, 이 봄이 가기 전에 앞으로의 일을 생각하
여 좋은 씨를 뿌려 훌륭하게 뿌리 뻗도록 해야만 하오. 어떻소, 이 히데
요시의 구상이?"

이에야스는 시선을 편제표에 떨군 채 웃음이 터져나오려는 자신을
꾸짖었다.

'과연 히데요시가 아니면 할 수 없는 시도인지도 모른다……'

어딘가 성급하다는 느낌이 들지 않는 것은 아니었다. 하지만 그 속에는 감히 평범한 사람이라면 생각지도 못할 웅대하고 치밀한 설계가 숨어 있었다.

남만인의 동침東侵에 대해서는 이에야스 역시 방심할 수 없다고 여기고 마음속으로 주의를 게을리 하지 않고 있었다. 그런데 직접 선교사들의 움직임이나 큐슈九州에서 비밀리에 떠나는 동포의 노예선 등을 봐왔던 히데요시는 이를 이에야스보다 훨씬 더 중대한 일로 받아들이고 있었다.

"놀랍습니다."

이에야스가 말했다.

"우리는 시야가 너무 좁았습니다."

"그렇다면, 다이나곤은 이번에 내가 너무 어려운 일을 시작했다고 생각했나요?"

"예…… 그러나 지금은 다릅니다."

"허어, 어떻게 다르다는 말이오?"

아니나다를까, 히데요시의 눈이 빛났다.

3

역시 히데요시는 이에야스가 이 일을 진심으로 찬성하고 있는지, 아니면 마지못해 따르고 있는지 몹시 신경을 쓰고 있었다.

이에야스는 새롭게 허심탄회한 마음을 가지려고 마음속에 아미타불의 모습을 떠올리면서 대답했다.

"지금은 전하와 이에야스를 같은 세상에 태어나 만나도록 해준 인연에 감사하고 있습니다."

"그, 그것이 정말이오, 다이나곤?"

"어찌 거짓말을 하겠습니까. 두 사람이 같은 세상에 태어나 만나게 된 것은, 제가 전하에게 배우고 전하의 일을 도우라는 신불의 뜻임을 분명히 깨달았습니다."

"좋아요…… 그러면 다시 묻겠는데, 다이나곤은 처음부터 이 일에 찬성했나요?"

"아닙니다."

이에야스는 담담하게 고개를 저었다.

"물론 처음에는 저도 리큐利休 거사처럼, 이거 큰일났구나…… 생각 했습니다."

"그러면, 어째서 도중에 생각이 변했단 말이오?"

"하하하…… 전하의 인품을 알기 때문입니다."

"나의 인품을……?"

"그리고 저 자신의 출생과 전하와의 만남에 대한 의미를 재음미하여 납득할 수 있었기 때문입니다."

"재음미…… 으음, 재미있는 말이로군. 재음미라……"

"예. 두 사람을 만나게 한 것은 싸우도록 하기 위해서가 아니라 힘을 합쳐 무언가 일본을 위해 성취하라는 신의 뜻임을 깨달았습니다."

"으음, 그걸 깨달았기 때문에 돕겠다는 생각이 들었다는 말이오?"

"벌써 십 년 전에 깨달았어야 했는데…… 사람의 발걸음이란 참으로 느린 것입니다."

"하하하…… 그 말을 듣고 보니 이 히데요시도 할말이 없소. 무조건 억압하려고만 했던 거요. 마음으로부터 융합하려고 하지는 않고……"

"부끄러운 것은 바로 이 사람입니다."

"아니, 피차 마찬가지요. 와하하하……"

히데요시 또한 두드리면 울리는 종을 가지고 있었다. 그 웃는 얼굴이 어린아이처럼 천진했다.

"그것을 알았으니 더 이상 묻지 않으리다. 그런데 어떻소, 올해 안으로 명나라 수도에 도착할 수 있다고 보시오?"

"글쎄요, 그것은……"

"어려울 것 같소?"

"도착할 수 있으면 좋고, 도착할 수 없을 경우도 충분히……"

"그야 물론이오. 사기를 돋우기 위해 우란분재盂蘭盆齋° 때는 명나라 수도에서…… 이렇게 큰소리를 치고는 있소만, 그렇게 쉽게 성사되지 않았을 경우의 일도 충분히 고려하고 있어요. 정월 초에 출진하라고 명한 코니시 셋츠小西攝津°가 아직 히고肥後에서 꾸물거리고 있는데도 꾸짖지 않고 그냥 내버려두는 것도 그런 이유에서요."

갑자기 히데요시는 목소리를 떨구었다.

"어떻소, 내 상의하오만, 다이나곤은 이 땅에 남아 국내문제에 전념해주었으면 하는데?"

"그게 무슨 말씀입니까, 그러면 전하는 무엇을 하시렵니까?"

"나는 칸파쿠 자리에서도 물러났어요. 모든 것을 이번 일에 걸려고 말이오. 마지막 힘을 다해 진두에 서서 지휘할 생각인데……"

히데요시는 정말 그럴 결심인 듯 얼굴에 긴장의 빛을 띠고 말했다.

이에야스 또한 눈을 똑바로 뜨고 무릎걸음으로 다가앉았다.

4

"그것은 안 됩니다."

이에야스는 단호한 어조로 가로막았다.

"전하가 직접 진두에 서시는…… 그런 전쟁이라면 해서는 안 될 전쟁입니다."

히데요시는 말을 중단당하자 어이가 없는 얼굴이 되었다. 말하는 이에야스도 그 말을 듣는 히데요시도 흥정이나 외교적인 언사가 주는 분위기는 전혀 없고 어디까지나 진지하기만 했다.

양쪽 모두 이상할 정도로 솔직한, 있는 그대로의 표정으로 상대하고 있었다.

"해서는 안 될 전쟁이 된다는 말이오?"

"말할 나위도 없습니다. 만에 하나라도 전하께…… 그런 전쟁을 하시도록 하여 만일의 경우가 생기면 어떻게 될 것 같습니까? 국내가 다시 산산이 쪼개집니다."

"다이나곤이 국내에 남아 있어도 말이오?"

"저나 새로운 칸파쿠로는 아직 역부족입니다. 이번 전쟁에도 반드시 지켜야 할 마지막 선이 있습니다."

"으음."

"그 마지막 선을 말씀 드리지요. 만일 전쟁에서 고전을 면치 못하게 되면 이 이에야스가 진두에 서겠습니다. 이것이 마지막 선입니다. 이 이에야스가 나가서도 승리를 거두지 못하면…… 전사하게 되는 경우가 생긴다면, 전하는 속히 철수를 명해 후일을 기약하시지 않으면 안 됩니다."

히데요시는 둥그렇게 눈을 뜬 채 똑바로 이에야스를 바라보고 있었다. 아마도 그의 생애에서 이처럼 뜻하지 않은 의견을 들은 것은 처음이었을 터였다.

히데요시의 마음속에는 아직도 이에야스의 심중을 헤아려보려는 생각이 어느 정도 남아 있었는지도 모른다. 그러한 마음이 이에야스의 이 한마디로 무어라 표현할 수 없는 부끄러움으로 변했다.

"알았소, 다이나곤…… 이 히데요시가 너무 경솔했소. 과연 그렇게까지 무리하게 싸울 필요는 없을 것이오."

"아셨습니까? 어디까지나 전하가 여력餘力을 가지고 싸우는 여유만만한 전쟁이 아니면 안 됩니다. 전하는 나고야에만 계시지 말고, 자유롭게 쿄토를 왕래하신다……는 생각으로 출진하시기를……"

"알았소!"

히데요시는 느닷없이 이에야스의 손을 잡았다.

"우리는 지금 최악의 사태를 각오하며 이야기를 나누고 있었소…… 와하하하……"

"그렇습니다. 이것은 입 밖에 낼 일이 아니라 마음속에 간직하고 있어야 합니다."

"그렇소. 나는 무척 기쁩니다, 다이나곤. 이제는 어떤 일이 일어나도 국내는 미동도 하지 않을 것이오. 칸파쿠에게도 민심을 파악하는 요령을 가르치고 서약서도 받아놓았소."

"그 말씀을 듣고 이 이에야스도 안심하고 나고야에 동행할 수 있게 되었습니다."

"그러면, 나는 다시 나고야에서 리큐에게 배운 다도茶道나 즐기겠소. 생각해보면 리큐도 좋은 사나이였어요."

히데요시는 감개무량한 듯 말했다. 그리고 손뼉을 쳐서 다인茶人들을 불렀다.

"이제부터 후시미 성伏見城에 대한 이야기를 듣겠으니 나가모리長盛를 부르게. 그 뒤에 다이나곤과 나에게 차를 한잔. 여기가 좋아, 여기서 마시겠어."

그리고는 다시 이에야스 쪽으로 향했다.

"다이나곤의 말이 옳아요. 언제든지 쿄토로 돌아갈 수 있도록 후시미 성을 서둘러 완공해야겠어요."

어린아이처럼 말하는 히데요시였다.

5

히데요시는 마시타 나가모리增田長盛를 불러, 후시미의 모모야마桃山에 성을 쌓을 예정이라면서 그 지역 일대의 지도를 펼쳐놓았다.

쥬라쿠聚樂 저택은 칸파쿠의 집으로 지은 것이니, 이번 출정을 계기로 히데츠구에게 내어주고 자신은 후시미 성을 쿄토에서의 주거지로 삼을 작정인 모양이었다.

"칸파쿠는 아직 젊어요, 이제 겨우 스물다섯이니까. 여러 가지 면에서 마음에 걸리는 점이 있기는 하지만 의외로 학문을 좋아합니다. 지난해에도 오슈奧州의 쿠노헤 마사자네九戶政實를 토벌하고 돌아오는 길에 아시카가足利 서당이라는 곳에 들러, 겐키츠 산요元佶三要라는 자더러 서당을 쿄토로 옮기라고 했다더군요."

히데요시는 직접 일어나 히데츠구에게 받은 서약서를 꺼내 이에야스에게 보여주었다.

"그 아이의 결점은 거칠다는 것과 여자를 좋아한다는 데 있어요. 더욱 난처하게도 여자를 좋아하는 것은 내 흉내를 냈기 때문이라고 한다지 뭡니까. 지금도 소실의 수는 나보다도 많을 거예요. 그래서는 곤란합니다. 나는 마흔 무렵까지는 곁눈질도 하지 않고 이 싸움터 저 싸움터로 옮겨다니기만 했을 뿐, 여자는 그 후의 일이었소. 그런데 녀석은 벌써부터 그 모양이에요. 가신들의 아내라도 빼앗아 원한을 산다면 웃음거리가 될 수밖에 없어요."

정색을 하고 이런 말을 하면서 펼친 서약서에는 다음과 같은 내용이 씌어 있고 혈판血判°이 찍혀 있었다.

18

1. 오로지 무신武臣의 본분인 무비武備에만 전념할 것.

1. 정사政事를 공평하게 하여 사사로운 일에 치우치지 말 것.

1. 조정을 받들고 신하들을 사랑하여 그 아들에게 뒤를 잇도록 할 것. 열 살 이하의 어린것을 남긴 자도 후계자로 삼을 것이며, 아들이 없는 자는 형제가 가문을 계승하도록 하고, 여자뿐이라면 적당한 영지를 주어 살아갈 수 있도록 할 것.

1. 다도, 매사냥, 여색女色 등 히데요시의 도락道樂은 일절 흉내내지 말 것. 다만 손님을 초대하는 다회茶會는 무방하며, 매사냥은 매와 독수리 사냥에 한하여 허용하고, 하녀는 다섯이든 열이든 집안에 두는 것은 괜찮으나 대대적인 도락道樂은 삼갈 것……

읽어 내려가는 동안 이에야스는 우습기도 하고 애처롭기도 했다. 히데요시의 의견이 너무도 뚜렷이 드러나 있어, 곳에 따라서는 서약서인지 훈계인지 분간할 수 없는 부분이 군데군데 있었다. 이렇게까지 까다롭게 간섭해야 할 상대에게 칸파쿠의 지위를 물려주어야 한다는 것 자체가 이미 하나의 비극이었다.

'고독한 것이다, 히데요시는……'

"다섯이나 열 명의 여자를 저택에 두는 것은 상관없지만 밖에서 마구 놀아나면 안 되니 말이오. 나는 앞으로 닌포寧波에 집을 짓고 세계를 노려보며 지낼 생각, 충분히 자신을 연마해두라고 일렀어요. 당분간은 군사, 상벌, 재정 등의 권한은 물려주지 않을 작정이오. 그 정도로 해두면 되지 않겠소, 다이나곤?"

"그야 전하의 뜻에 달려 있지요."

이에야스는 이렇게 대답하면서 문득 고지식한 히데타다의 얼굴을 떠올리고는 아직은 자기가 더 행복하다고 생각했다.

차가 나왔다.

히데요시는 찻잔을 들어 한 모금 마시고 다시 감개에 젖은 듯이 중얼거렸다.

"가신들의 말대로 리큐를 살려두었어야 했는데 그랬소. 지금의 나 같으면 죽이지는 않았을 텐데……"

이러한 모습은 일찍이 한 번도 남에게 보이지 않은 약하고 고독한 히데요시의 일면이었다.

6

이에야스는 비로소 히데요시의 내면을 들여다보는 입장이 되었다. 그런 눈으로 볼 때 히데요시는 밉지도 무섭지도 않은 벌거숭이 그대로의 자유분방한 인간일 뿐이었다. 그러나 일단 밖으로 향하면, 역시 발군의 지략과 자만심으로 일본 전체를 질타하는 영웅이 되었다.

쿄토 안팎은 3월 1일의 출진을 앞두고 집결한 인마人馬로 북적거렸다. 그러나 히데요시가 예정했던 것처럼 지난 예에 따른 3월 1일의 출진은 연기되었다. 히데요시의 안질이 이를 허용하지 않을 정도로 악화되었기 때문이다.

"굳이 삼월 일일이어야 할 필요는 없다. 그런 일에 구애받는 히데요시가 아니다. 십일이 좋겠어, 십일로 정하라!"

두 눈에 흰 헝겊을 대고 쥬라쿠 저택에서 잇따라 명령을 내리는 히데요시는, 그를 보는 사람의 눈에는 비장하게만 비쳤다.

여자들 중에는 안질 문제로 출진이 연기된 것을 나쁜 징조로 보는, 미신을 믿는 자도 있었다. 이로 인해 히데요시는 더욱 허세를 부리게 되었다.

3월 4일에는 카토 키요마사加藤淸正가 히젠肥前 나고야에서 배를 타고 이키壹岐로 떠났다는 보고가 들어왔고, 코니시 유키나가小西行長도 마침내 이키에서 츠시마對馬로 건너갈 것이라는 소식도 들어왔다.

그러나 10일이 되었는데도 아직 히데요시의 눈이 낫지 않아 또다시 출진이 연기되었다.

"날짜는 문제 삼을 것 없다. 낫는 대로 출발한다."

3월 15일에는 츄고쿠中國의 병력이 해상에서, 3월 17일에는 이에야스와 카게카츠景勝 등 칸토關東 병력이 히데요시의 본대보다 먼저 출발하기로 했다. 잇따른 출진 연기가 사기에 미칠 영향이 두려웠기 때문이다.

이에야스의 칸토 군사와 함께 출발한 것은 우에스기 카게카츠上杉景勝, 사타케 요시노부佐竹義宣, 다테 마사무네伊達政宗, 모가미 요시아키最上義光, 하세가와 히사카즈長谷川久一, 아사노 요시나가淺野幸長, 카토 미츠야스加藤光泰 등이었다.

먼저 쥬라쿠 저택 앞에 정렬하여 모도리바시戾橋부터 오미야大宮 거리까지 대대적인 행진을 벌였다. 모두 쿄토에서 떠날 때까지의 장비와 그 이후의 장비를 따로 준비했다. 쿄토에서는 이들 각 부대가 화려하게 단장하고 호화로움을 경쟁하게 되었다.

그날은 맑게 갠 하늘에서 봄바람을 탄 벚꽃이 눈처럼 쏟아져 도시의 한길을 아름답게 장식했다. 그 사이를 뚫고 지나가는 깃발과 갑옷의 물결이 관중들의 환호성과 함께 동화의 나라를 연상케 했다.

특히 눈에 띄어 관중들의 탄성을 자아낸 것은 다테 마사무네의 행렬이었다. 30개의 깃발이 펄럭이고 활 500대, 총포 500자루를 들고 가는 카치徒步°는 모두 감청색 바탕에 금빛 무늬가 박힌 갑옷에 은으로 된 장식물이 달린 칼을 차고 뾰족한 금빛 삿갓을 쓰고 있었다.

그 뒤를 말 탄 무사가 120기騎. 이들 역시 모두 같은 갑옷에 호로母衣°를 두르고, 반달 모양의 하타사시모노旗差し物°에 표범가죽과 공작 깃

털을 곁들여 장식하고 있었다. 말에는 호랑이와 곰 등의 모피를 얹고 금빛 장식물이 달린 칼을 차고 있어서 흩날리는 낙화와 함께 사람들의 눈길을 빼앗기에 부족함이 없었다. 말 탄 무사 중에 섞인 엔도 분시치로遠藤文七郎, 하라다 사마노스케原田左馬介 두 사람은 허리에 찬 칼 외에도 은박을 하고 쇠붙이로 장식한 길이가 한 간 반이나 되는 목검을 등에 짊어지고 있어 보는 사람들의 간담을 서늘하게 했다.

훗날 화려한 물건 등을 가리켜 '다테 무리'라거나 '다테의 무늬'라 부르게 된 것은 여기서 유래했다. 그러한 데도 남을 놀라게 하지 않고는 못 배기는 마사무네의 대담무쌍한 성격이 잘 나타나 있었다.

7

칸토 병력의 출발에 즈음하여 쿄토와 오사카, 사카이 일대에서는 다시 갖가지 소문이 나돌았다.

코니시 셋츠노카미 유키나가小西攝津守行長와 카토 카즈에노카미 키요마사加藤主計頭淸正가 서로 선봉이 되기 위해 히데요시의 내전을 동원하고 있다는 소문. 카토 키요마사의 후원자는 물론 키타노만도코로北の政所, 그리고 코니시 유키나가에게 선봉을 맡기라고 강력하게 추천한 것은 요도淀 부인˚ 챠챠茶茶라는 소문이었다.

이런 소문이 나돌 정도였기 때문에 표면적으로는 그야말로 사기가 충천했다. 하지만 그 이면에는 전혀 정반대되는 소문도 은밀히 퍼지고 있었다.

무엇보다도 이번 출진에는 병력 할당이 불공평하다고들 했다. 예컨대 히타치常陸 미토水戶의 사타케 요시노부는 21만 석 영주로 2,000명이나 할당받았는데, 250만 석 영주인 도쿠가와 이에야스德川家康는 불과 5,000명에 지나지 않았다. 21만 석에 2,000명은 1만 석에 약 100명의 비율이므로 250만 석인 이에야스는 당연히 2만 5,000명을 동원해야만 했다. 그런데 겨우 5,000명, 5분의 1에 불과하므로 불공평하기 짝이 없다는 것이었다.

이러한 불평은 선박의 징발과 선원, 선장, 식량을 비롯하여 하인, 일꾼 등의 할당에도 물론 뒤따랐으나, 그들은 히데요시가 두려워 겉으로는 내놓고 말하지 못했다.

히데요시의 많은 소실 중에서는 요도 부인과 마츠노마루松の丸 부인(쿄고쿠京極 씨) 두 사람이 나고야에 수행하게 되고, 키타노만도코로는 오사카 성에서 쥬라쿠 저택으로 옮겨 쿄토 안살림을 맡기로 했다.

표면적으로는 꽃을 뒤집어쓰며 대대적인 환호 속에 떠난 출정도 그 이면에는 여러 가지 동요와 불안이 숨겨져 있었다.

공경公卿이나 무사들 중에도 그런 불안과 의심을 품은 자가 많았던 모양이다.

"무엇이 어떻게 되어가는지 아주 보기 드문 구경거리였다."

『타몬인 일기多聞院日記』°에는 이렇게 기록되어 있기도 했다.

"목숨이 붙어 있는 동안에 다시 한 번 나의 영지에 발을 들여놓을 수 있었으면 좋겠는데……"

그런가 하면 이런 푸념을 남기고 출정한 모가미 요시아키 같은 무장도 있었다.

히데요시의 출진은 26일이었다.

이날 히데요시는 아침 일찍 의관을 갖추고 궁전에 들어가 고요제이後陽成 천황에게 출진의 뜻을 상주上奏했다. 그리고 난 뒤, 곧 무장을 갖추고 군사 3만을 지휘하며 쥬라쿠 저택을 떠났다.

때는 사시巳時(오전 10시).

그날 조정에서는 출정하는 장병을 전송하기 위해 요츠아시몬四足門

과 카라몬唐門 사이에 관람석을 마련하고 천황과 상황上皇°도 기다리고 있었다.

선발대 3,000이 지나고 그 다음이 바로 히데요시의 본대였다. 맨 앞에 오동나무 꽃 문장에 금빛 기드림을 단 큰 깃발 60개가 관람석에 늘어앉은 모든 관리들의 시선을 끌었다.

그 다음 일대는 수도승 차림으로 소라고둥을 불고 있었고, 다시 그 뒤에는 장수를 경호하는 무사가 따랐다. 모두 히타타레直垂° 위에 갑옷을 입고 황금으로 만든 칼 30자루, 역시 황금으로 만든 방패 50개, 예비용 말 70필…… 말에도 모두 금빛 갑옷을 입히고 수놓은 비단으로 장식하고 있었다.

그 뒤가 바로 말 탄 히데요시였다. 비단 히타타레에 황금으로 만든 칼을 차고 등나무로 만든 활을 왼쪽 옆구리에 끼고 있었다. 금으로 장식한 준마에 그 유명한 황금 호리병박 우마지루시馬印°…… 이렇게 꾸몄으니 그 화려하기가 눈부셨다.

히데요시는 천황의 관람석 밑에 이르러 말에서 내렸다. 그리고는 공손히 계단을 올라갔다.

8

계단을 올라간 히데요시는 문안 인사를 올리고 큰 소리로 출진의 경과를 보고했다.

안질로 두 번이나 출진을 연기하지 않을 수 없었던 히데요시. 그 무렵부터 마음의 동요가 있었을 터였다.

동생 히데나가秀長가 죽은 이후 히데요시에게는 불길한 일이 잇따라 일어났다. 이로 인한 동요를 지워버리기라도 하려는 듯, 히데요시의 목

소리는 필요 이상으로 컸다. 관람석에 자리잡은 만조백관은 물론 관람석에서 멀리 떨어져 있는 사람들의 귀에도 낭랑하게 상주上奏하는 목소리가 천둥소리처럼 들렸다.

고요제이 천황은 상주가 끝나기를 기다렸다가 술을 내렸다. 보기에 따라서는 천황 쪽이 더 공손하고 황송해하는 것 같기도 했다.

삼헌三獻° 의식을 끝내고 히데요시는 계단을 내려와 이번에는 상황의 좌석으로 올라갔다. 모든 것이 의식이었다. 여기서도 삼헌의 축하를 받고 물러난 히데요시는 다시 말에 올라 자세를 바로 하고 코메이向明 신사 앞으로 갔다.

그 부근은 이미 구경꾼들로 인산인해를 이루고 있었다. 구경꾼들은 오직 행렬의 호화로움에 감탄할 뿐이었다.

"대관절 타이코 전하는 어느 정도나 황금을 가지고 계실까?"

"그런 걸 우리가 어찌 알겠는가."

"악담하길 좋아하는 사람들은, 전국의 토지조사는 모두 공납을 받아 내기 위한 사전 조사라고 하던데, 저것도 다 그렇게 해서 거둔 황금일 거야."

"바보 같은 소리를 하는군. 황금은 전부 광산에서 캐낸 거야. 지금은 더 이상 캐면 남아돌아 곤란하기 때문에 광산 입구를 막아버렸다고 하더군."

"막아버릴 정도라면 우리에게도 조금 나누어주었으면 좋으련만."

"그러니까 바보 같다는 거야. 황금 자체는 먹을 수도 입을 수도 없어. 황금으로 살 수 있는 물건을 만들지 않으면 안 되는 거야."

이러한 군중 사이를 지나는 히데요시의 표정이 꼭 밝은 것만은 아니었다. 눈병을 앓고 난 뒤이기도 했지만, 왠지 화가 난 듯한 시무룩한 얼굴로 신사 앞에 이르러 다시 말에서 내렸다.

그리고 칸파쿠 자리를 물려준 히데츠구를 신사 앞으로 불러, 근엄하게 호리병박 우마지루시를 건넸다. 이것으로 천하의 대권은 일단 히데 츠구에게 넘어갔다는 의미였다.

　그러나 결코 실체實體를 동반하는 이양은 아니었다. 군사, 상벌, 재 정 등 세 가지 권한은 아직 히데요시의 수중에 있다고 엄하게 일러두었 기 때문에, 말하자면 간판만을 양도하는 의식에 지나지 않았다.

　히데츠구는 경직된 채 긴장하여 호리병박 우마지루시를 받았다.

　"내가 일러준 여러 조항, 절대로 어겨서는 안 된다."

　"예."

　"그럼, 다음에는 조선이나 명나라 도성都城에서 만나기로 하자."

　"알겠습니다."

　신사 앞을 나온 행렬은 엄숙하게 야마자키山崎 가도를 지나 그날 밤 은 셋츠의 이바라키 성茨木城에서 일박했다. 그런 다음 위엄을 보이기 위해 차려입었던 무장을 풀고 츄고쿠로 가는 길로 접어들었다.

　드디어 '대륙 진출'이라는 히데요시의 꿈이 실행에 옮겨졌다……

제4의 흉조

1

벚꽃이 지면 계절은 갑자기 걸음을 재촉하여 여름으로 다가선다.

히데요시의 출정으로 오랜만에 며느리 키타노만도코로와 함께 살게 된 오만도코로大政所°는, 요즘 틈만 나면 네네寧寧를 찾아와 히데요시의 몸을 걱정하면서 세상 이야기로 시간을 보냈다.

이미 히데요시는 예순이 가까운데도 어째서 그렇게 싸우기를 좋아하는 것일까? 이제는 쿄토에 눌러앉아 조용히 살아도 될 텐데, 그러다가 싸움터에서 목숨을 잃게 되지나 않을까? 조선은 얼마나 먼 거리에 있고, 명나라란 어떤 나라일까?

이런 것들을 쇠약해진 모습으로 푸념 섞어가며 계속 질문해왔다.

히데요시가 쿄토를 출발한 지 17일째인 4월 13일, 벌써 부산釜山에서는 전투가 벌어지고 있었다.

맨 먼저 상륙한 코니시 유키나가와 소 요시토모宗義智 등이 부산진釜山鎭 첨사僉使 정발鄭撥에게 ——

"우리 군사의 부산상륙을 허락하고 명나라로 가는 길을 열어라."

일단 히데요시에게 변명하기 위해 교섭을 했다. 그리고는 상대가 거부하는 것과 동시에 부산진을 함락했다.

부산이 함락되자 그들은 더 이상 주저하지 않았다. 조선 왕이 '길 안내'에 응하지 않으리라는 것을 잘 알고 있었던 그들은 그대로 다대포多大浦에서 서생포西生浦, 동래東萊, 수군영水軍營, 양산梁山을 지나 곧바로 경성京城을 향해 진격했다.

4월 17일, 코니시 유키나가 등이 밀양密陽을 점령하고, 카토 키요마사, 나베시마 나오시게鍋島直茂 등의 제2군이 부산에 도착했다. 18일에는 쿠로다 나가마사黑田長政와 오토모 요시무네大友義統가 안골포安骨浦에 상륙하여 김해성金海城으로 진격했다. 드디어 전투는 본격적으로 전개되었다.

그동안 히데요시가 유유히 여행을 계속해, 히젠의 나고야 성에 도착한 것은 4월 25일이었다.

손자 히데츠구가 이런 소식을 알려올 때마다 오만도코로의 수심은 깊어졌다. 올해로 이미 여든 살이 된 이 소박한 어머니는 아들 히데요시와는 반대로, 몇 번이나 전쟁터에서 피해자로서의 슬픔을 맛보며 지낸 과거가 있었다.

"이기는 전쟁이라고 해서 죽지 않는다는 법은 없어. 적당한 선에서 끝냈으면 좋으련만."

5월 2일 일본군은 경성을 점령했다. 조선 왕은 의주義州로, 임해군臨海君 진珒과 순화군順和君 보珤 등 두 왕자는 함경도로 피했다…… 그러므로 조선과는 곧 강화가 이루어진다는 소식이 5월 하순경 전해졌다.

"정말 다행이야."

그 이야기를 히데츠구의 중신으로부터 전해들은 오만도코로는 그날도 얼른 네네의 거실로 건너왔다.

"벌써 전쟁에서 이겼다고 하니 곧 끝나겠지?"

"저도 그 소식을 듣고 안도하고 있었습니다."

"하지만 어쨌든지 그 나라 왕이 불쌍해. 인정을 베풀어 살려주었으면 좋겠는데."

네네는 환하게 웃는 낯으로 시어머니에게 다과를 권했다.

"염려하지 마세요. 타이코 전하는 심성이 착하신 분입니다."

그러나 오만도코로는 웃으려 하지 않았다.

"전쟁을 너무 좋아해, 어렸을 때부터."

"그렇지 않습니다. 좋아하시는 게 아니라 하지 않을 수 없는 전쟁이기 때문에……"

"아니야, 전하는 싸우기를 좋아해!"

소리지르듯이 말하는 바람에 네네는 어리둥절했다. 평소의 오만도코로 같지 않게 태도가 달랐다……

2

"나는 네네보다 내 아들을 더 잘 알아. 그것은 병인 게야! 죽을 때까지 싸움만 할지도 몰라."

오만도코로가 격한 어조로 말하는 바람에 네네는 갑자기 소름이 끼쳤다. 네네 역시 오만도코로와 같은 불안을 히데요시의 성격에서 느끼고 있었다. 그런 만큼 당장에는 부인하는 말이 나오지 않았다.

"네네, 이제는 나도 얼마 더 살지 못할 거야. 이 늙은이가 부탁하는데, 나고야에 편지를 써서 보내주었으면 해."

"전하께 편지를 말씀입니까?"

"그래. 나는 지난 며칠 동안 계속 꿈을 꾸었어…… 전하가 많은 사람을 죽인 벌로 염라대왕에게 꾸중 듣는 꿈을."

오만도코로는 눈길을 다른 데로 돌리고 부르르 몸을 떨었다.

"무서워…… 무서웠어…… 수많은 배가 지옥에 있는 피 연못에서 불타고 있었어. 풍덩풍덩 사람들이 연못에 빠지는데, 그중에 내 아들이 있었어…… 제발 이 어미의 부탁이니, 그곳 왕에게 친절을 베풀어 전쟁은 이 정도로 끝내고 돌아오라, 이 늙은이의 평생 소원이다…… 이렇게 편지를 써주었으면 해."

"어머님, 참으로 이상한 말씀을 하시는군요……"

말하다 말고 네네는 아차 싶어 입을 다물었다.

예사로운 얼굴빛이 아니었다. 그 꿈으로 걱정한 나머지 몸져눕게 되는 것은…… 이런 불안이 싸늘하게 가슴을 가로질렀다.

"그야 물론 쓰겠습니다. 쓰기는 하겠으나 그 꿈은 맞는 꿈이 아닐 것입니다."

"아니야, 그냥 두면 맞는 꿈이 될 거야."

오만도코로도 여느 때와는 달리 완고했다.

"생각해보아라. 야마토노카미大和守가 죽은 뒤부터 나쁜 일만 계속 일어나고 있다니까."

"설마 그렇기야……"

"아니, 내 말이 맞아. 히데나가가 죽은 것은 지난해 정월이었어. 그 뒤에 곧 리큐 거사가 그런 일을 당하고, 이어서 다음에는 츠루마츠鶴松가 죽었지 뭐야."

"츠루마츠는 자기 수명이 다했던 것입니다."

"그렇지 않아. 무언가 큰 재앙이 닥친 거야. 재앙이 아니라면 신불의 꾸지람이야. 이번에도 안질에 걸려 출발을 늦추면서도 기어이 떠나고 말았어. 잘 생각하지 않으면 다음에는 더 큰 재앙이 닥칠지 몰라."

네네는 다시 등줄기가 오싹했다.

네네 자신도 그런 생각이 들어 며칠 밤을 골똘히 생각에 잠겼던 일이 있었다. 그와 같은 불안이 팔순 노모를 사로잡은 모양이었다.

'어떻게 하면 그 불안을 떨쳐버릴 수 있을까?'

"호호호……"

네네는 웃었다.

"어머님은 지나치게 염려하고 계십니다…… 물론 좋지 않은 일도 있었습니다마는 좋은 일도 많았어요. 그 점을 생각하셔야지요."

"아니, 좋은 일이란 그저 그런 것이었지만, 나쁜 일은 이루 말할 수 없이 나쁜 것이었어. 히데나가나 츠루마츠가 다시 살아날 수는 없지 않아? 전하에게 다시 무슨 일이라도 생기면…… 이 늙은이는 더 이상 살지 못해."

이때 부산스럽게 달려오는 시녀의 발소리가 들렸다.

"지금 칸파쿠 님이 이곳으로 건너오시는 중입니다."

"뭐, 칸파쿠가……?"

오만도코로는 한층 더 겁먹은 표정으로 네네를 바라보았다.

3

칸파쿠 히데츠구는 코쇼小姓° 한 사람만을 데리고 급히 들어왔다.

"할머님, 어머님, 큰일이 생겼습니다."

여러 사람 앞에서는 오만도코로, 키타노만도코로라 부르는 히데츠구도 사사로운 자리에서는 할머님, 어머님이라고 불렀다.

"칸파쿠, 무슨 일이 생겼다는 말이냐?"

네네가 다급하게 물었는데도 스물다섯 살의 히데츠구는 숨을 가다듬지도 어조를 바꾸지도 못했다.

"방금 사사베 아와지雀部淡路가 소식을 전해왔는데, 우리 수군이 거제도巨濟島 동쪽 앞바다에서 크게 패했다고 합니다."

"아니, 우리 수군이?"

네네의 말에 이어 오만도코로가 기를 쓰고 말했다.

"그것 봐, 벌써 나쁜 소식이 들어왔지 뭐야. 그런데, 설마 그 배에 전하가 탔던 것은 아니겠지?"

"물론입니다. 전하는 아직 나고야에 계시니까요. 그러나……"

"그러나 어떻다는 거냐, 히데츠구? 이 할미, 답답해 못 견디겠어. 어서 말해다오."

재촉을 받고서야 비로소 히데츠구는 그 자리에 털썩 앉았다.

"이 소식은 틀림없는 것입니다. 오월 사일이었다고 합니다. 적의 수군 총대장은 이순신李舜臣°인가 하는 아주 뛰어난 해전海戰의 명장인 모양입니다. 아군의 배가 거의 모두 침몰했다고…… 전하도 나고야에서 몹시 당황하시고 즉시 다음 배 준비를 재촉하고 계시다고."

네네는 가만히 시어머니를 바라보았다. 오만도코로는 몸을 앞으로 내밀고 손자의 말에 고개를 끄덕이고 있었고, 히데츠구는 아직도 흥분을 가라앉히지 못하고 있었다.

"아시겠습니까, 중요한 고비입니다."

히데츠구는 네네의 시선을 피하듯 계속 부채질을 했다.

"아버님은…… 아니 타이코 전하는 이대로 있다가는 사기가 떨어진다, 현재 경성을 공격하고 있는 아군에게 철수할 배도 없고 군량을 운반할 배도 없다는 사실이 알려지면 그야말로 큰일, 일본에 있는 모든 배를 동원하는 동시에 밤낮을 가리지 않고 배를 만들고 전하도 친히 지휘선에 올라 조선에 출정하시겠다는 분부를 내리셨다고……"

"그……그……그것은 안 될 소리. 그 바다에는 승리를 거두고 의기양양해진 조선의 수군이 기다리고 있어."

"그래서 말씀입니다, 할머님!"

히데츠구는 다시 신경질적으로 무릎을 쳤다.

"어떤 일이 있어도 전하를 건너가시게 할 수는 없습니다."

"아, 그럼…… 물론 그렇지."

"그래서 나고야에 가서 아버님 대신…… 저를 보내주십사 하고 말씀
드리려고 합니다."

"뭐라구? 전하 대신 히데츠구를…… 도대체 누가 그런 말을 한다는
것이야?"

"사사베를 위시하여 노신들이 말하고 있습니다."

"그건 안 돼. 다른 대장도 얼마든지 있지 않아. 전하나 칸파쿠가 간
다는 것은 있을 수 없는 일이야."

"그렇지만, 일단 말씀이 떨어지면 다른 사람의 말을 들으시는 아버
님이 아닙니다."

"이것 봐, 네네!"

오만도코로는 와들와들 떨면서 며느리를 바라보았다.

"네네는 현명한 여자니까, 생각이 있을 게야. 절대로 안 돼, 전하나
히데츠구가 간다는 것은. 내 꿈이 옳아…… 그 바다야말로 꿈에서 본
지옥의 바다인 게야. 틀림없이 그래. 안 돼, 안 되고말고."

네네가 처음 보는 광란에 가까운 오만도코로의 모습이었다.

4

"네네, 왜 잠자코 있는 게야? 당장 사람을 보내지 않으면 내 아들은
떠나고 말아."

네네는 저도 모르게 눈을 감았다.

히데츠구가 왜 이렇게 당황하는지, 오만도코로가 어째서 그렇게 광

기를 부리는지 네네는 확실히 알 수 있었다. 팔순 노모의 미신과도 같은 모성애와, 히데요시 대신 바다를 건너라는 말을 듣고 겁에 질려 있는 새로운 칸파쿠……

양쪽 모두 답답하기 짝이 없었다. 그러나 무어라 말하지 않을 수 없는 것이 네네의 입장이었다.

히데요시가 진정으로 바다를 건널 생각에서 그런 말을 하지는 않았을 터였다. 아마도 도쿠가와 이에야스나 마에다 토시이에前田利家가 대신 가겠다고 나설 줄 알고 그렇게 말했을지도 모른다. 그런데 누군가가 이를 피하기 위해 히데츠구의 이름을 들먹였을지 모른다.

'히데츠구의 이름을 거론한 자가 있다면 과연 누구일까……?'

네네는 이런 생각을 하는 순간 곧바로 이시다 미츠나리石田三成*의 얼굴이 눈앞에 떠올랐다.

미츠나리는 여자의 몸으로 정치까지 관여하려는 네네를 몹시 싫어했다. 아니, 두려워하고 있었다. 이런 마당에 미츠나리를 싫어하는 히데츠구가 도요토미豊臣 가문의 후계자가 되었다. 네네와 오만도코로, 히데츠구 세 사람이 손을 잡게 되면 미츠나리의 세력은 크게 빛을 잃고 말 것이었다.

"네네, 어째서 가만히 있는 거야? 그대에게도 남편과 아들의 일대 중대사인데."

"심려하지 마십시오."

네네는 겨우 마음을 굳히고 말했다. 이 경우 히데츠구의 도항을 막을 수 있는 방법은 하나밖에 없다. 막는다 해도 히데요시가 화를 내지 않으리라는 자신감이 네네는 어느 정도 있었다.

"일단 결심하면 누구의 말도 듣지 않는 전하지만, 이러한 전하도 함부로 물리치지 못할 사람이 이 세상에는 꼭 두 분 계십니다."

"그…… 그것이 누구와 누구란 말인가?"

"한 사람은 전하를 낳으신 분입니다."

"내 말을 과연 들을까……?"

"또 한 사람은 궁전에 계시는 주상이십니다."

"그럼, 주상에게 청원을 드리겠다는 말인가?"

"예. 그렇게 하면 아무리 전하라도 물리치지 못하실 것. 그렇지 않나, 칸파쿠?"

"예."

"칸파쿠는 곧 이마데가와今出川 집안에 사람을 보내 상주上奏를 청원하도록."

"이마데가와 집안에……?"

"생각해볼 것도 없어. 키쿠테이 하루스에菊亭晴季 님은 칸파쿠의 장인이 되는 분. 틀림없이 힘이 되어주실 거야. 주상의 이름으로 타이코의 도항을 단념케 하도록, 또 쿄토의 일에 마음을 써야 하므로 칸파구의 출진은 중지시키도록 하라고……"

"아!"

히데츠구는 비로소 깨달았다는 듯이 무릎을 쳤다.

"그런 방법이 있었군요."

네네는 이에는 대답하지 않고 말했다.

"만일 질문을 받으면, 타이코를 대신하여 도항하고는 싶으나 그렇게 되면 국내가 염려스럽다고 대답하면 될 것이야."

"과연 그런 방법이 있었군요……"

히데츠구가 머리를 끄덕이며, 다시 한 번 자신에게 이르듯 중얼거렸을 때였다. 지금까지 잔뜩 긴장해 있던 오만도코로가 소리도 없이 그 자리에 쓰러졌다.

"아니, 할머님이……"

5

"어머님, 왜 그러십니까?"

네네는 깜짝 놀라 시어머니 곁으로 다가갔다.

"게 누구 없느냐. 오만도코로 님이 병환이시다. 빨리 들어오너라."

당황하며 안아올린 오만도코로의 얼굴은 백랍처럼 핏기가 없었다. 손을 대어보니 호흡도 멎어 있었다.

'혹시 돌아가신 것은……?'

이런 생각과 함께 나이가 나이인 만큼 네네는 온몸이 얼어붙는 듯한 공포를 느꼈다.

"칸파쿠, 의사를! 어서 의사를."

히데츠구도 혈색을 잃고 큰 소리로 의사를 부르면서도 얼른 할머니의 품에 손을 넣었다.

"걱정할 것 없어요. 기절하신 것 같으니, 빨리 침소로."

뛰어들어온 네 명의 시녀가 고목처럼 쓰러져 있는 오만도코로를 안아올렸다.

네네는 그 뒤를 따라 복도로 나왔다.

"조용히, 조용히……"

걸음걸이에서 오는 진동에 마음을 쓰면서, 왠지 모르게 눈물이 쏟아져 앞을 가렸다.

네네가 생각했던 것보다 훨씬 더 크고 깊은 불안 속에서 자식을 걱정하고 있었던 오만도코로…… 팔순이 되었으면서도 멈출 줄 모르는 모성애…… 보답을 바라지 않는 그 어머니의 마음이 네네에게는 말할 수 없이 가련한 여자의 숙명으로 여겨졌다.

긴장해 있다가 오만도코로는 네네의 말을 듣고 안도했던 듯.

히데요시의 도항을 단념케 할 방법이 있었다…… 키쿠테이*하루스에를 통해 고요제이 천황을 움직이기만 하면 가능하다…… 이렇게 생각하는 순간, 이 가련한 육체는 의지의 지배를 받을 수 없을 정도로 피로에 빠져들었는지도 모른다.

의사 휴게소에 있던 마나세 겐사쿠曲直瀨玄朔가 허겁지겁 달려왔다.

그가 흰 침구 위에 누워 있는 오만도코로의 맥을 짚고 눈꺼풀을 뒤집어볼 때까지 네네도 히데츠구도 숨을 죽이고 있었다.

진찰을 마치고 겐사쿠는 미소를 떠올렸다.

"염려하지 마십시오. 피로에서 온 빈혈인 것 같습니다."

"천만 다행이에요! 어떻게 되시는 게 아닌가 하여 여간 걱정하지 않았어요."

"그러나……"

시녀가 가져온 세숫대야에 당장 손을 대려고는 하지 않았다.

"연세가 연세이신 만큼 타이코 전하에게 연락하시는 편이 좋겠다고 생각합니다마는."

"그러면…… 그러면 회복이 어렵다는 말이오?"

히데츠구는 이마에 흘러내리는 땀도 닦지 않고, 겐사쿠에게 다그쳐 물었다.

"아니, 곧 정신은 차리실 것입니다. 그러나 노령이시라 피로가 좀처럼 풀리시지 않을 것 같습니다."

"그렇다면, 역시 알려야 한다는 말이오?"

"예. 만일 용태가 급변하시면 나고야와 쿄토는 너무 거리가 떨어져 있으므로……"

겐사쿠는 공손히 고개를 숙였다.

히데츠구는 다시 시무룩해지며 입을 다물었다.

히데요시 주변에서 가장 강력한 히데츠구의 편은 이 할머니였다. 그 할머니가 이미 시들어가고 있었다……

이런 생각이 들면서 히데츠구에게도 이 일은 크게 불길한 조짐으로 여겨져 견딜 수 없었다……

6

어느새 해가 지고 있었다.

오만도코로의 침소에 등잔이 켜지고 모기장이 쳐졌다.

이미 히데츠구는 전각으로 돌아가고, 오만도코로의 머리맡에 앉아 있는 것은 네네와 코조스孝藏主 두 사람뿐이었다. 옆방에서 대기하고 있는 시녀들은 말을 삼가고 있었으므로 오만도코로의 숨소리만이 방에 가득한 것처럼 느껴졌다.

더위가 심해 사방의 문을 열어두었다. 그래서 이따금 열린 문을 통해 바람이 흘러들고 있었다.

"코조스, 오만도코로 님의 우려가 기우였으면 좋으련만……"

"그럼, 앞으로는 더욱 전세가 불리해질 것이라는 말씀입니까?"

"어쨌거나 자식을 생각하는 어머니의 예리한 직감은 남다른 데가 있어. 오만도코로 님의 무서운 꿈 이야기가 나도 여간 마음에 걸리지 않아."

코조스는 대답하지 않았다. 그녀 역시 불안을 느끼고 있었다.

"전하의 기질로는, 나쁜 일이 한 가지 생기면 그 후에는 반드시 전보다 더 고집을 부리시곤 하셔."

"하지만 그것은 바람직한 기질이……"

"좋을 경우도 있지만 나쁜 경우가 없다고는 할 수 없어."

네네가 이 말을 했을 때 갑자기 등잔불이 흔들리다가 꺼졌다. 불어온 바람 때문이었다.

네네는 깜짝 놀라 모기장 안을 들여다보았다. 그리고는 숨소리가 이어지는 것을 확인하고는 옆방에 있는 시녀에게 말했다.

"다른 등잔을 가져오너라. 불이 꺼졌다."

네네는 침착하게 명하고 나서, 오만도코로의 병을 남편에게 알려야 좋을지 어떨지 생각해보았다.

바다를 건널 배가 부족하다는 말은 처음부터 나왔었다. 그 부족한 배마저도 태반이 가라앉았다니 지기 싫어하는 히데요시의 오기가 눈에 보이는 듯했다.

네네는 아직 해상海上에서의 첫 패전밖에 알지 못하고 있었다. 그러나 그 무렵에는 벌써 제2의 패전소식이 히데요시에게 전해지려 하고 있었다.

6월 5일, 일본 수군은 다시 당항포唐項浦에서 이순신에게 대패하여 많은 전함을 잃고, 그와 함께 수군 장수 쿠루시마 미치유키來島通之가 전사했다.

히데요시는 이번 전투의 어려운 상황을 눈치채지 못하게 하려고 나고야에서 천황에게 바치는 서한을 쓰게 하고 있었다.

"내후년에는 어가御駕를 명나라로 모시려고 하오니 조정에서도 마음의 준비를 하시기 바랍니다……"

이어 해상의 패색을 대신해 육지에서는 더욱 진격하라고 재촉하는 엄명을 내리고 있었다. 그런 점에서 네네도 오만도코로도 히데요시의 초조감과 고민을 이미 잘 알고 있었던 셈이다.

"코조스, 그대라면 어떻게 하겠어?"

"예……?"

코조스는 잠들어 있는 오만도코로에게 계속 부채질을 하면서 무언가를 두려워하는 듯한 소리로 반문했다.

"무어라 하셨습니까?"

"코조스 그대라면 남편에게 시어머니의 병환을 알리겠는지 어떤지를 물었어."

"저 같으면…… 알려드리겠습니다."

코조스는 얼른 대답했다.

"알리지 않으시면 그토록 효심이 지극한 전하께서 얼마나 진노하실지 모릅니다."

7

네네는 잠자코 코조스를 바라보았다.

코조스의 말에는 히데요시에게 꾸중을 듣지 않겠다는 두려움은 있어도 그 이상의 사려나 동정이 있는 것 같지는 않았다.

'묻지 말았어야 했는데……'

이렇게 생각하면서도 네네는 코조스도 곧 두려움을 입 밖에 낼 정도이니 다시 한 번 생각해볼 필요가 있다고 느꼈다.

지기 싫어하는 기질의 히데요시……

어떤 경우에는 약한 면을 드러내지 않으려고 한 번 좌절하면 다섯 걸음이건 열 걸음이건 더 전진하려고 하는 히데요시. 그런 히데요시가 해전의 패색으로 분개하고 있을 때 노모의 병환을 알린다면 어떤 반응을 나타낼까……?

"혹시 마님께서 그럴 생각이 있으시다면 제가 나고야에 사자로 가겠습니다……"

"좀더 상태를 살펴보고 결정하겠어."

네네가 말했다.

"군무軍務로 바쁘실 텐데 서둘러 알린다면 도리어 심려를 끼치게 될지도 몰라."

"그렇기는 하지만 오만도코로 님에게 만약의 경우라도 생기면……"

"그때는 이 네네가 몇 번이라도 꾸중을 듣겠어. 그래, 어떤 꾸중을 듣더라도 마음에 후회가 없을 간호를 해드리는 게 중요해. 오늘 밤부터 그대와 둘이 교대로 오만도코로 님 곁에서 시중들기로 하세."

"물론…… 시중이라면 얼마든지……"

코조스는 손목의 단주短珠를 굴리면서 이마로 가져갔다.

네네는 대기실에 있는 사이토 키로쿠로齋藤喜六郎를 옆방으로 불러 히데츠구에게 전언하도록 했다. 만약 히데츠구가 히데요시의 도항을 금한다는 주상의 친서와 함께 오만도코로의 병환을 알린다면 모든 것이 무의미해질 터.

"생각보다 중하시지는 않은 것 같아. 겐사쿠와 즈이케이瑞桂도 그렇게 말하니 병환에 대해서는 말씀 드리지 말라고 전하라."

지시를 듣고 키로쿠로가 나가자 네네는 다시 모기장을 들치고 오만도코로 머리맡에 가서 앉았다.

며느리의 의무…… 그런 기분이 아니었다. 고른 숨소리를 내며 조용히 잠들어 있는 시어머니의 얼굴을 보고 있으려니 한 '여자의 일생'이 처절하여 가슴을 도려내는 것 같았다.

히데요시는 자신이 '일본에서 제일가는 효자'라고 자부하였다. 이 어머니를 위해 원하는 것, 해줄 수 있는 것을 모두 해주었다……고 생각하는 히데요시, 그는 지금 전국戰局을 호전好轉시키기 위해 몰입하고 있을 게 분명했다.

그러나 과연 이 어머니는 원하는 것을 모두 손에 넣은 더할 나위 없이 행복한 여자였을까……?

아사히히메朝日姬에 대한 일, 히데나가에 대한 일, 히데요시에 대한 일, 히데츠구 모자에 대한 일…… 이러한 마음의 번뇌가 초라한 움막에서 사는 어머니와 얼마나 큰 차이가 있었을까······?

인간에게는 물질이나 권력으로는 도저히 충족시킬 수 없는 일면이 윤회의 실로 꽁꽁 묶여 있는지도 모른다.

그런 의미에서는 히데요시도 마찬가지였다. 다만 히데요시는 그 서글픈 일면을 자기 내부에 담아두려 하지 않고 외부의 정복으로 변환시켜 자신을 속이고 있을 뿐이었다.

'가엾은 전하······ 앞으로도 슬픈 일은 계속될 것입니다. 그때는 놀라지 마시도록······'

이때 침소 입구에 다시 사람의 그림자가 나타났다······

8

"누구냐?"

네네는 환자에게 신경을 쓰면서 물었다.

"예, 사이쇼宰相 님입니다."

코조스가 대답했다.

시녀 사이쇼는 말하자면 네네의 서기라 할 수 있는 내전의 로죠老女°였다.

"들어오라고 일러라."

네네는 사이쇼가 손에 들고 있는 문갑을 확인하고 자기도 조용히 모기장 밖으로 나왔다.

"전하께서 보내신 서신이냐?"

"예, 오월 육일자 서신입니다. 만도코로 님께서 명절에 보내신 선물에 대한 회답인 것 같습니다."

"친필인가? 그리고 겉봉에는······?"

"예. 친필로 정성껏 쓰시고 받으실 분도 만도코로 마님으로 되어 있습니다."

"알겠다. 손 씻을 물을 가져오도록."

남편이 친필로 써서 보낸 것이라면 손을 깨끗이 씻고 받지 않으면 안 된다. 더구나 그 내용을 읽기가 두려워지는 네네였다. 5월 6일자 서신이라면 아직 수군의 패전을 알기 전에 썼을 것이 분명한데, 그 후 전쟁의 양상은 크게 변해 있었다.

네네는 등잔을 가까이 갖다놓고 손을 씻은 뒤 공손히 문갑을 열었다. 그리고 카나假名°로 떠듬떠듬 적어나간 낯익은 히데요시의 필적에 저도 모르게 눈시울이 붉어졌다.

히데요시가 배우지 못했다는 것은 천하가 다 알고 있었다. 다른 사람이라면 부끄러워 직접 쓰려고 하지 않았을 것이다. 그러나 히데요시는 이런 것을 전혀 상관하지 않았다. 그가 쓰는 차자借字°와 카나는 점점 일종의 아취를 띠고 있었다. 능숙하다고는 할 수 없었으나 결코 보기 흉한 것은 아니었다.

네네는 공손히 고개 숙여 절하고 읽기 시작했다.

"계속 여러 가지 것을 보내주어 기쁘기 짝이 없소. 아직 소매 없는 도후쿠道服°는 필요치 않아요. 갑옷 입을 때만 받쳐입는 것이니까. 오사카의 불조심을 다시 한 번 당부하고 싶소. 기어코 조선 도읍을 빼앗아, 과연 타이코는 대단한 사람이란 말을 듣게 될 터이니……"

네네의 눈에서 주르르 눈물이 흘러내렸다. 역시 조선의 도읍 점령이라거나 자기 자신의 행운에 사로잡혀 있었다. 어린아이와도 같은 남편이었다.

편지는 아직 계속되고 있었다. 5월 단오절에는 그대가 보내준 홑옷을 입고 축하하는 잔치를 열었으니 안심하라고 하면서, 그 뒤에는 다시 조선과 명나라에 대한 꿈이 이어졌다.

오는 가을 중양절重陽節은 명나라 도읍에서 맞이할 것이므로 그때는 네네도 부르겠다고 씌어 있었다.

'가을까지는 명나라 도읍으로……'

네네는 히데요시의 고독을 절감했다. 그 고독이 이 서신을 통해 네네에게 응석을 부리고 있었다.

누구 앞에서도 자신을 불세출의 영웅으로 내세우지 않고는 못 견디는 히데요시의, 이 얼마나 애처로운 일면이란 말인가.

"챠챠…… 전하를 잘 부탁해."

네네는 작은 소리로 중얼거리면서 서신을 둘둘 말았다. 그리고는 아직도 머리를 조아린 채 있는 사이쇼를 깨닫고 벼루를 가져오라고 지시했다.

"참, 나도 회답을……"

참외밭의 발탁

1

나야 쇼안納屋蕉庵의 밀령을 받고 그의 딸 코노미木の實•가 몰래 히젠의 나고야로 간 것은 6월 중순경이었다.

이미 그 무렵에는 사카이 항구에도 배다운 배는 거의 남아 있지 않았다. 배만이 아니었다. 선원은 포구마다 처음에는 5분의 1이 징용되었다가 나중에는 5분의 2를 차출하라는 명령이 내려져 있었다. 선장은 전국 나루터에서 처음에는 1만 명, 이어서 다시 5,000명······

이렇게 되자 쇼안은 일본 수군이 조선 어딘가에서 뜻밖의 패배를 당했다는 사실을 간파할 수 있었다.

"보통 일이 아니다."

이맛살을 찌푸리고 걱정하고 있을 때, 징용되어 전쟁터에 나갔던 선원 두 사람이 목숨을 걸고 쪽배를 타고 도망쳐왔다.

쇼안은 그 두 사람을 불러 한참 동안 무언가를 물었다. 그러나 코노미에게는 아무 말도 하지 않았다.

그 직후 전쟁터에서 이탈하는 자는 엄벌에 처한다는 포고가 시달되었다. 쇼안은 도망쳐온 두 사람에게 여비를 주어 피신하도록 했다. 그리고 코노미에게 편지를 주어 사카이를 떠나는 다음 징용선에 편승시켰다. 편지를 전할 사람은 카미야 소탄神屋宗湛과 시마이 소시츠島井宗室였다.

쇼안은 편지 내용에 대해 아무 말도 하지 않았다. 그러나 코노미도 대강은 짐작하고 있었다. 소 요시토모와 코니시 유키나가를 통해 하루속히 조선과 강화하도록 수단을 강구하려는 것이 분명했다. 카미야와 시마이는 나고야에 불려가, 표면적으로는 히데요시의 다도 상대를 하면서 실제로는 히데요시의 상담 역할을 하고 있었다.

코노미가 탄 배는 열 폭짜리 돛을 올린 키슈마루紀州丸라는 배였다. 그 배에는 새로 징집된 선원과 선장이 직접 배를 움직이는 사람말고도 80명 정도 타고 있었다. 80명은 열 폭짜리 돛의 배가 태울 수 있는 최대한의 인원이었다. 더구나 이런 배는 어느 포구에도 이미 남아 있는 것이 별로 없었다. 국내 수송에는 고작 30명밖에 타지 못하는 여섯 폭짜리 돛을 단 배가 대부분이었다.

"들었겠지, 지금 여러 포구에서 유행하는 라쿠슈落首˚를?"

"모르겠는데, 어떤 노래인가?"

"……타이코가 쌀 한 섬을 사지 못해 오늘도 '고도카이五斗買い'(다섯 말을 산다 '五斗買い', 바다를 건넌다 '고토카이御渡海' 발음이 비슷) 내일도 고도카이……"

"쉿, 누가 듣겠어. 큰 소리로 말하지 말게."

배는 사카이를 떠나 시모노세키下の關를 거쳐 하카타博多를 지나 나고야에 도착했다.

코노미가 처음 경험하는 오랜 바다 여행이었다. 배에서 들은 선원들의 이야기는 상당히 신랄한 비판의 소리였다. 히데요시는 수송 능력을 진지하게 고려한 일이 있었을까 하는 소리가 압도적이었다.

일본에는 길이 19간, 폭 6간 남짓한 아타카마루安宅丸 같은 큰 배는 손으로 셀 수 있을 정도로밖에 없었다. 대부분은 10폭 이하의 돛을 단 작은 배들뿐. 따라서 코니시 군이 바다를 건널 때 1만 9,000 정도인 병력과 말, 탄약을 수송하는 데만도 750여 척의 배가 동원되었다. 나고야에 집결한 대군을 모두 수송하려면 몇 년은 걸린다는 것이 선원들의 의견이었다.

그래도 나고야가 가까웠을 때 해상에는 아직 배가 많다는 느낌이 들 정도로 많은 배들이 몰려 있었다.

2

코노미가 탄 키슈마루가 항구로 들어갔을 때 작은 깃발을 꽂은 예인선이 다가왔다.

바닷물은 두려울 정도로 푸르고, 기슭의 무성한 나무숲도 사카이의 그것과는 달리 유리에 그린 그림처럼 짙푸르렀다. 눈부신 햇살 속에 우뚝 솟아 있는 돌층계와 여기저기 주둔해 있는 부대의 깃발. 이 모두를 위압하듯 창공으로 높이 솟은 성채는 과연 화려함을 좋아하는 타이코의 성격을 그대로 보여주는 듯했다. 그래서 바다에 익숙한 코노미도 멀리 떠나왔다는 감개가 느껴졌다.

이들 경치가 갑자기 커졌다. 그리고 기슭까지 건널 수 있도록 받침대가 건너질러졌다.

코노미는 배에서 내린 뒤에도 한참 동안은 딛고 선 대지가 흔들리는 듯한 착각을 지울 수 없었다. 선착장은 반쯤 벗은 사람들로 가득했다. 그런 가운데 한 노인이 부채로 햇빛을 가리듯이 하며 다가왔다.

"오오, 고생이 많았군…… 무척 더웠을 거야. 자, 우선 임시거처에 가서 잠시 쉬면서 더위를 식히도록 해라."

지난해에 하마터면 히데요시에게 죽을 뻔했던 시마이 소시츠의 웃는 얼굴이었다.

"쇼안 님도 건재하시겠지?"

"예. 아저씨도 안녕하셨습니까?"

"짐은 점원들이 옮겨줄 게야. 자, 내가 안내하지."

"폐가 많습니다."

"폐는 무슨 폐. 실은 여자의 몸으로 네가 온다는 기별을 받고 깜짝 놀랐지 뭐야."

소시츠는 바다 기슭의 왼쪽으로 난 길을 앞장서서 걸었다.

"오늘은 진지에서 재미있는 놀이가 있어."

"재미있는 놀이……라니요? 어느 분의 놀이인가요?"

"타이코 전하야. 전하를 비롯하여 도쿠가와 님, 니와丹羽 님, 마에다 님, 가모蒲生 님, 오다 우라쿠織田有樂 님, 마에다 겐이前田玄以 님, 코키치 히데카츠小吉秀勝(히데츠구의 동생) 등이 모두 참외밭에서."

"참외밭……에서 말씀인가요?"

"그렇다니까. 허허……"

시마이 소시츠는 무슨 생각을 했는지 웃었다. 어디에도 그늘이 없는 밝은 표정이어서 코노미는 어리둥절할 수밖에 없었다. 쇼안의 어조로 미루어, 소시츠나 카미야 소탄은 해전에서의 패배로 애가 타서 깊은 시름에 빠져 있을 것이다…… 이렇게 알고 있었기 때문이다.

"아저씨."

"응, 왜 그러느냐?"

"일본 수군이 패한 것은 사실입니까?"

"패했어. 전쟁을 하다 보면 패배가 있게 마련이지만, 이번에는 세 번씩이나 계속 같은 적장 이순신에게 두들겨 맞았어."

"그런데도…… 타이코 전하는 태평스레 놀이를 하시나요?"

"그……그래."

소시츠는 애매하게 웃었다.

"몇 차례 좌절했다고 해서 의기소침해지면 전투를 하지 못해. 그러나 놀이를 즐기는 전하의 마음은 괴로우실지도 몰라."

코노미는 고개를 끄덕이고 다시 얼마 동안 묵묵히 걸었다. 신발 밑의 대지에서 뜨겁게 열이 느껴졌다. 길은 점점 더 넓어져 푸른 참외밭이 펼쳐지고, 그 너머 종려나무 숲 주위에 넓게 장막이 쳐져 있었다.

"바로 저기다."

시마이 소시츠는 고산노키리五三の桐°를 물들인 참외밭 안의 장막을 가리켰다.

"코노미, 너도 우리 집안 사람이라고 하면서 구경하지 않겠니? 그래, 그게 좋겠다."

3

코노미는 거절하지 않았다.

계속되는 더위에 지치기는 했으나, 연속 세 번이나 해전에 패배한 히데요시가 참외밭에서 놀이를 한다……는 말을 듣고는 꼭 보고 싶은 생각이 들었다. 사기를 진작시키기 위해서라고는 하지만, 당대의 호걸이 어떤 표정으로 감정을 숨기고 놀이에 열중할 것인가? 그것만으로도 충분히 흥미를 부추겼다.

"그러면 구경할 수 있게 해주세요, 아저씨 자리에서."

소시츠는 그 말에는 대답하지 않고 무심하게 말했다.

"타이코 전하는 참 이상한 분이야."

그 말투는 아버지가 딸에게 하듯 바뀌어 있었다.

"종종 다석茶席에서 눈물을 뚝뚝 흘리며 우시거든."

"그런…… 그런 약한 면도 보이시나요?"

"하지만…… 왜 그러는지 속마음은 털어놓으시지 않아."

"어머나……"

"내가 왜 우시느냐고 여쭈었더니, 리큐 녀석이 살아 있다면 좀더 자리가 즐거웠을 텐데…… 하실 뿐이었어."

"진심이 아닐까요?"

"반드시 그런 것만도 아니야."

소시츠는 웃었다.

"그런 뒤에는 곧 히데요시가 직접 조선에 건너가겠다, 즉시 배를 대령하라고 소리지르시거든. 배를 아직 건조하지 않았다는 것을 잘 아시면서도."

"그……그것 역시 진실일지도 모르지 않습니까?"

"쇼안 님도 걱정이 많으실 거야. 그러나 조선에 가겠다는 생각은 단념하셨어."

"아니, 그것이 정말입니까?"

"궁전에서도, 오만도코로 님도 안 될 일이라고 만류하셨기 때문이지."

"그렇다면…… 참 다행입니다."

"하지만 그 때문에 단념하신 것은 아니야."

"그러시면 다른 사정이……?"

"응, 그래. 소 님과 코니시 님이, 지금 건너오신다 해도 명나라로 진격하는 것은 어림도 없는 일……이라는 비밀보고를 올려서야."

"그러면 육지의 전투도 뜻대로는……"

"그야 전투에는 진퇴가 있게 마련이니까. 그래서 전하 대신 이시다 미츠나리 님, 마시타 나가모리 님, 오타니 요시츠구大谷吉繼 님 이렇게 세 사람을 파견하셨어. 유월 삼일의 일이지. 이 세 사람에게 모든 행정과 군령의 집행, 감찰을 맡아보게 했는데, 현지 무장들과 충돌하지 않을까 걱정하고 계셔."

코노미는 굳은 표정으로 고개를 끄덕였다.

히데요시 대신 조선에 간 사람이 세 명의 부교奉行°라면 통솔하기 어려울 것 같았다…… 더구나 현지에서 서로 다투기라도 한다면 어떻게 될 것인가……?

"아저씨, 아버님의 서신을 가져왔습니다."

"편지는 집에 가서 받기로 하지. 자, 여기서부터가 오늘 참외 시장의 입구야."

병졸 일고여덟 명이 붉은 흙 위에 울타리를 쳐놓고, 그 앞에서 뾰족한 삿갓을 쓴 채 느긋한 표정으로 나뭇등걸에 앉아 있었다.

"시마이 소시츠와 그 가족입니다."

"좋습니다, 들어가십시오. 지금 막 전하께서 행상 흉내를 내시고 있는 중입니다."

아닌 게 아니라 안에서 큰 소리로 물건을 파는 소리가 코노미의 귀에 들려왔다.

"자, 맛 좋은 참외를 사시오. 아주 맛 좋은 참외요……"

4

장막 안으로 들어간 코노미는 눈이 휘둥그레졌다. 저잣거리에서나 볼 수 있는 노천시장 같았다. 중앙 통로 양쪽에 박쥐우산이 즐비했다. 나무 밑 그늘은 말할 것도 없고, 갈대로 막은 구획마다 갖가지 돗자리와 멍석이 깔려 있고, 그곳에 평복 차림의 무장과 거상巨商들이 앉아 있었다.

여자도 많았는데, 그들 중에는 아이들을 데리고 온 사람도 있었고, 한가로이 잔을 기울이며 찬합을 펴놓은 사람도 적지 않았다.

입구에는 각각 가문의 이름이 적힌 종이가 걸려 있었는데, 완전히 들놀이나 꽃구경을 나온 분위기였다.

그 길 한가운데를, 지금 연노랑 윗옷에 탓츠케하카마裁着け袴°가 잘 어울리는 궁상스런 모습의 노인 한 사람이 멜대 양쪽에 참외가 든 광주리를 메고 나타났다.

"자, 맛 좋은 참외를 사시오. 아주 맛이 좋은 참외……"

오른쪽 양산 밑에서 부르는 소리가 들렸다.

"그 참외 세 개만 주시오."

"고맙습니다. 자, 세 개입니다."

"얼마요?"

"예, 하나에 두 푼씩, 모두 여섯 푼입니다."

"다섯 푼에 주시오."

"원, 이런. 허나 점잖으신 손님이시니, 좋습니다. 깎아드리죠."

사람들이 모두 손뼉을 치며 웃음을 터뜨렸다.

사실 어느 거리에서나 볼 수 있는 행상의 모습이고 행동이었다.

"여보시오, 손님, 그리고 아가씨."

참외장수는 그 옆으로 지나가려 하는 소시츠와 코노미에게 말을 걸었다.

"맛 좋은 참외입니다. 아이들에게 선물하시면 어떻겠습니까?"

"글쎄, 그럼 다섯 개 정도 사기로 할까?"

소시츠는 고지식하게 지갑을 꺼내 열 푼을 내밀었다. 상대는 그 돈을 공손히 받아 헝겊지갑에 넣었다.

"아가씨는 정말 미인이시군. 그래서 한 개 더 드리겠습니다."

앞의 광주리에서 참외 하나를 꺼내 코노미 앞에 불쑥 내밀었다.

순간적이기는 했으나 참외장수의 눈이 예리한 칼날로 변해 번쩍 빛났다. 그러나 그 날카로운 기운은 곧 음탕한 기가 있는 평범한 노인의 웃음 속에 녹아들었다.

코노미는 오싹 소름이 끼쳤다. 상대가 히데요시라는 말을 듣지 못했다면 참외를 받지 않고 그냥 지나쳐버렸을 것이다. 그러나 히데요시라는 것을 아는 이상 코노미는 참외를 받지 않을 수 없었다.

색다른 놀이라 생각하고 넘겨버리면 그만이겠으나, 세 번이나 해전에 패한 후의 아픔을 숨긴 채 사기진작을 꾀하는 타이코……라 생각하니 왠지 모르게 슬프고 가슴이 쓰라려 견딜 수 없었다.

"오오, 받으시는군. 고맙습니다."

히데요시는 이렇게 말하고 얼빠진 표정으로 공손히 허리 굽혀 인사한 뒤 다시 멜대를 메었다.

"자, 맛 좋은 참외입니다. 참외를 사시오."

햇볕을 갈대발로 가린 시마이 소시츠의 자리로 들어갔을 때 코노미의 온몸은 땀으로 흠뻑 젖어 있었다.

5

히데요시 다음에 등장한 사람은 오다 우라쿠였다. 차를 파는 사람으로 분장한 차림이었다.

우라쿠의 얼굴은 코노미도 잘 알고 있었다. 사카이의 부교 마츠이 유칸松井有閑의 집에서 차를 같이 마신 일도 있었다.

우라쿠는 네모난 두건에 장갑을 끼고 각반을 감은 모습이어서, 그림에서 보는 차장수 노인과 똑같았다. 그러나 어딘지 모르게 장사꾼답지 않은 은자隱者의 기품을 지니고 있어 과연 다인이로구나 하는 느낌을 주었다.

우라쿠는 소시츠의 자리에서 코노미를 보고 적이나 놀라는 것 같았다. 멀리 사카이에서 온 사람이 쇼안의 딸이라는 것을 알아보아서였을까? 아니면 너무 닮았다고 생각해 놀란 것일까……

우라쿠 다음에 나온 사람은 칸파쿠 히데츠구의 동생 코키치 히데카츠였다. 그가 등장하자마자 사람들은 모두 웃음을 터뜨리고 말았다.

그 무렵부터 히데카츠는 병을 앓고 있었는지도 모른다. 얼마 후 그는 조선으로 건너가 진중陣中에서 죽게 되는데, 이러한 취향이 불쾌하기 짝이 없다는 표정이었다. 아마도 외숙부 타이코의 권유에 못 이겨 마지못해 나왔을 것이다.

앞뒤 광주리에 호박만큼이나 큰 동아가 세 개씩 담겨 있었다. 동아는 히데카츠가 걸을 때마다 크게 흔들려 다리에 걸렸다. 구부정한 허리에 창백한 얼굴, 손님을 부르는 소리마저도 카랑카랑 모가 났을 뿐 아니라 땀을 뻘뻘 흘리고 있어, 보는 사람이 안타까울 정도였다.

"하하하……"

옆자리에서 크게 웃는 소리가 코노미의 귀에 들려왔다.

"히데카츠 님은 너무 젊어. 아직 이 놀이를 즐길 줄 모르는 것 같다니까. 저 찌푸린 얼굴을 보면…… 와하하하하……"

그때 소시츠가 코노미에게 속삭이듯 그 웃음소리의 임자를 가르쳐 주었다.

"오슈의 다테 님이야."

다테 마사무네는 자기 자리 앞에 히데카츠가 왔을 때 굵직한 목소리로 말했다.

"동아장수, 내가 사겠네."

"좋아요. 팔겠소. 팔고 나면 약간은 가벼워질 테니까."

"얼마인가?"

"한 개에 여덟 푼이오."

"오만한 장사꾼이로군. 그럼 다섯 개만 주게. 모두 얼마인가?"

"오 팔은…… 사십, 사십 푼이오."

여기까지는 좋았다. 마사무네는 작은 것으로 다섯 개를 고르고 두 관쯤 되는 큰 것 하나만을 남겼다. 히데카츠는 아직 마사무네의 장난을 알지 못했다. 땀을 씻고 다시 멜대를 메었다. 그 순간 비어 있는 앞의 광주리가 높이 떠오르며 멜대 끝이 히데카츠의 턱을 때렸다.

"와아."

모두 소리를 질렀다.

히데카츠는 얼굴을 붉히며 허리를 낮추고 자세를 안정시켰다. 그러나 한쪽에만 무게가 실린 멜대는 이 세상 모르는 젊은이의 뜻대로는 되지 않았다. 다음 장사꾼이 외치는 소리가 들리지 않았다면, 사람들의 웃음소리는 어쩔 줄 모르는 히데카츠로부터 떠나지 않았을 것이다.

"자아, 청참외요, 청참외를 사시오."

그 다음 장사꾼의 목소리가 울려왔다.

"오오, 이번에는 도쿠가와 님이……"

소시츠가 코노미의 귓전에 속삭였다.

6

히데카츠를 향해 쏟아졌던 웃음소리가 뚝 그쳤다. 그렇게 웃음소리가 그친 것은 구경꾼들 가운데 이에야스와 히데요시의 분장이나 취향을 비교해보려는 의식이 있었기 때문이다.

"도쿠가와 님이야."

"에도江戶의 다이나곤이야."

코노미는 왠지 안도했다.

이에야스가 의식적으로 곤경에 처한 히데카츠에게 구원의 손길을 뻗친 것인지는 알 수 없었다. 어쨌든지 이에야스의 출현으로, 히데카츠는 하나 남은 짐을 짊어지려 하여 사람들의 시선을 끌었던 과녁에서 벗어날 수 있었다.

"자아, 청참외를 사시오. 청참외가 있어요."

그 소리는 히데요시의 음성처럼 크게 울리지는 않았으나, 살이 찐 농부의 목소리다운 그럴듯한 저음이었다. 옷차림 또한 빛 바랜 감청색 작업복에 짚신을 신고 있어, 농부 중에서도 지지리 가난한 사람처럼 보였다.

"으음, 진짜 농부 같아."

"그래. 타이코 님은 역시 어딘가 멋을 부리는 데가 있었지만, 도쿠가와 님에게서는 정말 흙냄새가 풍기고 있어."

"와하하하……"

옆에 있는 다테 마사무네의 자리에서 또다시 그 방약무인한 웃음소리가 들렸다.

"그 참외는 사지 않겠어. 틀림없이 비쌀 테니까."

"어떻게 비싸다는 것을 알 수 있습니까?"

"사람도 싸게 사기로 유명한 땅 부자니까."

"행색이 그런데도 부자라는 말입니까?"

"물론이지. 부자이면서도 그런 옷차림…… 절약을 으뜸으로 삼는 양반이라 참외도 비싸게 팔 거야."

"그렇다면 사는 척하면서 골탕을 먹이는 방법도 있지 않습니까?"

"아니, 아까 그 행상처럼 다룰 수는 없어. 함부로 샀다가는 참외가 나중에 나뭇잎으로 변할지도 몰라."

"후후후……"

소시츠가 웃으면서 코노미를 돌아보았다.

코노미 역시 저도 모르게 옷소매로 입을 가렸다.

"청참외를 사시지 않겠습니까?"

이에야스가 마침 소시츠의 자리 앞으로 와서 흘끗 이쪽을 바라보았기 때문이다.

"내가 사겠소."

"이거, 고맙습니다. 오늘 마수걸이를 하게 되는군요."

"열 푼어치만 주고 가시오."

"예. 열 푼어치……"

이에야스가 짐을 내려놓고 앞뒤 광주리에서 두 개씩 꺼내주고 돈을 받았다.

"역시 비싸군."

옆에서 마사무네가 말했다.

코노미는 웃음이 터질 것 같아 얼른 옆으로 돌아섰다. 마사무네의 말대로 이에야스는 정말 인색한 부자로 보였다. 입고 있는 작업복도 근처의 어느 농부에게 빌려 입었을 것이다. 정말 흙냄새와 땀내가 배어 있는 것 같았다.

"자아, 청참외가 왔어요, 청참외가……"

이에야스가 사라지고 그 뒤를 이어 두건을 쓴 작은 체구의 사나이가 발을 절면서 지팡이를 짚고 나타났다. 그는 소시츠의 자리 앞에 와서 걸음을 멈췄다.

"으음, 역시 쇼안 님의 따님이군. 눈에 띄었으니 자아, 전하 앞으로 갑시다."

그는 전에 히데요시의 군사軍師이자 칸베에官兵衛였던 쿠로다 죠스이黑田如水였다. 지금은 은자처럼 지내고 있었다.

7

"아, 죠스이 님이시군요. 잠시 들어오시지요, 맛있는 참외를 안주 삼아 한잔 대접하겠습니다."

소시츠의 말에 죠스이는 손을 내저었다.

"나는 바빠요, 바빠."

그러나 그는 평상 끝에 걸터앉아 잔을 받았다.

"소시츠의 자리에서는 아무래도 도시 냄새가 난다, 도시 참외는 각별할 것이니 데려오라는 전하의 성급한 분부가 있었소."

"황송합니다. 눈치가 빠른 행상이시군요."

"그러나저러나 나야의 딸이 온 줄은 몰랐는데……"

"별로 특별한 일이 있는 것은 아니지만, 마침 배 편이 있어 바람이라도 쐬라고 제가 불렀습니다."

죠스이는 소시츠의 말을 듣는 둥 마는 둥, 다시 한 번 흘끗 코노미를 바라보았다.

"시마야島屋."

그러더니 갑자기 목소리를 낮추었다.

"예, 무슨 일이십니까?"

"이건 좀 골치 아픈 일이 될지도 모르겠는데."

"골치 아픈 일……이라니, 코노미 때문에……?"

"그렇소. 전하께는 여자 사냥이라는 좋지 않은 버릇이 있어요."

이 말을 들은 코노미는 온몸이 굳어졌다. 히데요시의 여자 사냥에 대해서는 사카이에서도 곧잘 농담으로 화제에 올랐다.

호소카와 타다오키細川忠興의 아내 타마코珠子에게 눈독을 들이고 있다거나, 리큐의 딸 오긴お吟에게 열을 올리고 있다거나…… 하지만 이러한 이야기는 히데요시의 복잡한 여자관계에 대한 소문에 불과하다……고만 생각했다. 그런데 지금 그 말을 하는 죠스이의 얼굴에는 농담으로만 보기에는 어려운 당황하는 빛이 떠올라 있었다.

"농담을 하시는군요, 죠스이 님이……"

소시츠는 웃어넘겼다.

"오늘은 요도 부인과 마츠노마루 님이 동석하고 계신데 그런 농담을 하시면 두 분이 용서치 않을 것입니다."

"하지만, 그렇지가 않다는 말이오."

죠스이는 반은 웃고 반은 위협하듯 더욱 목소리를 낮추었다.

"어쩐지 전하의 눈빛이 예사롭지 않았소. 암내라고나 할까, 개나 말에게도 그런 것이 있듯이 말이오."

"그게 무슨 말씀입니까, 죠스이 님. 개나 말에 비유하다니 그건 좀 지나치십니다."

"하하하…… 전하에게까지 들리지는 않을 것이오. 이것 봐, 코노미. 나는 명령에 따라 데려가는 것뿐, 그 뒤의 일은 자기 자신이 알아서 하면 돼."

"어머나, 그런……"

"재치를 발휘하면 돼. 왜 그 사람 있지 않아, 지금은 눈밖에 난 그 소로리曾呂利처럼 말이지. 그러면 웃고 넘겨버리실 거야. 전하에게도 그러한 빈틈은 있으니까. 재치를 발휘하는 거야, 재치를. 이 죠스이가 훈수했다는 것은 눈치채시지 못하도록. 자, 흥이 깨지기 전에 어서 가는 게 좋아."

죠스이는 훌쩍 일어나 코노미가 일어서기를 기다렸다.

코노미는 당황하여 소시츠를 구석으로 불렀다.

'지금 거절하면 너무 매정한 일이 된다……'

이렇게 판단한 코노미는 우선 아버지 서신부터 소시츠에게 건네야 겠다는 생각이 들었다.

"자, 어서 서둘러. 전하가 술잔을 씻어놓고 기다리실 테니까."

8

소시츠는 코노미가 허리춤에서 꺼내는 것이 무엇인지 곧 알아차렸다. 그것을 알고는 밝은 목소리로 죠스이에게 말했다.

"잠깐 기다려주시오. 참외도 화장, 몸단장을 하고 있습니다."

"서둘러요, 서둘러. 참외장수는 워낙 성질이 급하니까."

"죠스이 님."

"왜 그러시오?"

"이 참외가 소중한 참외……라는 것은 아시겠지요?"

"죠스이에게는 맡기기 어렵다는 말이오?"

"아니, 죠스이 님이기에 두말없이 맡긴다…… 이렇게 다짐하는 것입니다."

"알겠소, 알겠소. 죠스이는 참외를 파먹는 벌레는 되지 못하는 사나이. 걱정하지 마시오."

"그럼…… 좋습니다. 데려가시지요."

코노미는 갑자기 불안해졌다. 이미 남을 두려워할 나이는 아니었다. 그리고 사카이에 오는 다이묘大名°라면 어느 정도의 기량이 있는지 저울질해볼 수 있을 정도의 코노미였다. 어쨌거나 상대는 제후들이 그 앞에서 굽실거리는 타이코 바로 그 사람……

어떤 희롱의 말이 나올지 모른다는 생각과 함께 가슴의 고동이 빨라

졌다.

"그럼, 함께 가겠습니다."

"오오, 마음을 편히 가지도록. 오늘은 처음부터 격식이나 예절은 차리지 않기로 되어 있어. 타이코라는 생각은 하지 않아도 돼. 참외장수 영감이라 생각하고 대해도 좋아."

"어머…… 어찌 그렇게까지……"

"그렇게까지는…… 할 수 없다는 말이겠지. 상관없으니, 어디 한번 깜짝 놀래켜봐."

죠스이는 코노미의 사람됨을 잘 알고 있었다.

코노미도 죠이스의 말을 듣고 조금 여유를 가질 수 있었다.

히데요시의 자리는 정면 종려나무 숲에 넓게 자리잡고 있었으며, 평상 위에 마루를 깔고 그 위에 다시 융단이 깔려 있었다. 그곳에만은 음식이 산더미처럼 차려져 있었다. 아무리 참외밭 야유회라고는 하지만, 역시 제후들이 갖가지 진상품을 바쳤을 것이다.

좌우에 크게 오동나무 무늬를 물들인 정면의 장막은 중후함을 느끼게 하는 흰 치리멘縮緬°이었다. 그 중앙 왼쪽에 요도 부인, 오른쪽에 마츠노마루를 거느린 히데요시가 참외장수로 분장한 모습 그대로 큰 호랑이 모피 위에 달랑 앉아 있었다.

죠스이가 불편한 다리를 끌면서 그 앞으로 다가갔다.

"늦어서 죄송합니다. 말씀하신 참외를 대령했습니다. 늦어서 죄송합니다."

코노미는 히데요시 양쪽에 있는 요도 부인과 마츠노마루의 시선을 따가울 정도로 의식했다. 그녀들도 또한 히데요시 앞에 나타난 여성에게 필요 이상의 관심을 기울이고 있었다.

"오오, 왔구나."

히데요시가 말했다.

"이 밭에서 본 참외 중 그대가 최상품이었어. 자, 잔을 줄 터이니 이리 가까이 오도록."

"눈에 드셨다니 다시없는 영광입니다."

코노미도 지지 않았다.

"내리시는 잔을 받고 나서 류타츠隆達에게 배운 참외 노래를 한 곡조 들려드리고 싶습니다."

"뭐, 그대가 참외 노래를? 와하하하…… 이거 정말 재미있군, 유쾌한 일이야……"

9

지체 없이 대답하는 코노미의 말에 죠스이는 빙긋이 웃음을 떠올렸다. 과연 사카이에서 첫째가는 재녀. 히데요시에 대한 첫인사가 벌써 상대를 압도하고 있었다.

히데요시는 이런 응대를 받게 되면 몹시 흐뭇해져 도리어 자신을 꾸미려는 버릇이 있었다. 경쟁심이 심한 탓, 그동안의 호흡을 코노미는 잔뜩 억제하고 있었다.

"한창 전쟁이 벌어지고 있는 이때 호연지기를 기르시려는 전하의 취향…… 진작에 알았다면 쟈비센蛇皮線°을 가져와서 서투른 제 노래와 같이 들려드렸을 것입니다."

"오오, 류큐琉球의 그 쟈비센 말인가?"

"예. 미처 알지 못해 가져오지 못했습니다. 그러므로 노래만 한 곡조……"

"잠깐!"

히데요시가 가로막았다.

"그 말 하나하나가 모두 마음에 드는군. 그래, 전쟁 도중의 기분전환이라고 그대는 한눈에 사나이의 마음을 꿰뚫어보았다는 말인가?"

"예. 쟈비센을 가져오지 못한 것은 이 행사를 마련하신 깊은 뜻을 깨닫지 못했다는 증거, 부끄럽기 짝이 없습니다."

"잠깐, 잠깐…… 그 정성 어린 노래, 히데요시 혼자서는 들을 수 없지. 지금 그대의 노래를 들을 또 한 사람을 부르겠어."

"예…… 예."

"죠스이, 에도 사람을 부르게. 이에야스를 말일세."

죠스이는 문득 양미간을 찌푸렸다.

이런 격식을 차리지 않는 자리에서는 어떤 경우에도 소탈하고 홀가분할 필요가 있었다. 그런 점에서 이에야스는 도리어 이단자였다. 이에야스가 동석하는 것만으로도 이 자리의 분위기는 무거워질 터. 코노미와 히데요시의 대응은 이에야스라는 이질적인 인물의 개입으로 그 분위기가 당장 흐려질 것이었다.

"무엇을 꾸물거리고 있는 게야. 나는 처음부터 이 아가씨를 이에야스와 만나게 할 생각이었어."

"도쿠가와 님에게, 이 아가씨를?"

"그래. 하하하…… 죠스이나 되는 지혜주머니도 그것을 몰랐다는 말인가?"

히데요시는 즐거운 듯 눈을 가늘게 뜨고 코노미를 돌아보았다.

"그대는 모반인의 딸들과 오래 전부터 친했다고?"

"모반인의…… 말씀입니까?"

"그래. 리큐의 딸은 말하지 않아도 알겠지만 마츠나가 히사히데松永久秀의 친딸, 호소카와의 아내는 아케치明智의 친딸이야."

"호호호…… 사실입니다."

"그렇다면 오긴은 지금 어디 숨어 있지, 소식을 듣지 못했나?"

"예, 전혀……"

"그럴 테지. 알고 있을 여자가 아니지. 안다면 괴로울 테니."

코노미는 오싹 하고 싸늘한 바람을 느꼈다. 저도 모르게 얼굴이 굳어지려는 것을 겨우 웃음으로 얼버무렸다.

"호호호…… 전하는 질문하시는 솜씨가 놀랍습니다. 알고 있었다면 저도 모르게 입 밖에 낼 뻔했습니다."

"불러오겠습니다."

죠스이가 당황하며 말을 가로막았다.

"청참외 장수는 류타츠의 노래 같은 것은 들어보지 못했을 것입니다. 이것은 한 단계 높은 취향입니다. 그러면 아가씨, 잠시만 기다려요. 에도의 다이나곤을 모셔올 테니."

이때 오다 우라쿠가 슬쩍 끼여들었다.

10

죠스이도 우라쿠도 오늘의 놀이가 어떤 계산 아래 이루어진 것인지 잘 알고 있었다.

히데요시 자신의 심경은 전에 키타노北野에서 행한 대대적인 다회 때의 기분과는 비교도 안 될 정도로 복잡하고 미묘했다. 해전에서 연거푸 세 번이나 패했을 뿐만 아니라, 요즘 조선에서 들어오는 소식은 상륙한 부대마다 의견 차이가 컸다.

카토 키요마사나 쿠로다 나가마사는 맹장의 면목을 유감없이 발휘하여 기어코 명나라에 쳐들어가려는데 반하여 코니시 유키나가는 두려워하고 있었다. 처음부터 히데요시에게 진실을 전하지 않은 유키나가로서는 당연한 일이었다.

그에 대한 대처로 이시다, 마시타, 오타니 등 세 명의 부교를 조선에 파견했다. 그러나 그것만으로 안심할 수 있는 상태가 아니었다. 이들 세 부교는 말할 나위도 없이 코니시 유키나가의 자중론自重論과 가까운 사람들이어서, 이 때문에 오히려 현지 분위기가 험악해질지도 모르는 실정이었다.

그리고 도쿠가와 이에야스, 마에다 토시이에를 비롯하여 히데요시 대리로 조선에 가겠다고 자청한 사람들은 바다를 건널 여력이 없는 것이 사실이었다.

이와 같은 불리한 부담을 히데요시 나름의 오기로 감추려 하는 대내적인 전략이 이 참외밭 놀이에 내포되어 있었다.

코노미는 이것을 재치 있게 폭로하고 말았다. 아마도 히데요시는 자기 말과는 달리 기분이 불쾌했을 터였다…… 죠스이가 문득 이것을 깨달았을 때, 히데요시가 이에야스를 부르라고 명했다.

죠스이가 일어나기를 기다렸다가 우라쿠가 얼른 입을 열었다.

"전하, 과연 전하께서는 고생을 해보신 분이라 다릅니다. 오늘의 행사에서는 전하의 분장이 으뜸이었다고 모두가 평하고 있습니다."

"아니야……"

히데요시는 놀라는 몸짓을 하면서 눈을 크게 뜨고 잔을 우라쿠에게 건넸다.

"나의 분장이 으뜸이었다는 그 입에 발린 말을 믿는가, 우라쿠는?"

"원, 무슨 말씀을 하십니까. 이 우라쿠도 그렇게 생각했기 때문에 말씀 드렸습니다."

"하하하…… 들었지, 코노미? 내 앞에는 이처럼 뻔뻔스럽게 거짓말을 하는 자들이 우글거리고 있어."

"어머, 거짓말이라니요……?"

"거짓말이야. 분장을 가장 잘한 것은 히데요시가 아니야."

"그러시면, 전하가 보시기에는?"

"다이나곤이지, 이에야스야. 내 분장에는 꾸밈이 있었지만 이에야스에게는 꾸밈이 없었어. 어김없는 청참외장수였어."

"말씀을 듣고 보니 도쿠가와 님도……"

다시 우라쿠가 입을 열었다. 취기가 돌았다고는 하나, 히데요시의 말이 차차 날카로워진다는 것을 느낄 수 있었기 때문이다.

"자네는 잠자코 있게. 나는 이 아가씨와 이야기하는 중일세. 그런데, 코노미."

"예…… 예."

"두번째로 분장을 잘한 사람은 누구라고 생각하나?"

"그러시면, 두번째가 전하시라는 말씀입니까?"

"틀렸어!"

히데요시는 강하게 고개를 저었다. 그러면서 갑자기 코노미의 코끝을 가리켰다.

"두번째는 바로 그대였어. 그대는 히데요시의 패전을 알고 왔으면서도 아주 교묘히 시치미를 떼고 내 비위를 맞추려 했어. 두번째는 사카이의 재녀, 바로 코노미야."

이때 죠스이가 이에야스를 데리고 왔다.

11

이에야스는 이미 청참외장수의 모습이 아니었다. 뚱뚱하게 살찐 속살이 들여다보일 것 같은 홑옷에 하카마袴°를 입고 있었다.

히데요시는 그 모습에 다시 큰 소리로 웃었다.

"다이나곤, 자, 잔을 받으시오."

"고맙습니다."

"지금 여러 사람이 의견의 일치를 보았소. 오늘의 분장은 다이나곤이 첫째였다고…… 그렇지 않은가, 요도?"

히데요시는 거나하게 취해 있었다. 갑자기 묻는 바람에 챠챠는 당황하여 주위를 돌아보았다.

"어디를 보고 있는 거요, 그대는? ……츠루마츠가 죽은 뒤부터 그대는 넋이 나간 것 같아. 안 그런가, 마츠노마루?"

이번에는 마츠노마루가 깜짝 놀라 술병을 받쳐들었다.

"그런 슬픈 말씀은 하지 마십시오. 오늘 같은 날에 도련님 이야기를 하시다니."

"그래, 그 말이 옳아. 참, 나는 다이나곤에게 분장의 으뜸상을 주려고 했어. 그렇지, 죠스이?"

죠스이는 쓴웃음을 짓고 이에야스를 돌아보았다.

"전하는 기분이 아주 좋으십니다."

그런 가운데 코노미는 문득 숨을 죽였다.

'아무래도 이상하다. 히데요시의 난폭한 술주정이 시작되는 것은 아닐까?'

이렇게 생각했을 때 히데요시의 눈은 벌써 코노미의 얼굴에 잔뜩 못박혀 있었다.

"코노미라고 했지?"

"예."

"실은 말이지, 나는 이처럼 젊은 여자를 몇 사람이나 진중까지 데리고 나왔어."

"예."

"나는 이미 한창 나이를 넘긴 사내. 그래서 좀처럼 여자들에게 봉사하기가 어려워. 그런 나를 생각하고 키요마사와 나가마사 등이 싸움을

하는 틈틈이 조선에서 호랑이 사냥을 해서 귀중한 강정약을 보내주고
있어."

코노미는 그만 얼굴을 붉혔다. 히데요시가 이런 자리에서 느닷없이
잠자리 이야기를 꺼내리라고는 생각지도 못했다.

"하하하…… 얼굴을 붉히는군. 다이나곤, 보시오. 이 여자가 얼굴을
붉혔소."

히데요시는 재미있다는 듯, 이번에는 깔고 앉았던 호랑이 모피 끝을
쳐들어 코노미에게 보여주었다.

"코노미, 이 호랑이는 내가 여자들에게 훌륭하게 봉사할 수 있도록
가죽을 남겨주었어. 생각해보면 불쌍한 녀석이지. 백수百獸의 왕……
죽림竹林의 왕으로 태어났으면서도 이 히데요시의 잠자리를 위한 환약
이 되다니. 아니, 확실히 효과가 있어…… 정말 효과가 있었어. 그렇지
않은가들……?"

"어머, 그런 말씀은 하시는 게 아닙니다."

마츠노마루가 예쁜 얼굴을 찌푸리고 무릎을 때렸다.

"와하하…… 무슨 소리? 히데요시는 숨김이 없는 사나이야. 한 일은
했다고 하고, 하지 않은 일은 하지 않았다고 말하는 사람이야. 알겠나,
코노미?"

"……"

"아니, 그렇게 얼굴을 붉힐 것까지는 없어. 좌우간 나는 늙은 몸에
채찍질을 하면서 열심히 밤일을 하고 있지만, 생각해보면 다이나곤은
훨씬 젊고 건강한데도 이 진중에서 혼자 지내고 있거든. 안 될 말이야!
그래서 오늘 분장을 제일 잘한 다이나곤과 두번째로 잘한 그대에게 이
자리에서…… 상을 주겠어. 다름 아니라 다이나곤에게 줄 상은 여기
있는 코노미, 코노미에게 줄 상은 바로 다이나곤. 내 말을 어기면 용서
하지 않을 것이야. 두 사람 모두 알았나?"

이에야스도 깜짝 놀랐으나, 죠스이와 우라쿠 역시 어이가 없다는 듯 서로 얼굴을 마주보았다. 코노미는 아직 그 의미를 이해하지 못한 듯 멍한 표정이었다.

진중의 반려로 코노미를 이에야스에게 주겠다니 이 얼마나 엉뚱한 발언이란 말인가. 더구나 '어기면 용서하지 않겠다'고 덧붙인 히데요시의 표정에서는 결코 농담으로만 받아들일 수 없는 묘한 고집을 느낄 수 있었다.

"알겠소, 다이나곤?"

히데요시는 다시 못을 박았다.

"분장을 제일 잘한 상으로 여기 있는 미녀를 주겠소."

"예, 정말 고맙습니다."

이에야스는 흘끗 코노미를 바라보고 순순히 고개를 숙였다.

"코노미, 그대도 알았겠지? 두번째로 분장을 잘한 그대에게 다이나 곤을 주겠다고 했어."

코노미는 그제야 비로소 무엇이 히데요시를 노하게 만들었는지 깨달았다.

히데요시는 그녀가 이번 전쟁에 반대한 사카이 사람들의 첩자로서 해전의 패배를 확인하러 온 것이라고 해석한 모양이었다. 그렇게 해석했다면, 분명 코노미의 재치는 여간 아니꼽지 않았을 것이다.

코노미 역시 저도 모르게 이에야스를 돌아보았다.

"왜 잠자코 있나? 다이나곤은 좋다고 했어. 그대도 어서 대답해, 코노미……"

"예…… 예."

"예……라고만 할 것이 아니라, 어째서 고맙다는 말을 하지 못하는

가? 아니면, 사카이의 여자들은 다이나곤 모시는 것을 달갑게 생각지 않는다는 말인가?"

"예…… 그렇습니다."

"뭣이, 그렇다고?"

히데요시의 낯빛이 삽시간에 변했다. 그때 코노미가 처음으로 소리 내어 웃었다.

"모처럼 상을 주시려면 제가 지닐 수 있는 것을 주십시오."

"지닐 수 있는 것이라고…… 그렇다면 그대는 남자를 가질 수 없는 여자인가?"

"다이나곤 님은 보기에도 아주 무거우실 것 같습니다. 주신다 해도 가져갈 수가 없습니다."

"뭐…… 뭣이!"

"저는 여행을 하는 중입니다. 사카이의 제 집으로 가져가 문갑 속에 넣을 수 있는 것을 주셨으면 합니다."

쿠로다 죠스이가 빙긋이 웃었다.

'이 여자는…… 타이코를 조롱할 생각이로구나……'

무모에 가까운 태도를 취하고 있는 이상 생명을 던질 각오일 터. 더구나 코노미의 표정에는 공포감이나 긴장감은 전혀 떠올라 있지 않았다.

'과연 쇼안의 딸……'

이런 생각을 했을 때 히데요시가 이에야스에게 말했다.

"다이나곤, 들었겠지요. 이 여자는 오노노 오츠小野のお通°를 능가하는 여자요. 다이나곤이 히데카츠를 꼴사나운 위기에서 구해주지 않았소? 그 사례로 이 여자를 주려고 했더니, 무거워서 가져갈 수 없다는구려. 어떻게 했으면 좋겠소?"

여전히 희롱인지 고집인지 구별할 수 없는 히데요시의 말에 이에야스는 다시 한 번 진지하게 대답했다.

"고맙습니다."

13

히데요시의 소실 두 사람은 잔뜩 긴장하여 마른침을 삼키는 표정이었다. 저마다 자기가 이런 일을 당하면 무어라 대답할 것인지 마음속으로 생각하고 있는지도 모른다.

다만 우라쿠만이 이미 승부가 났다는 듯이 고개를 돌리고는 잔을 들었다.

"고맙다니…… 그럼, 다이나곤은 이 여자를 데려가겠다는 말이오?"

"예."

이에야스는 태연한 얼굴로 고개를 끄덕였다.

"모처럼 전하가 주시니 감사히 받겠습니다."

"그러나…… 코노미는 무거워서 가져갈 수 없다고 하는데?"

"그러면, 가벼운 쪽을 주면 됩니다."

"아니, 다이나곤은 몸이 둘이란 말이오?"

"몸은 하나지만, 여자에게 주는 정은 무거운 것도 있고 가벼운 것도 있습니다."

"사카이에 가져가 문갑에 넣을 수 있다는 말이오?"

"품속에도 향주머니에도 넣을 수 있습니다."

갑자기 히데요시는 소리 내어 웃기 시작했다.

"와하하…… 들었겠지, 코노미? 다이나곤은 무슨 일이 있어도 그대를 갖겠다고 하는군. 다이나곤은 갖겠다고 하고 타이코는 주겠다고 했어. 그런데도 거절하겠나?"

코노미의 눈썹이 꿈틀거렸다. 드디어 지기 싫어하는 성질이 꿈틀대는 모양이었다.

"에헴······"

죠스이가 옆에서 크게 기침을 했다.

"황송합니다마는, 전하의 패배입니다."

"자네는 가만히 있게. 나는 코노미에게 묻고 있는 거야. 코노미, 어서 대답해."

"이미 대답했습니다."

코노미는 약간 굳은 목소리로 말했다.

"정을 나누는 데는 호랑이 고기의 환약은 필요치 않습니다."

"뭐라구!"

"이미 다이나곤 님의 정을 받았고, 저도 드렸습니다. 전하가 보시지 못했을 뿐입니다."

"으음. 다이나곤, 그 말이 맞소?"

죠스이는 마음이 놓였다.

'이것으로 끝났다······ 이에야스가 그렇다고만 대답하면 이 일은 농담으로 끝난다······'

그렇게 생각하는 순간 이에야스가 뜻밖의 대답을 했다.

"저는 어떻게 된 일인지 전혀 모르겠습니다."

"아니, 모르겠다고?"

"예. 저는 아직 이 여자에게 정을 준 기억이 없습니다. 여자가 받았다고 한다면 아마 다른 사람의 정일 것입니다."

이번에는 히데요시가 어안이 벙벙했다. 그 역시 죠스이와 마찬가지로 이쯤에서 이에야스가 교묘히 구원의 손을 내밀어줄 것이라 생각하고 있었던 모양이다.

이에야스는 어째서 일부러 묘한 말을 한 것일까? 이런 생각을 하다가 히데요시는 그만 푸우 하고 입에 물었던 술을 뿜어내고 말았다.

'그렇다, 이에야스는 정말 여자가 탐난 것이다. 코노미가 마음에 든 모양이야……'

"전하, 왜 웃으십니까? 웃을 일이 아닙니다."

"그렇소, 웃을 일이 아니오. 아, 그렇고말고! 이 여자는 일부러 진중에 찾아온 수상하기 짝이 없는 자요. 다이나곤에게 여자를 맡길 테니 데려다가 철저히 조사하도록 하시오."

거목巨木과 미녀

1

이에야스가 코노미를 데리고 히데요시 앞에서 물러난 것은 해가 서서히 서쪽으로 기울 무렵이었다.

격식과 예절을 무시한 참외밭 놀이는 절정에 달했다. 여기저기서 술에 취한 탁한 노랫소리와 찻잔 부딪치는 소리가 들렸다. 쿠로다 죠스이가 알렸는지, 시마이 소시츠는 여간 걱정스럽지 않아 밖에 나와 서 있었다.

"묻고 싶은 것이 있어서 그러니 잠시 빌리겠소."

이에야스도 진중의 다회에서 만난 일이 있는지라 소시츠와는 구면이었다. 하지만 그 목소리도 표정도 결코 친밀감을 나타내는 것은 아니었다.

코노미가 크게 불안을 느끼기 시작한 것은 그 무렵부터였다.

자기 앞을 걸어가는 육중한 고깃덩어리가 여자의 살에 굶주린 전쟁터의 사나이라 생각하는 순간 단지 그것만으로도 코노미는 덜덜 무릎이 떨려왔다. 이미 소녀는 아니었다. 그렇지만 남자를 모르는 여자의 공포는 나이를 가리지 않았다. 아니, 소녀가 아니므로 도리어 몸을 요구해온다면 대응하기 어려울 것 같았다.

상대가 히데요시라면 코노미도 재치를 발휘하여 적절히 대응할 수 있을 것 같았다. 그런 의미에서 이에야스는 히데요시보다 몇 배나 다루기 어려운 상대였다.

첫째로 감정이 있는지 없는지조차 알 수 없었다. 노한 것인지 기분이 좋은 것인지, 진정인지 희롱인지 전혀 알 수 없으니 섣불리 입을 열 수도 없었다. 아무런 예비지식도 없이 맹수를 대하고 있는 것처럼 무시무시하기까지 했다.

더구나 그 상대는 자기 자리로 돌아가려고도 하지 않았다.

"신타로新太郎, 돌아가겠네."

이렇게 말하고 그대로 참외밭에서 나와 해안가 수풀 속을 묵묵히 걷기 시작했다.

이에야스는 성 뒤에 있는 사원의 불타버린 돌길을 걸어 경내에 들어서면서 흘끗 코노미를 돌아보았다. 그뿐 수많은 군졸 사이를 뚫고 본당의 긴 복도를 지나 거실로 들어갔다.

이에야스가 머물기 위해 증축한 듯한 거실은 일부러 마루를 낮게 하고, 주위 토담 밖에도 몇 겹으로 통나무 울타리가 쳐져 있었다. 그곳에도 호랑이 모피가 깔려 있었다. 조선에 건너간 장수들이 틈틈이 호랑이 사냥을 한다는 히데요시의 말은 거짓이 아닌 모양이었다.

실내는 밖의 햇빛에 익숙해진 눈에는 어두웠다. 경내를 가득 메운 군사들의 목소리도 여기까지는 들리지 않았다. 싸늘한 분위기와 정적이 코노미를 더욱 불안하게 했다.

이에야스는 잠자코 호랑이 모피 위에 책상다리를 하고 앉았다.

"코노미……라고 했던가?"

비로소 움츠리고 앉아 있는 코노미에게 말을 걸었다. 코쇼는 옆방으로 물러가고 실내에는 두 사람만 있었다.

"나는 그대를 어디서 본 듯한데……"

"그것은…… 아주 오래 전의 일입니다. 제가 어렸을 때의."

"그렇다면 역시 본 일이 있었군. 그대는 챠야 시로지로茶屋四郞次郞를 아나?"

"챠야 아저씨라면 아는 정도가 아닙니다."

"그럼, 친한가?"

여전히 감정을 드러내지 않은 무거운 어조로 말했다.

"그대는 엄청난 일을 저질렀어."

2

"엄청난 일이라면, 타이코 전하에게 무례한 언동을……?"

겁을 먹은 코노미의 반문이었다.

"자신도 깨달은 모양이군."

이에야스는 여전히 무뚝뚝한 표정으로 쓴웃음을 지었다.

"……그대는 누구라도 자기 친구인 줄 알고 행동하는 버릇이 있는 것 같아."

"예. 사카이 사람들의 개방적인 기풍입니다. 잘못된 일일까요?"

"경우에 따라서는 그럴 수도 있지."

이에야스의 목소리가 갑자기 더 무거워졌다.

"그대는 사카이 사람을 비롯하여 나 역시 걱정하고 있는 일에 큰 방해를 놓았어."

코노미는 천천히 고개를 갸웃했다.

"어떤 방해를 했는지…… 저는 잘 모르겠습니다마는……"

"그럴 테지. 알고 있었다면 방해했을 리가 없으니까. 아마 그대의 아버지도 우리와 똑같은 걱정을 하고 있을 게야……"

여기까지 말하고 이에야스는 왠지 길게 한숨을 쉬었다.

"코노미."

"예…… 예."

"그대는 당분간 우리 진지에 있어야겠어."

"타이코 전하의 명령……이라는 말씀입니까?"

"지나치게 눈치가 빠르군, 그대는."

"예……?"

"그렇게 앞질러 말하면 안 된다는 뜻이야. 이제부터 그대의 실수를 말하겠다, 내 말을 들으면 잠시 여기 있지 않으면 안 될 이유도 알게 될 것이다…… 이렇게 말하고 있는 거야."

코노미는 다시 한 번 고개를 갸웃거리고 이에야스를 쳐다보았다.

'역시 여자에게 굶주린 사나이의 사전준비가 아닐까……?'

그 눈은 이런 의심으로 빛나고 있었다.

"그대는 소시츠나 나의, 어떻게 하면 타이코를 쿄토에 돌아가게 할 수 있을까 하는 고심에 찬물을 끼얹었어."

"예? 어째서 그렇습니까?"

"알겠나, 타이코가 계속 여기 계시면 전쟁은 더욱 확대되게 마련이야. 그래서 일단 쿄토로 돌아가시게 하자고 모두 머리를 짜내는 중이었어."

"……?"

"이럴 때 그대가 나타나 타이코가 고집을 부릴 수 있는 말을 했어. 그럼, 당분간 그대가 여기 있어야 할 이유를 말하지. 실은 오늘의 참외밭 놀이도 타이코를 쿄토로 돌아가시게 하려는 계획의 하나였어."

"어머……"

"모두 한마음이 되어 있으면 타이코가 여기 계시지 않아도 염려할 것 없다…… 그리고 또 돌아가시게 할 이유가 생겼어. 언제 말씀 드릴 것인지 상의하고 있는 중이었는데…… 그 이유란 다른 것이 아니라, 쿄토의 오만도코로 님이 병환이 드셨어. 그 병이 위독하다는 것을 이유로 일단 쿄토에 돌아가시도록 청하고, 조선의 전선戰線을 정리하려는 것이야. 그렇지 않으면 일본은 엄청난 배의 부족을 겪어야 돼. 그러면 사카이나 하카타, 이곳 사람들이 고통받을 뿐만 아니라, 국내 수송 문제에 큰 혼란을 일으키게 돼. 알겠나, 그 타이코를 그대가 고집을 부리도록 만들어놓았어……"

이에야스의 설명에 비로소 코노미는 깜짝 놀랐다.

3

"그러면…… 그러면, 제가 말씀 드린 노고에 대한 위로의 말이 잘못되었다는 것입니까?"

코노미가 갑자기 다그쳐 물었다.

이에야스는 흰 부채를 조용히 흔들며 고개를 끄덕였다.

"인간은 같은 동정의 말을 할 때라도 상대의 기질을 깊이 고려해야만 해."

"그러면 저는 생각이 부족한 여자……라는 말씀입니까?"

"부족하지는 않으나 깊지 못해…… 그대는 처음부터 타이코에게 지지 않으려고 재치를 부렸어. 위로의 말보다 그쪽에 더 무게를 두었지. 그대의 위로를 받으면 오기로라도 끝까지 싸우려 드는 타이코의 기질을 몰랐던 거야. 무리는 아니지만, 앞으로는 조심해야 해."

코노미는 똑바로 이에야스를 쳐다보았다.

과연 코노미는 마음으로부터 히데요시를 위로하려 한 것은 아니었다. 그렇더라도…… 사카이 상인의 딸에게 현재 천하를 호령하는 타이코 전하를 위로하라니, 이 무슨 이상한 말을 하는 사람인가?

"그러면, 저는 그 잘못을 보상하기 위해 어떤…… 어떤 일을 해야 할까요?"

"잠시 나의 진중에 머무르지 않으면 안 되겠어."

"그러면서 다이나곤 님을 모셔야 하나요?"

"그렇게 앞질러 말하면 곤란해. 타이코는 지금 그 누구의 동정도 받으려 하지 않아. 알고 있겠지. 남자란 고집스러운 것. 전투에 패하고 있을 때 동정을 받는 것처럼 괴로운 일도 없어."

"알 것 같기도 합니다."

"그럴 테지. 나는 히데카츠를 위로했어. 그대는 타이코를 위로했고. 그래서 타이코는 화가 나서 우리 둘에게 어려운 문제를 상으로 내렸어…… 내 말이 맞지?"

"말씀을 듣고 보니 확실히 그런 것 같은……"

"지금은 그대를 고맙게 받아놓겠어. 고맙게 여기는 체하고 인사를 드리러 찾아가 오만도코로의 병환을 말씀 드려야 해. 그렇게 해서 순순히 쿄토로 돌아가시게 하는 것밖에는 다른 방법이 없어."

이에야스는 희미하게 쓴웃음을 지었다.

"지금 나는 우리가 어떻게 하면 타이코를 쿄토로 돌아가시게 할지 고심하고 있다고 그대에게 밝혔어. 그런데 이 말이 누설되기라도 하면, 타이코는 귀환을 승낙하실 리 없지. 말하자면 그대는 인질이야, 타이코가 이 땅을 떠나 귀로에 오르실 때까지…… 그대 자신이 초래한 일이므로 어쩔 수 없어. 해가 지거든 내가 그 뜻을 소시츠에게만은 전하도록 하지."

코노미는 당장에는 무어라 대답할 수가 없었다.

벌레가 살갗에서 기어다니는 것 같은 소름이 느껴졌다. 그러나 이에 야스의 말에는 전혀 빈틈이 없었다. 코노미가 히데요시의 명령에 따르지 않았다는 것이 알려지면, 히데요시는 희롱으로라도 다시 무슨 말을 할지 모른다는 생각이 들었다.

"이봐, 시원한 보리차를 가져오너라."

이에야스는 말을 마치자, 이미 그렇게 결정되고 또 실행될 것으로 믿는다는 태도로 손뼉을 쳐 사람을 불렀다.

"신타로, 여기 있는 미녀는 타이코 전하가 오늘 내가 청참외 장사를 잘했다고 상으로 주신 여자일세. 앞으로 진중에 머물게 될 것이니 잘 돌보도록 하게."

토리이 신타로鳥居新太郎는 깜짝 놀란 듯 코노미를 바라보고 나서 얼른 보리차를 가지러 갔다.

4

시원한 보리차 두 잔이 나와 하나는 이에야스 앞에, 또 하나는 코노미 앞에 놓였다.

"고맙습니다."

코노미는 애써 냉정한 체하면서 차를 마셨다. 결코 맛이 좋다고는 할 수 없었다. 보리를 제대로 볶지 않은 탓인지 비릿한 맛이 났다. 역시 남자들만이 있는 진중이라 그럴 것이다.

이에야스는 차를 맛있게 마시고 나서 무언가 골똘히 생각하고 있었다. 어떻게 히데요시를 쿄토로 보낼 것인지 생각하는 것 같았다.

이에야스는 히데요시가 계속 여기 머물러 있으면 일본 전체에 '배의 부족 사태'가 일어난다고 했다. 무슨 정보가 들어올 때마다 병력을 출

동시키라고 할 것이기 때문이다.

지금 일본에서 배를 만드는 목수들은 모든 지역에서 총동원되어 밤낮을 가리지 않고 배를 만들고 있었다. 그렇게 해도 부족하다면 제아무리 타이코라 해도 해상의 수송력에 관한 한 처음부터 계산을 잘못했던 것이 아닐까?

'더구나 해전에서 잃은 선박도 보완해야 할 것이고⋯⋯'

코노미는 무의식적으로 자기가 놓인 불안한 위치를, 주위의 사정을 이해하는 것으로써 잊으려 하고 있었다.

이에야스는 쇼안의 생각도 역시 자기와 같을 것이라고 했다. 사실 쇼안도—

"군사란 단지 보내기만 하면 되는 것은 아니야."

이렇게 안타까운 표정으로 말한 적이 있었다.

"만일에 전투가 불리해졌을 경우⋯⋯ 충분히 배가 준비되어 있지 않으면 거기서 죽도록 내버려둘 수밖에 없어."

이에야스도 이 점을 생각하고 히데요시를 쿄토로 돌려보내려 하는 것이라면 분명히 아버지와 같은 이유로 고민하고 있을 터⋯⋯

이런 생각을 하고 있는데 다시 이에야스가 무어라고 말했다. 그러나 무슨 말을 했는지 알아듣지 못했다.

"무어라 하셨습니까?"

코노미는 당황해하며 물었다.

"그 그릇을 보라고 했어. 보리차를 담은 그릇을."

"예⋯⋯? 이것 말씀입니까?"

"그래. 그 그릇을 어떻게 생각하나?"

"조선의 찻잔인 줄로 알고 있습니다."

코노미는 의아하다는 듯 손에 든 찻잔과 이에야스의 얼굴을 번갈아 바라보았다.

"하하하…… 그대도 조선의 것으로 보는군. 하지만, 그렇지 않아. 이 땅 카라츠唐津에서 새로 구운 거야."

"예? 이것을 일본에서……"

"응, 그래. 조선에 건너간 무장이 벌써 도공陶工을 붙잡아 일본으로 보냈어. 그들이 만든 것이지. 전쟁이란 참으로 이상한 것이라니까."

이에야스 자신도 찻잔을 바라보면서 감탄한 듯 말을 계속했다.

"가령 이번 전투가 불리해져서 유종의 미를 거두지 못한다 해도, 이러한 기술은 전투의 부산물로 영원히 남게 될 거야."

코노미는 다시 한 번 짙은 갈색 흙에 흰 유약을 바르고 군데군데 풀잎 같은 무늬를 그려넣은 찻잔을 살펴보았다. 아무리 보아도 어김없는 조선의 훌륭한 도기로만 생각되었다.

"어머나, 이처럼 아름다운 것을 일본에서 만들다니……"

"그뿐 아니라, 전쟁은 이처럼 우리를 이런 곳에서 만나게 해주었어. 묘하다고 생각지 않나?"

"묘하다고…… 생각합니다."

다시 오싹하고 등줄기에 싸늘한 한기를 느끼는 코노미였다.

5

코노미는 이에야스의 눈웃음이 두려웠다. 말도 붙일 수 없을 정도로 무표정한 모습으로 있을 때는 그래도 괜찮았다. 그러나 이에야스의 눈에 코노미가 한 사람의 여자로 비칠 때는 웃을 것이다. 웃음을 보내거나 도발해온다면 지금의 코노미는 완전히 무방비 상태였다.

이런 생각과 함께 이제는 찻잔에 대한 화제조차도 두려웠다. 그런 말을 기화로 차차 동물적인 욕심을 드러내는 것이 남자의 수법……이라는 경계 본능이 서서히 온몸을 조여왔다.

이에야스가 덜컥 찻잔을 앞에 내려놓았다.

"신타로, 이리 좀 오게."

"예, 부르셨습니까?"

"생각해보니 내가 가기보다는 소시츠에게 이리 오라고 하는 편이 좋겠어. 이미 연회도 끝났을 거야. 누군가를 보내 시마이 소시츠에게 내가 부른다고 전하라고 하게."

"알겠습니다."

신타로가 공손히 절하고 나가기를 기다렸다가 이에야스는 다시 중얼거리듯이 말했다.

"분위기가 어색해지면 안 돼. 소시츠에게 오라고 하는 편이 그대에게도 좋을 거야."

코노미는 이 말에도 대답할 수 없었다.

'소시츠를 불러 어떻게 하겠다는 것일까?'

이에야스의 말에는 그런 추측마저도 허락지 않는 애매함이 있었다. 어쩌면 소시츠에게도 조금 전에 말한 것 같은 이유를 들어 코노미를 꼼짝 못하게 하려는 속셈은 아닐까……?

'만일 그렇다면 나는 어떻게 해야 좋다는 말인가?'

"챠야 시로지로는……"

잠시 후 이에야스는 생각났다는 듯 입을 열었다.

"나와 만날 때마다 쇼안 이야기를 하곤 해."

"예……"

"쇼안은 좀처럼 보기 드문 인물이라고 몹시 우러러보더군."

"아버지도…… 아버지도 자주 다이나곤 님 말씀을 하십니다."

"나는 그대를 만나보고 쇼안의 인품을 상상했어."

"불초한 자식입니다. 그러시면 아버지의 참모습을 아시지 못합니다."

"그렇지도 않을 거야. 그대가 남자였다면 부탁하고 싶은 일이 있을 정도야. 그대라면 코니시 셋츠에게 사자로 가서 조선과의 화의를 일찍 성사시킨다…… 그런 일까지도 할 수 있을 것 같아서 하는 말이야. 허나 그대는 여자로 태어났어."

"……"

"그대는 어째서 인간이 여자와 남자로 나뉘어 태어나는지 생각해본 일이 있나?"

"없습니다마는…… 어째서일까요?"

저도 모르게 코노미가 반문했다.

"후후후……"

이에야스는 나직하게 웃었다.

'아뿔싸!'

이런 생각이 드는 순간 코노미는 움찔 물러났다.

"후후후, 그 이유는 말이지, 남자만 있으면 살풍경하여 이 세상에 따스함이 부족해지기 때문이지. 부드러움이 모자라니까."

코노미는 눈을 감았다. 이 경우 부드러운 여자가 되어야 한다는 말인가…… 그런 반발과 피할 수 없으리라는 체념이 하나가 되어 갑자기 천지가 빙빙 도는 듯했다……

6

"말씀 드립니다."

토리이 신타로의 목소리였다.

"시마이 소시츠 님께서 뵙고 싶다면서 먼저 찾아오셨습니다."

"뭐, 시마이가 자진해서 왔다는 말이냐? 잘됐군. 어서 안내하게."

코노미는 안도했다. 온몸에 식은땀이 흠뻑 배었다.

"소시츠가 왔다는군."

이에야스는 무엇을 생각하는지 담담하게 말했다.

"그대도 이제는 마음이 든든해질 거야. 이마의 땀을 닦도록 해."

"예…… 예."

"오오, 소시츠로군. 잘 오셨소. 그렇지 않아도 사람을 보낼까 하던 참이었는데. 코노미가 겁을 먹은 것 같아서 말이오."

소시츠는 그 말에는 대답하지 않고 이에야스 앞으로 나와 공손히 두 손을 짚었다.

"주흥 탓이라고는 하나 타이코 님은 평소와 다른 것 같더군요."

"나도 그 말을 하던 중이오. 지기 싫어하시는 분이니 무리가 아니지요. 모두 조심해서 모실 수밖에……"

"실은……"

소시츠는 품속에서 서신 한 통을 꺼냈다.

"나야 님을 비롯한 사카이 사람들이 소탄과 저에게 서신을 보냈습니다. 솔직히 말하면 배가 부족하다…… 이렇게 되면 오래지 않아 이 나고야에도 식량수송이 어렵게 될 것이다, 배가 없이 어떻게 해외에서 국위를 떨칠 수 있겠는가, 이쯤에서 우선 배가 만들어질 때까지 원군파병을 중지하시도록 진언하라는 내용입니다."

"그래요? 옳은 말이오."

"파병하는 인원이 많아질수록 수송을 위해 더 많은 배가 필요하다, 그 배가 없다면 현지에서 식량을 징발할 수밖에 없고, 그렇게 되면 그곳 백성들의 반발로 전투는 더욱 고전을 면치 못하게 되고 오래 끌게 된다, 이런 악순환을 막지 않으면 안 된다, 일단 진격을 중단하고 각각 현재 위치에서 농성하며, 그동안에 서둘러 배를 만들도록, 그리고 어떤 일이 있어도 다이나곤 님의 도항은 만류하라……고."

"나더러 도항하지 말라고……?"

"예. 배의 부족…… 그 한 가지만으로도 아무리 용맹한 일본군이라 할지라도 그 실력을 발휘할 수 없다……는 것이 사카이 사람들의 생각인 것 같습니다."

"시마이 님."

"예……"

"그 서신은 그냥 덮어둘 수 없겠소?"

"그러시면 다이나곤 님은 따로 생각하시는 바가……"

"묘안이 있을 리 없지요. 그러나 이런 말을 하면 타이코는 더욱 고집을 부리실 것이오. 츠루마츠 님이 죽은 뒤부터는 이전의 타이코가 아니라는 생각이 드는군요."

"사실이 그럴지도 모릅니다."

"그래서 나는 이 여자를 주신 데 대한 인사를 드리러 가서 부탁을 하나 할까 생각하고 있소."

"부탁을……?"

"그렇소. 지난번에 온 사카이 사람들 서신에 따르면, 오만도코로 님의 병환이 예사롭지 않다고 합니다, 일단 쿄토로 돌아가셔서 문안을 드리십시오…… 이렇게 부탁하려고 하오."

소시츠는 무릎을 탁 치며 고개를 끄덕였다.

"아닌 게 아니라 그런 이야기도 서신에 씌어 있었습니다."

7

코노미는 두 사람의 대화를 듣는 동안 자신이 부끄러워졌다. 이에야스 안에 있는 사나이를 지나치게 의식한 나머지, 그들이 무엇 때문에 부심하고 무엇 때문에 고민하는가를 생각지 못하고 있었다.

쇼안도 자주 그 말을 하곤 했다.

"전투에서는 말이다, 이기고 있을 때보다도 좌절했을 때 대장의 기질이 더 잘 드러나는 법. 진격할 때도 후퇴할 때도 이성理性으로……해야겠지만 좀처럼 그렇게 되지 않는 것 같아."

그런 점에서 히데요시와 이에야스의 제휴는 바람직하다고 했었다.

"그래요? 오만도코로의 병세에 대해서도 씌어 있다는 말이오?"

"예…… 있었습니다고 제가 말씀 드렸습니다마는."

코노미는 그만 웃음을 터뜨릴 뻔했다. 소시츠는 거짓말을 하고 있었다. 그렇게 씌어 있다고 하면서 이에야스에게 히데요시의 상경을 권유하도록 할 생각인 모양이었다.

"그래요? 그렇다면 나도 말씀 드리기가 수월하겠군. 그런데, 타이코는 정말 취하셨던가요?"

"취하고 싶지만 취하지 않는다…… 그래서 아까처럼 희롱의 말씀을 하셨을 것입니다. 돌아가실 때는 완전히 정상이셨습니다."

"알겠소. 그럼, 곧 성으로 찾아뵈어야겠군. 그런데, 참……"

이에야스는 코노미를 돌아보았다.

"어떻소, 이 규수는 잠시 여기 있어야 한다고 생각하는데?"

코노미는 다시 한 번 몸을 굳히고 소시츠를 바라보았다.

왜 이렇게 이에야스가 마음에 걸리는 것일까. 남자의 정체를 너무나 잘 아는 노처녀의 천박한 망상인지도 모른다…… 이런 생각과 함께 냉정해지려고 하면서도 그만 얼굴로 핏기가 올라왔다.

"그것은……"

소시츠도 역시 코노미를 바라보았다.

"만일에 상경을 승낙하신다면 타이코 님이 떠나실 때까지 맡아주시는 것이 좋을지도 모르겠습니다."

"하하하…… 그러나 코노미는 두려워하고 있어요. 나는 아직도 건강한 남자니까."

소시츠는 대답하는 대신 얼른 고개를 돌려버렸다.

'농담하고 있을 때가 아니다!'

이렇게 말하는 듯한 무언의 항의였다.

이에야스는 다시 한 번 웃고 자리에서 일어났다.

"좌우간 잠시 이야기라도 나누며 기다리시오. 나는 인사도 인사지만, 오만도코로 님 병세를 듣고 급히 찾아뵙는 것으로 하리다."

"그렇게 해주시면 고맙겠습니다."

"배란 말이지……"

이에야스는 중얼거리면서 일어섰다.

"배의 부족이 여러 가지 문제를 일으키는군."

그리고는 큰 소리로 신타로를 불러 둘이 함께 밖으로 나갔다.

여름 해는 길다. 벌써 정원의 나무 그림자가 길게 드리워져 있었으나 아직 날이 저물기까지는 시간이 있었다.

이에야스가 나간 뒤 소시츠는 잠시 동안 마루를 통해 불어오는 저녁 바람에 몸을 맡기다가 갑자기 생각난 듯이 중얼거렸다.

"어떠냐, 코노미, 크게 마음먹고 다이나곤 님을 모시면?"

"예?"

코노미는 그 말의 의미를 깨닫고 저도 모르게 옷깃을 여몄다.

8

"이제는 안심할 수 있겠어."

소시츠는 다시 코노미의 두려움과는 아무 관계도 없는 말을 고개를 끄덕이며 혼잣말처럼 했다.

"이야기를 마무리지을 자신이 없이는 움직이지 않는 분……"

"그게 무슨 말씀입니까, 아저씨?"

"도쿠가와 님 말이야. 다이나곤 님은 타이코 전하를 쿄토로 돌아가시게 할 수 있다는 자신감을 갖고 찾아가셨어. 십중팔구 매듭을 지으실 거야."

"오만도코로 님의 문병을 위해 상경하신다…… 그동안에 배를 준비한다…… 이런 말씀인가요?"

"그래. 안 계시는 동안의 일은 일단 도쿠가와 님과 마에다 님 두 분에게 맡긴다…… 그러면 타이코 전하의 체면도 서고 마음도 놓일 거야. 아니, 전하 자신도 도쿠가와 님이 이 말을 해주었으면 하고 초조해하신다…… 이런 판단을 하고 찾아가셨을 것이 분명해."

"그러면 기다렸다는 듯이 승낙하실 거라고?"

"그랬으면 더할 나위 없이 좋은 일이지. 아니, 우리에게 보낸 서신에 오만도코로 님의 병환을 걱정하고 있었다……고 하면 타이코 전하도 문안하겠다고 하실 것이 틀림없어."

소시츠는 다시 목소리를 낮추었다.

"쇼안 님으로부터도 이 위기에 진정으로 도움이 될 사람은 도쿠가와 님이니 두 분 사이가 벌어지지 않도록, 그리고 도쿠가와 님이나 마에다 님을 조선에 가시지 않게 하라고 신신당부하셨어. 어때, 진중에서 도쿠가와 님을 모실 생각은 없나? 인간이란 말이지, 살풍경한 진중생활이 오래 계속되면 자칫 마음이 거칠어져 냉정한 판단을 내리는 것이 어렵게 되는 거야."

"아저씨, 진정으로 하시는 말씀인가요?"

"그래. 내 생각에는 먼저 그러는 게…… 저쪽에서 그렇게 하라는 말이 나오기 전에 말이야."

"그러면, 아저씨는 저쪽에서 그런 말이 나오리라 생각하시나요?"

"그보다도 말이 나온다면 거절할 수 있을까 하고……"

소시츠는 고개를 갸웃거렸다.

"굳이 싫다면, 도쿠가와 님이 돌아오시기 전에 너와 같이 거절할 이유를 생각해놓아야 할 거야."

"어머, 망측해라!"

코노미는 몸을 비틀면서 소시츠에게 어리광을 부렸다. 그러나 어리광은 이 경우 아무 소용도 없었다. 그것을 알고 있는 만큼 코노미는 얼른 진지한 얼굴로 돌아왔다.

"아저씨, 거절할 이유를 생각해주세요. 코노미는 싫습니다."

"그래? 그럼 생각을 해야겠구나."

"다이나곤 님은 정말 그런 말씀을 하실까요?"

"말씀은 하지 않아도 타이코의 명으로 두 사람이 이곳으로 왔어. 그러니 어쩔 도리가 없지 않겠어?"

"아저씨, 만일에 제가 천주교 신자라고 말하면 어떻게 될까요? 천주교 신자는 타이코 전하가 가장 싫어하시지 않습니까…… 따라서 그런 여자는 다이나곤 곁에 둘 수 없다고 하면……"

"으음…… 하지만 그렇게 되면, 그로 인해 쇼안 님이 조사를 받게 되실지도 몰라."

"어째서입니까? 아버지는 그런……"

"사실이 어떠하든 사카이 사람들은 이 전쟁에 반대하고 있다, 그 배후에는 천주교의 손길이 뻗쳐 있을지도 모른다…… 이런 의문을 타이코는 처음부터 가지고 계셔."

"그러면…… 그러면…… 어떻게 하면 좋을까요? 아무리 타이코의 분부라고는 해도 이 코노미는 창녀가 아닙니다."

코노미는 강한 어조로 말했다.

9

"그렇게 함부로 화를 내면 안 돼."

소시츠는 전에 없이 어두운 표정으로 가로막듯 말했다.

"코노미도 이제는 어린애가 아니야. 영향이 미칠 일에 대해서는 냉정히 생각할 수 있어야 해."

"그 말씀은, 거절하면 아버지에게 나쁜 영향이 미치니 자기를 죽이고 다이나곤을 모시라는 것처럼 들립니다마는……"

"그처럼 간단히 단정할 일이 아니야. 그보다도 타이코 전하가 너에게 어려운 문제를 내놓았는데, 그 원인부터 생각해봐야 해."

"타이코 전하가 내놓은 어려운 문제……?"

"그래. 그대는 히데요시의 실패를 보러 왔느냐고 말씀하셨어. 물론 곡해하신 것이지만, 그 곡해의 이면에는 이번 전쟁을 반대한 사카이 사람들에 대한 증오가 숨어 있어."

"아마 사실일 거예요. 하지만 그 때문에 이 코노미가 희생되어야 할 이유는 없다고 생각합니다."

"희생되고 안 되고는 나중의 일이야. 타이코는 사카이 사람들과 우리를 곡해하고 있다…… 그것은 알 수 있겠지?"

"알았습니다. 타이코 님은 의외로 속이 좁은 분이군요."

"그런 말은 하지 않는 게 좋아. 알았다면 그것으로 됐어. 알았으면 그 곡해와 증오에 저촉되지 않도록, 어떻게 하면 슬기롭게 거절하느냐가 문제야. 슬기롭게 거절하면 쌍방 모두 다치지 않을 수 있어. 네가 화를 낼 정도로 싫다면 더욱 마음을 침착하게 가지고 슬기롭게 거절할 방법을 생각해야 한다는 말이야. 이제 납득이 가겠지?"

차근차근 설명하는 바람에 코노미는 대답할 말이 없었다. 분명히 소시츠의 말대로 감정을 폭발시킨다고 해서 해결될 일이 아니었다.

말을 꺼낸 것은 히데요시고 지금 와 있는 곳은 이에야스의 진중이었다. 이에야스 입에서 무슨 말이 나온다면 양쪽의 이야기가 껄끄러워지게 된다.

"저어, 아저씨……"

"좋은 생각이라도 떠올랐나?"

"제가 원래부터 남자를 싫어하는 성격이라고 하면 다이나곤도 웃으면서 단념하시지 않을까요?"

"글쎄다. 여자의 일에 관한 한 남자들은 전쟁 이상으로 집념이 강하게 마련이니까."

"그럼, 정해진 신랑감이 있다고 하면……?"

"정해진 신랑감…… 정도로 무사할 수 있다면 남자를 싫어한다는 말로도 충분히 통할 수 있어."

"그렇다면, 아저씨의 아드님과 혼인하기 위해 여기에 왔다고 하면 어떨까요?"

"그건 안 될 말이야. 내 아들도 코노미 같은 외동딸과 혼인하여 데릴사위로 갔어. 데릴사위가 또다시 아내를 얻는다는 말은 세상에 통하지 않아."

화를 낸다고 해결될 일이 아니다──이런 말을 들었기 때문에 코노미는 울고 싶은 심정으로 웃으면서 말했다.

"그러면 차라리 남자를 싫어한다는 말로 밀어붙이겠어요. 남자가 무슨 말을 걸어오면 간질을 일으키는 증세가 있다, 남자 간질…… 그래요, 남자 간질 때문에 지금까지 혼자 사는 것이라고."

소시츠는 흘끗 코노미를 바라보고 입을 다물었다. 웃을 수도 없고 울수도 없는 난처한 입장이 되고 말았다. 하지만…… 그렇게까지 싫다면 도리가 없었다. 본인의 생각대로 내버려둘 수밖에 없었다.

"그러면, 나는 다이나곤 님만 믿고 쇼안의 소중한 외동딸을 맡기고 돌아가겠습니다…… 이렇게 다짐해놓기로 할까?"

"예. 그 외에는 다른 방법이……"

코노미도 무언가 결심한 바가 있는 것 같았다.

10

이에야스는 좀처럼 돌아오지 않았다.

여섯 점 반(오후 7시)쯤 되어 두 사람을 위한 밥상이 나왔다. 물론 술은 없었고 반찬도 국 두 가지에 야채 세 접시로 간소한 것이었다.

두 사람이 저녁을 먹은 뒤 반 각(1시간)쯤 지났을 때야 이에야스는 돌아왔다. 히데요시가 또 술을 대접한 모양이었다. 살이 찐 짧은 목 언저리에 불그레하게 취기가 올라 있었다.

"너무 오래 기다리게 해서 미안하오."

이에야스는 거구를 깔개 위에 내던지듯 앉으면서 이마의 주름을 펴고 웃었다.

"모든 일이 원만하게 해결됐소. 내일 모레, 오만도코로 님 문병을 위해 떠나시기로 했소. 안 계시는 동안 내가 책임지기로 하고 말이오."

"정말 다행스러운 일입니다. 서둘러 목수들을 재촉하여 배를 만들겠습니다."

"그렇게 해주시오. 아주 중요한 때니까."

"그리고 코노미 말씀입니다마는……"

"오오, 이 처녀 말이오?"

"예. 역시 타이코 님이 출발하실 때까지 이곳에 머무르는 편이 좋겠습니까?"

"시마이 님은 어떻게 생각하시오?"

"실은 쇼안의 소중한 외동딸이므로……"

"맡겨두면 마음이 놓이지 않는다는 말이오?"

"아닙니다. 다만 잘못되지 않게 맡아주셨으면 하고."

"알겠으니 염려 마시오. 타이코가…… 상품이 어떠냐고 하시기에 고맙게 생각하고 진중에 머무르게 하겠다고 대답하고 왔소. 지금은 그의 말을 거역하지 않는 편이 좋을 것 같기에 말이오."

소시츠는 가만히 코노미를 바라보고 나서 말했다.

"그러면 맡겨두고 저는 이만 물러가겠습니다."

"그렇게 하시오. 기다리게 해서 미안하오. 신타로, 울타리 밖까지 배웅해드리게."

"예."

두 사람이 나갔다.

이에야스는 흘끗 코노미를 돌아본 뒤 곧 서원書院 탁자 앞으로 갔다. 히데요시와 상의하고 온 일을 직접 자신이 기록해놓을 생각인 모양이었다.

"코노미, 불을 이쪽으로 좀……"

"예…… 예."

코노미는 반사적으로 고개를 들고 촛대를 탁자 앞으로 가져왔다.

"그대가 와서 그런지 시중드는 자도 서기도 가까이 오지 않는군. 모두 눈치껏 사양하는 모양이야."

"예…… 예."

"역시 여자가 오니 공기 냄새가 달라지는 것 같아. 부드럽고 얇은 속옷 같은 느낌이야."

"저어, 말씀 드릴 일이 있습니다."

"무슨 말인데?"

"저에게는 고약한 병이 있습니다."

"허어, 지병이 있다는 말인가······?"

이에야스는 이렇게 물으면서도 코노미를 보려 하지 않고 부지런히 붓을 놀리고 있었다.

"어떤 병인데 그러나?"

"말하자면 남자 간질입니다."

"허어, 남자 간질······ 그렇다면 남자가 싫어서 생긴 병이겠군."

"예······ 예."

"그런 병이라면 내게 적당한 묘약이 있지. 고쳐줄 테니 걱정하지 않아도 돼."

"하지만······ 증세가 워낙 심해 남자가 가까이 오기만 하면 곧······"

여기까지 말했을 때 이에야스는 코노미의 무릎 앞에 인로印籠°를 휙 던져주었다.

"남자를 좋아하게 되는 환약인데, 한 알 먹어두도록."

11

너무 태연한 이에야스의 태도에 코노미는 도리어 초조해졌다. 그래서 짐짓 장난인 것처럼 꾸며 보이면서도 의사만은 분명히 표시했다. 그리고 그 마음의 결심도 충분히 상대에게 전해졌다······

이 사실을 민감하게 깨달은 코노미의 어조도 이에야스 못지않게 가벼워졌다.

"말씀은 고맙습니다마는 먹지 않겠습니다. 먹어도 효과가 없다는 것을 아니까요."

"효과가 없다고 해도 손해볼 것은 없어. 독이 되지는 않을 테니 한 알 먹도록 해."

이에야스는 태연하게 말하고, 이번에는 붓을 놓고 돌아보았다.

"호육환虎肉丸이라고 하는데, 수컷을 그리워하는 발정기에 있는 암호랑이의 간으로 만든 미약媚藥이야. 카토 키요마사가 일부러 타이코를 위해 목숨을 걸고 사냥해서 보내준 귀중한 물건이지. 타이코 내전에서는 여자들이 모두 복용하고 효과 만점이라고들 감탄한다더군. 그대에게도 좋은 약이 될 것이라 생각하는데, 어떤가?"

"아닙니다. 저에겐 효과가 없습니다. 그 이유는 저만이 압니다. 말하자면 저는 여자 모습을 한 남자…… 불구자이기 때문에……"

"허어, 그것 참 가엾은 일이로군. 내 눈에는 그렇게 보이지 않는데…… 당당하면서도 심성이 부드러운 예쁜 여자로 보여."

"겉보기에만 그렇습니다. 그렇지 않다면 진작에 시집을 갔을 것인데…… 그런 병이 있어 오늘날까지도……"

어느 틈에 코노미는 두려움을 잊고 있었다. 여전히 무뚝뚝한 이에야스의 표정이었다. 그러나 그 말의 이면에는 뜻밖에도 솔직한 면이…… 이런 느낌이 들자 그녀 또한 사카이에서 풍류객을 대하는 듯한 홀가분한 기분이 들었다.

"그래? 잘 알겠어."

이에야스가 말했다.

"그 말을 듣고 보니 그대가 타이코와 당당하게 맞섰던 기질의 수수께끼가 풀리는 것 같군."

"이해해주시니 감사합니다."

"아니, 감사할 것까지는 없어. 그러니까 그대는 자신이 불구라는 것을 상대가 깨닫지 못하도록 더욱 요염하고 더욱 나긋나긋하게 행동했다는 말이로군."

"그렇게 보였을까요? 본의 아니게 남자처럼 처신했다…… 싶어 부끄럽게 생각합니다마는."

"그렇지 않아. 여자 중의 여자, 미녀 중의 미녀…… 오노노 코마치小野の小町도 아마 그대와 같은 여자였을 거야."

"어머, 그런 희롱의 말씀을…… 저는 여자도 남자도 아닌 일종의 불구자입니다."

"좋아. 그럼, 나는 그대가 여자라는 것을 잊겠어."

"고맙습니다."

"실은 말이지, 여기는 진중이어서 여자를 가까이 두기가 마음에 걸려. 그러나 남자라면 마음이 홀가분할 거야. 어떤가, 내일부터 남자로 모습을 바꾸지 않겠나?"

"남자로 모습을……?"

"그래. 내 곁에 있는 코쇼로 말이야. 그러면 아무리 그대가 내 옆에서 시중을 들어도 쓸데없는 망상을 하는 자가 없을 거야. 그래, 그것이 좋겠어."

이에야스는 혼자 말하고 혼자 머리를 끄덕이며 손뼉을 쳐서 신타로를 불렀다.

"신타로, 코노미가 여자인 줄 알았더니 그게 아니었어. 어엿한 남자이니 염려할 것 없어. 오늘 밤부터 남자인 코노미가 내 곁에서 시중을 들게 될 것이야. 침구도 세숫물도 모두 코노미가 챙길 것이니 자네는 물러가서 편히 쉬도록 하게. 다른 사람에게도 그렇게 이르게."

12

'아차!'

코노미는 그만 숨을 삼키고 입술을 깨물었다.

'이거 희롱이 너무 지나치다……'

남자인 편이 도리어 시중들게 하기 쉽다니 이 얼마나 남을 업신여기는 태도란 말인가.

"예. 그러면 저는 이만 물러가겠습니다. 코노미 님, 침구는 바로 옆방에 있으니, 그럼 부탁합니다."

토리이 신타로가 순진한 표정으로 물러갔다.

이에야스는 다시 능청스럽게 덧붙였다.

"자, 그러면 이부자리를 깔도록 해라. 네 것도 있을 테니 지병이 덧나지 않도록 좀 떨어진 곳에 자리를 깔고 자도록 해라. 나는 몹시 졸리는구나."

"예…… 예."

"그럼, 이 인로는 다시 내가 간직하겠다."

"예."

"왜 일어서지 않느냐? 너도 고단할 텐데."

"지금…… 지금 일어서고 있습니다."

"그래, 알겠다. 내 앞에서는 억지로 여자인 체하지 않아도 좋아."

"예…… 예."

"나도 너를 남자로 알고 신경 쓰지 않겠다. 뭐니뭐니 해도 가식만큼 거북한 것은 없어. 단둘이 있을 때만은 아무 거리낌 없이 행동해도 좋아."

"고맙습니다."

코노미는 완전히 지고 말았다. 더구나 상대가 너무 진지하기 때문에 혹시 코노미의 말을 곧이듣고 진짜 남자……라고 믿어버린 것이 아닌가 하는 의문마저 일었다.

코노미는 장지문을 열고 옆방에 가서 침구를 가져왔다. 그리고 침구를 펴는 동안 이에야스의 시선이 자기 몸을 쓰다듬고 있다는 것을 깨닫고 하마터면 무릎을 꺾고 주저앉을 뻔했다.

두 사람만이 있는 진중의 내실…… 이제 여기서 빠져나갈 수단은 전혀 없다. 그렇다면 코노미는 도대체 어떤 마음가짐으로 밤을 보내야 한다는 말인가.

태연하게 침구를 깔고 이에야스와 나란히 누워 잘 것인가, 아니면 이에야스만 자게 하고 자기는 한구석에 몸을 도사리고 굳어 있어야 할 것인가……?

아무렇지도 않게 베개를 가지런히 놓을 만한 용기는 없고, 꼿꼿이 굳은 채로 있기에는 너무 비참하고 억울했다.

코노미가 침구를 깔자 이에야스는 유유히 옷을 벗기 시작했다. 어깨도 배도 모두 거대한 살덩어리라는 느낌이 들 정도였다.

이에야스는 짐짓 태연하게 발가벗은 몸의 땀을 닦고 나서 코노미가 내미는 얇은 비단 속옷을 받아들었다.

"허리끈을!"

이에야스가 말했다.

"예…… 예."

"허리끈…… 나는 요즘 살이 쪄서 혼자서는 매지를 못해."

코노미가 끈을 매어주자 이에야스는 어린아이처럼 그대로 침구에 들어가 누웠다.

"물…… 옆방에 신타로가 갖다놓았을 거야. 머리맡에 갖다놓도록."

"알겠습니다."

"코노미."

"예."

"목덜미를 좀 주물러주어야겠어. 피곤하군, 오늘은."

"목덜미를……?"

"그래. 남자들끼리 하는 일이야. 이상하게 여길 것 없어."

코노미는 크게 혀를 찼다. 이대로 가다가는 팔을 뻗쳐 덤벼들 것 같은 느낌마저 들었다.

'처음부터 꼼짝 못하게 만들려는 생각이었을까……?'

13

이쯤 되고 보면 이미 코노미는 완전한 포로였다. 주술에 걸린 것이라고 할 수도 있었다.

섣불리 떠들어대면 경비하는 무사가 뛰어들어올 것이고, 도망친다는 것은 생각조차 할 수 없었다. 그렇다면, 이에야스의 팔이 코노미의 어깨에 닿을 때가 마지막이었다.

"자, 오른쪽 목덜미부터……"

이에야스는 굵은 손가락으로 목을 가리키면서 그대로 코노미에게 등을 돌렸다.

코노미는 의지를 상실한 것처럼 무릎으로 기어 이에야스 곁으로 다가갔다. 그리고 하라는 대로 손을 뻗어 기름을 칠한 듯이 땀에 젖은 목에 손가락을 세웠다.

의외로 딱딱하고 싸늘한 감촉이었으나 왜 그런지 코노미는 흠칫했다. 거대한 살덩어리 속에서 숨쉬는 섬세한 맥박이 손가락 끝에 전해졌기 때문이다.

'살아 있다…… 살아 있는 남자……'

이에야스는 무엇을 생각하고 무엇을 기대하면서 이런 일을 명하는 것일까.

"급소를 잘 짚는군. 놀라운 솜씨야."

"아니 그렇지는……"

"좀더 힘을 가해도 좋아. 힘이 세군, 그대는."

그러면서 약간 고개를 돌려 코노미를 바라보았다.

"그대도 깨달았나?"

작은 소리로 말했다.

"그대의 손이 점점 따뜻해지는군…… 그게 살아 있는 여자라는 증거야."

"예?"

처음에 코노미는 그 뜻을 이해하지 못했다. 아니, 알고 나서는 여간 당황하지 않았다. 저도 모르게 자기 손을 뺨에 대어보았다. 뺨도 손도 불덩어리처럼 뜨거웠다.

'도대체 이게 웬일일까?'

살아 있는 여자라는 증거…… 이렇게 말한 이에야스는 그 무렵부터 잠이 든 듯 가볍게 숨을 쉬었다.

그러나 그 잠자는 듯한 숨소리에도 코노미는 이에야스가 잠을 잔다고는 생각할 수 없었다. 코노미의 손은 더욱 뜨거워졌다. 그런 것은 깨닫지 못한다는 식의 거짓 행동인지도 모른다……

이렇게 생각되는 순간 이상하게도 손바닥의 열이 전신으로 뜨겁게 번져나갔다.

여자란…… 아니 여체女體란 이성에 닿기만 해도 의지와는 반대로 불타오르도록 미묘하게 만들어진 것일까.

코노미의 의지는 싫다고 하는데도, 육체는 언제까지 그대로 혼자 내버려두었던 불만의 불을 지펴들고 당당하게 반격해오는 것일까. 어쩌면 이에야스는 이런 사실을 알고 있었기 때문에 굳이 입으로는 아무 말도 안 했는지 모른다.

'감은 언젠가 익게 마련. 그리고 익으면 저절로 떨어진다……고.'

코노미는 부자연스러움이 전혀 없이 히데요시의 소실이 되어버린 챠챠의 모습을 떠올렸다. 챠챠도 지금에 와서는 마츠노마루와 총애를 다투기 시작했다고 한다……

　여자란 그와 같은 숙명을 짊어지고 태어난 슬픈 생물일까……?

　'지금 이에야스가 당장 나를 끌어안으려 한다면……'

　코노미의 망상 속에서 이에야스의 잠자는 숨소리는 넉살 좋은 코고
는 소리로 변해 있었다.

　'도망치지는 못할 것이다……'

　코고는 소리는 이렇게 믿고 한밤중이 되기를 기다리는 것 같았다.

흔들리는 별

1

히데요시가 조선의 전황戰況에 마음을 쓰면서 상경 길에 오른 것은 7월 22일이었다.

"오만도코로의 병세가 위독하다……"

효성이 지극한 히데요시는 이 급보에 허둥지둥 나고야를 떠나, 29일 오사카에 도착해 어머니의 죽음을 안 것으로 되어 있다. 그러나 진상은 그렇지 않다. 히데요시는 전투에 묶여 노모를 문병할 기회를 잃고 말았다.

대체로 조선과의 전쟁은 네 시기로 나누어 생각할 수 있다.

첫째는 일본군의 부산진 상륙부터 경성 진격까지의 시기.

둘째는 여러 장수들이 조선 8도를 순무巡撫한 시기.

셋째는 일본과 명나라 교전시기.

넷째는 철병과 강화를 교섭하는 시기……

히데요시의 처음 생각은 조선 왕을 길 안내로 삼아 일거에 명나라를 침공하는 것이었다. 그 계획이 얼마나 크게 빗나가고 얼마나 크게 히데요시를 괴롭혔을지 상상할 만하다.

히데요시는 6월 초에 이시다, 마시타, 오타니 등 세 부교를 조선으로 파견할 때부터 이미 자신의 계획이 실패했다는 사실을 확실하게 느끼고 있었다. 자기편이 되었어야 할 조선 왕이 적으로 돌아서서 저항했을 뿐만 아니라, 세 번이나 일본 수군을 대파하고 명나라에 출병을 요구하고 있었다.

파견군의 장수들은 조선의 8도 백성을 순무하면서, 그동안에 외교교섭과 무력 양면에서 조선을 굴복시키지 않으면 안 되었다……

그 사이에 조정에서는 히데요시에게 도항 중지를 지시하고, 오만도코로가 중병에 걸리는 등…… 히데요시에게는 그야말로 흉사凶事의 연속이었다. 겨우 마음을 정하고 나고야를 떠나 오사카에 도착해보니, 오만도코로는 히데요시가 나고야를 떠난 7월 22일 저녁에 이미 눈을 감고 말았다……

운명의 별이란 일단 등을 돌리기 시작하면 끝까지 인간을 희롱한다. 그것이 히데요시 같은 영웅에게도 역시 예외가 아니었다.

일찍이 '태양의 아들'임을 자부하던 히데요시도 오사카 성에 도착하여 마에다 겐이로부터 오만도코로의 죽음을 들었을 때는 망연자실하여 잠시 동안은 차에도 손을 대지 못했다.

"이십이일 아침이었습니다. 일부러 키타노만도코로 님과 미요시 부인을 부르시고는, 역시 이번 출진으로 이승에서의 마지막이 되었다고 말씀하셨답니다."

"……"

"전하는 안질로 출진을 두 번 연기하셨습니다. 그때부터 오만도코로 님은 마지막이 될 징조로 생각하셨던 것 같습니다."

"……"

"전하가 돌아오거든, 나는 아무 미련 없이 부처님 품에 안긴다, 그러니 전하도 무기를 거두고 여생을 도모하라고 키타노만도코로 님에게 단단히 이르시고 조용히 잠드셨다고 합니다."

"……"

"그 편안한 숨소리는 신시申時(오후 4시)까지 계속되다가, 갑자기 숨이 가빠지시더니 그대로 운명…… 참으로 보기 드문 대왕생大往生이셨습니다."

히데요시는 넋을 잃은 듯이 허공을 쳐다보고 있을 뿐이었다.

2

히데요시는 혈육이 불행을 당하면 정상적인 궤도에서 벗어나는 버릇이 있었다. 츠루마츠가 죽었을 때도 그랬다.

곁에 있는 사람이 몸둘 바를 모를 정도로 마구 통곡하고 마구 슬퍼했다. 누가 있건 또 누가 보건 울고 싶을 때까지 울겠다…… 그런 막무가내인 모습을 드러냈다. 그런 의미에서 히데요시는 그야말로 '일본 제일'의 방자한 자연아自然兒였다고 할 수 있었다.

이번 모친의 죽음을 알렸을 때도 그 이상의 광태狂態를 보일 것이라고 측근들은 생각하고 있었다.

'목놓아 울며 미친 듯이 방안에서 날뛸지도 모른다.'

물론 그 통곡의 이면에는 자기가 '선택된 천하인天下人'이라는 오만한 자부심이 있었다.

그러나 이번에는 겐이 호인法印°이 무슨 말을 해도 이상할 정도로 반응이 없었다. 그토록 슬픔이 크다고도 할 수 있고, 자신의 '행운'에 자신감을 잃었다고도 할 수 있었다.

"키타노만도코로 님에게 이런 말씀도 하셨다고 합니다."

상대가 아무 반응도 보이지 않아 호인은 약간 초조해졌다.

"전하는 죽을 때까지 전쟁을 그만두지 않을지도 모른다…… 그랬을 때는 에도의 다이나곤과 상의하여 그대의 손으로 모든 사람의 명복을 빌어주라고."

"……"

"오만도코로 님은 따님의 남편으로서 도쿠가와 님을 마음으로부터 믿고 계셨던 듯……"

그때야 비로소 히데요시가 입을 열었다.

"으음, 이에야스에게 뒷일을 부탁하라고 했다는 말인가?"

"예…… 사이좋게 평화로운 노후를 맞이하라고."

"호인."

"예…… 예."

"칸파쿠는 오만도코로의 임종을 지켜보았겠지?"

"그……그런데……"

"없었다는 말인가, 그 자리에?"

"예. 아직 돌아가실 줄은 생각지 못하고 계셨습니다. 때문에 그날도 사냥을 나가셨다가……"

"뭣이, 사냥을!"

히데요시의 목소리가 대번에 날카로워졌다.

"못된 녀석, 사냥을 나가 할머니의 임종도 보지 못하다니. 그래, 유해는 어떻게 했느냐?"

"우선 렌다이노蓮臺野에서 화장하라……는 칸파쿠의 분부였습니다마는 키타노만도코로 님이 반대하셨기 때문에 전하가 돌아오시기를 기다리고 있었습니다."

"그것도 칸파쿠의 지시가 아니라 키타노만도코로 지시란 말이지?"

"예…… 예."

"가엾은 오만도코로…… 손자란 녀석은 사냥을 나가고, 아들은 가장 싫어하는 전투를 하러 나가 집을 비우고…… 며느리 혼자 지키고 있었으니 외로우셨을 거야…… 외로우셨을 거야……"

처음으로 히데요시의 눈에서 굵은 눈물이 뚝뚝 떨어졌다. 츠루마츠가 죽었을 때와는 크게 다른, 깊이 스며드는 무상감無常感을 담은 울음이었다……

3

겐이 호인은 숨을 죽이고 히데요시를 지켜보았다.

이번만은 그 태도에서 추호의 가식도 느껴지지 않았다. 츠루마츠가 죽었을 때의 그 과장된 비탄에 비한다면 전혀 다른 사람이 된 듯한 느낌을 주었다.

"호인……"

"예…… 예."

"나는 불효자였어…… 어머니 곁에서 임종을 지키는 대신 어머니가 싫어하시는 전쟁에 몰두해서……"

"그렇지 않습니다. 불효라니…… 오만도코로 님은 절대로, 절대로 그런 생각은 하시지 않았을 것입니다. 오직 전하의 몸을 걱정하고 계셨을 뿐입니다."

"바로 그것일세. 결국 자식이란 부모의 마음을 괴롭히는 존재밖에 되지 않는지 몰라."

호인은 숨이 답답하여 그 자리에서 달아나고 싶었다. 그 정도로 히데요시는 온몸에서 힘도 기력도 모두 빠져나가고, 오로지 무상無常 앞에 무릎을 꿇은 가련한 늙은이로만 보였다.

"오만도코로 님은……"

호인은 고개를 돌린 채 말했다.

"키타노만도코로 님에게 전하의 건강을 부탁하며, 부디 잘 보살펴라고…… 그 말씀만 하셨습니다."

"그랬을 것이야…… 그랬을 것이야…… 어머니는 나 이상으로 네네를 의지하셨으니까."

"참 사이가 좋으셨던 고부간, 모든 사람의 모범이었습니다."

"그렇지도 않아. 내가 어머니를 제대로 돌보지 못해 네네에게 의지하셨던 거야. 인간이란 누군가에게 의지하지 않고는 살 수 없는 약하디 약한 것…… 요즘에야 나도 겨우 알게 된 것 같아."

"약한 말씀을 하시는군요. 그보다도 쿄토에 돌아가셨을 때의 지시를 여쭙고 싶습니다."

"아, 그렇군. 타이코는 비탄에 빠진 나머지 어머니 장례에 관한 지시도 내리지 못한다…… 이런 말이 나돌면 천하의 웃음거리."

이렇게 말하면서도 또다시 몽롱한 눈으로 허공을 바라보았다.

히데요시가 졸도한 것은 그날 밤 해시亥時(오후 10시)가 지나서였다. 의사들이 지혜를 모아 보존하고 있는 오만도코로의 유해를 8월 6일 다이토쿠 사大德寺에서 장사 지내고, 7일 렌다이노에서 화장하도록 지시한 뒤, 밥상에는 손도 대지 않고 침상에 기대고 있다가 그만 나직이 신음하며 정신을 잃었다.

성안에서는 큰 소동이 일어났다.

빈혈을 일으킨 것인데도 뇌졸중이라고 속단하는 자도 나타나, 이러다가는 오만도코로의 장례에 이어 타이코의 장례를 생각해야 하지 않겠느냐는 소문까지 퍼졌다.

'고집만으로는 전하도 더 이상 버틸 수 없었던 거야……'

빈혈 때문이란 것을 안 겐이 호인은 1각(2시간) 남짓하여 다시 정신을 찾게 될 때까지 비로소 히데요시의 인간적인 모습을 대하는 것 같아 한결 마음이 기뻤다.

그 이튿날 히데요시는 벌써 기력을 되찾고 있었다.

"곧 배를 준비하라……"

이렇게 지시하고는 어머니의 명복을 빌기 위해 코야산高野山°에 올라 세이간 사青巖寺를 짓겠다, 상경하면 즉시 후시미 성을 쌓겠다고 발표하고 그대로 쿄토를 향해 떠났다.

세이간 사 건립은 그렇다 해도, 후시미 축성은 때가 때이니 만큼 사람들을 놀라게 했다.

'역시 타이코는 다르다……'

그러나 겐이는 이러한 태도가 히데요시의 마지막 허세, 마지막 안간힘인 것만 같아 여간 서글프지 않았다.

4

히데요시 정도나 되는 사람도 인간 그 자체가 짊어지고 있는 숙명으로부터는 벗어날 수 없는 것인지도 모른다.

오만도코로를 잃고 나서 세이간 사 건립과 후시미 축성에 착수했을 무렵의 히데요시는 무언가 귀신에 들린 듯한 느낌이었다. 조선에서의 전투가 뜻대로 되지 않는다…… 그 열등감을 숨기기라도 하려는 듯 잇따라 무리한 일을 거듭하고 있었다.

이 무렵부터 히데요시는 조선이나 명나라와 강화회담을 열 무대를 은밀히 생각하고 있었던 듯. 강화회담을 열 경우, 일단 히데츠구에게 물려주기로 한 쥬라쿠 저택은 적절치 못했다. 그러므로 상대 사신을 맞이할 장소가 필요했다.

그러기 위해 쌓는 것이 후시미 성이었다. 그러나 그렇게 느끼게 해서는 체면이 서지 않았다.

히데요시는 조선에 출병하지 않은 다이묘들에게 1만 석당 24명의 비율로 일꾼들을 징발, 모두 3만 5,000명을 동원해 축성을 시작했다. 이 인원수도 나중에는 다이묘들의 두통거리가 될 정도로 늘어났다. 전쟁 비용의 부담뿐 아니라, 히데요시류의 대규모 건축 추진, 이 역시 뜻있는 사람들의 눈에는 안타까운 고집으로 보였다.

조선에서는 드디어 명나라 군과 일본군의 충돌이 임박하고, 8월 말에는 평양平壤에서 심유경沈惟敬과 코니시 유키나가 사이에 휴전교섭이 시작되었다. 그 무렵 조정에서는 히데요시에게 다시 키쿠테이 하루스에를 칙사로 보내 나고야에 가지 말 것을 권했다.

히데요시는 10월, 무리수를 두어 다시 나고야로 갔다. 명나라 장군 이여송李如松, 이여백李如栢, 장세작張世爵, 양원揚元 등이 대군을 거느리고 산해관山海關을 떠났다는 보고가 들어와 가만히 있을 수 없었기 때문이다.

이와 같이 내우외환內憂外患에 휘말려 있는 히데요시에게 또 하나의 결정적인 사건이 일어났다. 나고야에 있으면서 어떻게 하면 전국戰局을 호전시킬 수 있을지 고심하고 있는 히데요시에게, 요도 성으로 돌려보낸 챠챠가 임신했다는 소식이 전해졌다. 그 소식은 키타노만도코로가 서신으로 진중에 보낸 것이었는데, 이 서신을 보았을 때 히데요시는 그만 망연자실하고 말았다.

불리한 전국.

어머니의 죽음.

후시미 축성······

이렇듯 자신의 만년을 짓밟아버릴 것 같은 사건의 연속으로 긴장해 있을 때, 이것은 또 얼마나 뜻하지 않은 소식이란 말인가.

'믿어지지 않는다! 이 또한 운명의 함정일 것이야.'

혹시 진중생활을 견디지 못하는 챠챠가 다시 오기가 싫어 꾸며낸 거짓말은 아닐까……?

그보다 아직까지 자기 뇌리에서 떠나지 않고 있는 츠루마츠에게 미안한 듯싶은 어리둥절한 생각마저 들었다……

"거짓말이야, 이것은……"

히데요시는 그 자리에 있는 우라쿠에게 서신을 내던지며 퍼붓듯이 말했다.

"아무리 호랑이 간이 효과가 있다고 해도 나에게 다시 자식이 생길 리는 없어. 챠챠의 장난질이 지나쳐, 우라쿠. 내 자식이 또 태어나다니…… 그런 어이없는 일이 있을 수는 없어. 그러면 츠루마츠는 어떻게 된다는 말인가…… 히데츠구는 어떻게 된단 말인가. 당치도 않은 소리야……"

5

우라쿠는 히데요시가 당황하는 모습을 가만히 바라보았다.

챠챠가 거짓말을 했을 리는 없었다. 츠루마츠가 죽은 후 그녀는 사람이 달라지기라도 한 듯이 여자다워졌다.

그 도도한 오만과 강한 자존심을 버리고 보통 여자에게서 볼 수 있는 가련함과 어리석음을 보이며 세상을 떠난 부모의 불사佛事에 몰두하고 있었다. 그 이면에는 확실히 사령死靈의 저주가 츠루마츠를 요절시킨 것이 아닌가 하는 미신이 자리잡고 있었다.

'역시 챠챠도 평범한 여자에 불과하구나……'

그러한 챠챠가 다시 회임했다는 엄청난 거짓말과 농담을 할 리는 없었다.

'현재 챠챠는 이미 한 사람의 평범한 소실일 뿐이다……'

"우라쿠, 어째서 그대는 잠자코 있는가? 나에게 다시 자식이 생긴다…… 있을 수 없는 일이야."

"그러시면, 전하는 동침한 기억이 없으시다는 말씀입니까?"

"아니, 그런 것은…… 아니지만."

"그렇다면 사실일 것입니다. 요도 부인이 혼자 임신하실 수는 없는 일이니까요……"

"우라쿠!"

"예, 말씀하십시오."

"그럼, 나더러 기뻐하란 말인가?"

"기쁘시지 않다는 말씀입니까, 전하는?"

"빈정거리지 말게. 동생 히데나가가 죽은 뒤부터 나에게는 어느 것 하나 좋은 일이란 없었어."

"길흉은 언제나 반반씩 찾아오는 것입니다."

"아니, 그렇지 않아. 다이나곤(히데나가)의 죽음에 이어 츠루마츠의 죽음…… 또 어머니를 잃었어. 그러한 나에게 갑자기 기뻐하라니……"

이렇게 말한 뒤 히데요시는 목소리를 낮추었다.

"그런데, 여아일까 남아일까?"

"아직 태어나신 것은 아닙니다."

"그러기에 기뻐할 수 없다고 한 것이야. 유산할 수도 있고 병에 걸릴 수도 있어. 섣불리 믿어서 될 일이 아니야."

"그러시면, 잠시 그대로 계시겠습니까?"

"그럴 수야 없지. 아, 그렇지, 내가 직접 키타노만도코로에게 편지를 써야겠어."

"그게 좋겠습니다."

"기뻐하지 말라고 말일세. 기뻐 날뛰다가…… 만일 유산이라도 하면 앓아 눕게 될 테니까."

우라쿠는 웃으려 해도 웃을 수 없었다. 아무래도 '태양의 아들'이라는 히데요시의 큰 자부심은 무너져가고 있었다.

'살아남지 못할 경우를 생각하고 겁을 먹고 있다……'

우라쿠는 히데요시 앞에 벼루와 종이를 갖다놓고 다시 싸늘하게 히데요시를 바라보았다.

히데요시의 이마에서 김이 나고 있었다. 얼마나 그가 이 소식에 흥분하고 있는지 너무나 잘 알 수 있었다.

"무어라고 쓸까? 만일 남자아이라면 무어라 부르라고 할까?"

"뜻대로 하십시오."

그 대답이 마음에 들지 않은 모양이었다.

"흐흥……"

그러나 히데요시는 갑자기 붓끝을 깨물면서 웃었다.

6

히데요시는 이미 우라쿠가 있다는 것조차 의식하지 못했다. 입술에 묻은 먹물을 그대로 두고, 예의 그 분방한 카나 문자로 대번에 붓을 달리기 시작했다.

"남자라면…… 그렇지, 주운 애. 히로이拾い라 부르도록 해야겠어. 츠루마츠는 버린 애라고 스테마루捨丸라 불렀는데도 살지 못했어."

"오히로이 님……이라고 부르시겠습니까?"

"오히로이 님……오おぉ란 말도 붙여서는 안 돼. 더구나 님이란 말은 당치도 않아. 자랄 수 있을지 없을지도 모르는 녀석이니까. 나를 슬프

게 하려고 태어나는 녀석인지도 모르거든."

"그 반대로 기쁘게 해드리기 위한 큰 섭리인지도 모릅니다."

"아니야. 그렇다고 해도 '오' 니 '님' 이니 하는 존칭은 안 될 말이야. 그저 '히로이' 라고만 불러야겠어. 그렇게 불러도 자라지 못한다면 차라리 태어나지 않는 편이 나아."

히데요시는 마치 앞으로 태어날 아이가 불길한 사자使者라도 된다는 듯이 말하면서 그대로 붓을 달려 편지를 쓰고 있었다.

무척이나 기뻐하면서도 그 기쁨을 숨기려 하는 늙은 아버지.

우라쿠는 왠지 히데요시가 여간 가엾지 않았다.

'변한 사람은 챠챠만이 아니구나……'

히데요시 역시 잇따라 혈육의 죽음을 겪고는 점점 인간의 슬픈 본바탕을 드러내고 있었다. 그러한 모습이 자연스럽고 친근감을 주기도 하지만, 그러나 역시 믿음직스럽지 못한 점은 있었다.

그렇다면 지금까지의 그 분방하기 짝이 없던 히데요시의 큰 자신감은 대관절 어디서 나온 것일까……?

"다 썼어, 우라쿠……"

마침내 히데요시가 말했다.

"물론 나는 군무가 바빠 보러 갈 수도, 가서 안아줄 수도 없어. 이런 소식은 성가실 뿐이야. 도요토미 가문에는 이미 히데츠구라는 후계자가 있다. 히데츠구에게 칸파쿠 자리를 물려주었는데, 어린것이 태어나 무슨 소동을 부리겠다는 말이냐."

"전하."

"왜 그러나, 그대도 내 말이 옳다고 생각하겠지?"

"아직 태어나지 않았으므로 남자인지 여자인지도 알 수 없습니다."

"바로 그거야. 그래서 나는 화가 난다는 말일세. 설령 남자아이가 태어난다 해도 나는 기뻐하지 않겠어. 히로이야, 아랫사람에게까지 히로이라 부르게 하라고 이 편지에 썼어."

"저는 도저히 전하의 마음을 이해할 수 없습니다."

"뭐…… 뭐…… 뭣이. 내 마음을 모르겠다고?"

"예. 전하의 혈육이신데 아랫사람에게까지 그렇게 마구 부르게 하시다니……"

"그래서 명령하는 거야. 키타노만도코로에게 명해 절대로 '오' 나 '님' 자는 붙이지 못하도록 하겠어."

"전하는 변하셨군요."

"변한 것이 아니라 뜻을 관철시키려는 것일세."

"그러나 저는 츠루마츠 님의 환생으로 알고 있습니다마는."

"흥, 어찌 츠루마츠가 환생할 수 있다는 말인가. 그런 말도 안 되는 미신을 우라쿠 정도나 되는 자까지도 믿는다는 말인가?"

"믿습니다."

우라쿠는 처음으로 웃으면서 대답했다.

"전하가 신사와 사찰에 기울이신 독실한 신앙이, 일단 데려가셨던 도련님을 다시 보내시게 했다…… 저는 이렇게 믿습니다."

그 말을 듣고 히데요시는 무릎을 치면서 웃기 시작했다.

7

우라쿠의 말이 상당히 마음에 든 모양이었다. 히데요시는 눈을 가늘게 뜨고 계속 웃었다.

"자네는 교묘한 말로 내 비위를 맞추려 하는군. 하하하…… 신불에 대한 나의 신앙 때문에 일단 데려갔던 츠루마츠를 다시 돌려보내다니, 아주 그럴듯한 말을 하는군. 와하하하…… 그럼, 만일 여자아이가 태

어나면 그것은 어머니의 환생이 되지 않겠나. 정말 우스워, 배가 다 아
프기 시작하는군……"

우라쿠는 얼른 냉정한 표정으로 돌아왔다.

"웃으실 일이 아닙니다. 사후의 영혼이 있느냐 없느냐 하는 것은 생
전 마음가짐에 달려 있습니다."

"그만 됐어. 더 이상 말하지 말게. 좋아, 무엇이 태어나건 나는 '오'
나 '님'이란 말은 쓰지 못하게 하겠어. 나를 어지럽게 만들고 슬프게
만든 벌이야, 그것은."

히데요시는 문득 생각에 잠기는 표정이 되었으나, 어쨌든 이것으로
그의 기분은 풀렸다. 그러나 거듭되는 불행과 불리한 전국은 히데요시
의 자신감을 크게 흔들어놓았다. 아니, 흔들리지 않으려는 처절한 투쟁
이 히데요시의 내부에 싹트고 있는 것은 이미 의심할 여지가 없었다.
그 때문인지, 그 후 조선으로부터 정보가 들어올 때마다 히데요시의 생
각은 자주 변했다.

"요도 부인이 다시 임신했다……"

이 기쁜 소식을 통해 히데요시는 마음의 동요를 극복하려 하는지도
몰랐다. 불길한 별이 움직이던 밤이 가고 다시 아침이 찾아왔다……
이런 자신감을 가지려다 도리어 동요하게 되는 경우가 있었다.

그해 12월 8일 분로쿠文祿로 연호를 바꾸어, 분로쿠 원년(1592)은 불
과 22일 만에 분로쿠 2년이 되었다. 연호를 바꾸는 동시에 히데요시는
다시 자신이 직접 조선에 건너가서 압록강을 건너온 명나라 장군 이여
송과 결전을 벌이겠다고 호언하기 시작했다.

"나에게도 다시 자식이 태어난다. 어찌 내가 늙었다는 말인가. 진두
에 서서 명나라 군사를 무찌르고야 말겠다."

이렇게 큰소리를 치면서 3월에는 바다를 건너겠다고 쿠로다 나가마
사에게 정말 서신을 보내기까지 했다.

챠챠가 임신했다는 기쁜 소식과는 반대로 분로쿠 2년도 정초부터 다사다난했다.

정월 5일 오기마치正親町 상황이 세상을 떠나고, 바로 그날 명나라 대장 이여송이 조선 군사와 함께 평양을 공격하기 시작했다…… 이런 보고가 거의 동시에 나고야에 들어왔다.

평양에는 코니시 유키나가가 주둔해 열심히 강화를 기도하고 있었다. 그 유키나가가 혹시 명나라 군사에게 패하기라도 한다면 일본 장수들은 각지에서 말할 수 없는 고전의 늪에 빠지고 말 것이다.

"아무래도 내가 가야겠어. 도대체 이렇게 되기까지 부교들은 무엇을 하고 있었단 말이냐."

히데요시는 큰소리를 치기도 하고, 한가롭게 다회를 열기도 했다. 그렇지만 역시 현저하게 흰머리가 늘어갔다.

코니시 유키나가가 모란대牡丹臺를 불태운 이여송에 의해 평양성에서 포위되어 크게 패한 것은 정월 8일, 이어서 명나라 선봉장 전세정錢世楨 등은 대동강大洞江을 건너 남진했다.

경성을 수비하며 참모부를 형성하고 있는 이시다 미츠나리, 마시타 나가모리 등과 쿠로다, 카토, 코바야카와小早川 등 현지 장수들 사이에 감정대립이 시작된 것은 이 무렵부터였다.

정월 21일, 일본군은 형세를 만회하기 위해 일단 철수하여 경성으로 집결했다.

8

어느 전쟁에서나 참모부와 현지 지휘자 사이에는 전술상의 의견차이가 있게 마련이다. 더구나 이번 전쟁에서 코니시, 이시다, 마시타 등은 처음부터 전쟁이 불리하다는 것을 잘 알고 있으면서도 감히 히데요시에게 전황을 보고하지 않은 잘못을 저질렀다.

카토, 코바야카와, 타치바나立花, 킷카와吉川, 쿠로다 등의 여러 장수는 그러한 이면적인 사정은 알지 못했다. 그런 만큼 처음부터 전쟁에 임하는 태도에 차이가 있었다. 한쪽에서는 되도록 빨리 강화를 맺고자 서둘렀다. 그리고 다른 한쪽에서는 무사로서의 기백을 발휘하여 진격해나가고 있었다.

정월 21일, 경성에서 열린 작전회의에서는 어쩔 수 없이 진상을 밝히지 않을 수 없게 되었다.

정월 26일 —

코바야카와 타카카게小早川隆景, 타치바나 무네시게立花宗茂, 킷카와 히로이에吉川廣家, 우키타 히데이에宇喜多秀家, 쿠로다 나가마사 등은 마침내 벽제관碧蹄館에서 이여송에게 역습을 가하여 평양으로 패주시켰다.

같은 달 29일에 나베시마 나오시게鍋島直茂와 함께 경성에 도착한 카토 키요마사는 2월 16일에 이르러 다시 이여송을 개성開城에서 무찔렀다. 그리고 코니시 유키나가, 쿠로다 나가마사, 이시다 미츠나리 등은 행주산성幸州山城을 공격하여 전세를 만회했다.

이와 같은 자세한 보고가 히데요시에게 도착하기까지는 한 달 가까운 시일이 걸렸다. 따라서 정월과 2월에 도착한 정보는 모두 패전의 보고라고 해도 좋았다.

히데요시가 남몰래 입술을 깨물고 후회하기 시작한 것은 그 무렵부터였다.

어떤 경우에는 패전소식보다 먼저, 전쟁터를 벗어나 도망한 병졸들이 본국에 돌아오기까지 했다. 식량난이 극도에 달하고, 수송 능력이 그대로 일본군의 운명을 결정하게 되었을 때, 그러한 상황이 점점 더 히데요시를 초조하게 했다.

이미 호언장담만으로는 해결될 사태가 아니었다.

히데요시가 모리 테루모토毛利輝元에게 부산포釜山浦에서 군량을 인수받아 전군에게 분배하라고 명령한 것이 3월 초.

조선에 있는 여러 장수들이 보급품의 부족을 호소하며 히데요시의 도항을 연기하도록 요구해온 것은 3월 16일.

히데요시가 조선에 건너간 병사들의 탈영을 단속하라고 엄하게 명한 것은 4월 3일.

그리고 히데요시 자신이 직접 조선에 가려고 준비했던 병선兵船을 군량 수송용으로 돌리고 자신의 도항은 중지한다고 발표한 것은 4월 12일이었다.

히데요시는 자신의 도항을 단념한다는 발표를 하고 나서 이번에는 일본군의 경성 철수를 명했다. 아사노 나가마사淺野長政에게도 부산포에 머무르면서 군량 관리와 선박의 조속한 회송에 전력을 다하라고 엄명했다.

히데요시의 이 엄명에 따라 일본군은 상륙과 동시에 단숨에 함락했던 경성에서도 철수하지 않으면 안 되었다.

당연한 일로, 일본군은 그동안에 강화를 위한 대책을 강구해야만 했다. 앞서 코니시 유키나가와 회견한 바 있는 명나라 장수 심유경과 유키나가는 4월 12일 용산龍山에서 다시 만났다. 그리고는 강화조건에 대한 검토에 들어갔다.

이미 히데요시는 일본군이 불리하다는 것을 충분히 깨닫고 있었다. 그러나 불리하다는 이 사실을 그대로 표명할 수 있는 히데요시는 아니었다.

여기에서도 또한 히데요시의 전생에 걸쳐 그토록 화려했던 운명의 별이 괴이하게 움직이고 있었다.

이시다 미츠나리, 마시타 나가모리, 오타니 요시츠구, 코니시 유키나가 등은 강화조건을 협의하기 위해 명나라 장수 심유경을 부산에 머무르게 했다. 그리고 그들이 나고야 본진本陣으로 돌아온 것은 5월 8일이었다.

윤회의 소리

1

조선에서의 전쟁이 히데요시 운명의 흐름을 크게 바꾸어놓고 있을
무렵 요도 부인, 곧 챠챠의 운명에도 뜻하지 않은 변화가 일어나고 있
었다.

챠챠도 나고야의 진영에서는 츠루마츠의 죽음에 타격을 받아서인지
지나치게 평범할 정도의 소실이 되어 있었다. 함께 진영에 와 있는 마
츠노마루가 도리어 히데요시와 가까이 지내면서 총애와 권력을 독차지
하고 있었다. 양쪽 모두 자식을 갖지 못한 소실이고 보면, 용모나 재치
에서 마츠노마루가 챠챠보다 한 단계 위였기 때문인지도 모른다.

물론 챠챠는 큰 질투심도 경쟁심도 느끼지 않는 듯했다. 일상적인 일
보다도 그녀의 마음에는 '츠루마츠의 죽음' 쪽이 훨씬 더 큰 비중으로
남아 있었다.

'츠루마츠는 어째서 태어났던 것일까······?'

츠루마츠는 그 어머니에게 칸파쿠 가문의 후계자라는 큰 꿈을 보여
주고는 홀연히 사라지고 말았다. 생각하기에 따라서는 챠챠에게 죽음

122

뒤의 고독을 심어주려고 태어났던 것이라고도 할 수 있었다.

챠챠가 깊이 미신에 빠지게 된 것은 당연한 일이었다.

'인간이 죽은 뒤 무엇이 남는다는 말인가……'

챠챠는 그 특유의 기질, 노부나가信長를 닮은 기질로 부모나 혈육의 명복을 빌어본 일은 거의 없었다. 그런 일까지 챠챠를 괴롭히기 시작한 것도 모든 일에 자신을 잃은 데서 오는 결과였다.

츠루마츠를 잊기 어려웠던 히데요시는 잠자리에서 챠챠에게 종종 엉뚱한 의심을 입에 담기까지 했다. 츠루마츠는 히데요시의 씨가 아니었다는 것이다.

챠챠가 누군가와 밀통하여 낳은 자식. 신불만이 알고 있으며, 자기 자식인 줄로만 믿고 있는 히데요시를 가엾게 여겨 그대로 황천에 데려갔다…… 츠루마츠의 죽음은 챠챠의 간통에 대해 하늘이 내린 심판이 아니었을까……

이런 말을 끈질기게, 농담인지 진담인지 모를 어조로 말했을 때도 챠챠는 히데요시와 심하게 다투지 않았다. 다만 죽은 아이를 임신한 날짜까지 따지는 것이 견딜 수 없었을 뿐이다.

그런데 이번에는 정반대였다.

챠챠가 확실히 임신했다고 깨달은 것은 2월 초였는데, 그때 이미 그럭저럭 넉 달째로 접어든 것 같았다.

챠챠는 저도 모르게 입술을 깨물고 손가락을 꼽아보았다. 히데요시가 재차 나고야로 출발한 날은 10월 1일. 그렇다면 히데요시는 떠나기 직전에 챠챠의 태내에 자식을 남기고 출발한 셈이었다.

챠챠는 히데요시를 따라 오사카에 돌아오자 곧 요도 성으로 옮겼다. 그리고 히데요시가 요도 성에 들른 것은…… 하고 생각하는데, 갑자기 가슴이 떨리기 시작했다.

요도 성은 오사카 성 내전처럼 남자의 출입이 엄격히 금지되어 있지는 않았다. 히데요시가 의심한다면 의문을 품을 수 있는 수태일……
만약 태아가 8월 10일 이후에 태어난다면 이번이야말로 히데요시는 그
아이에게 분명 의심을 품을 것이었다.

챠챠가 서둘러 임신한 사실을 오사카의 키타노만도코로에게 고하
여, 자신이 직접 오사카 성에 가서 아기를 낳고 싶다고 한 것은 2월 중
순이었다. 이 무렵부터 챠챠는 때때로 탁자 위에 작은 관음상觀音像을
올려놓고 열심히 무언가 기도를 드렸다.

2

챠챠의 성격으로 미루어볼 때, 뱃속의 아기보다는 조선의 전황에 보
다 많은 흥미를 가져야 할 것이었다. 그러나 임신 사실을 알고 나서는
그런 일에 전혀 관심을 기울이지 않았다.

챠챠는 이 전쟁의 승패보다는 앞으로 태어날 아기의 출산일 쪽에 더
많은 관심을 가질 수밖에 없었다.

'만일 히데요시에게 의심을 받는다면……?'

챠챠의 성격은 또다시 바뀌었다.

처음에는 성격이 강한 여자로 모든 것을 자기 뜻대로 하지 않고는 못
견디는 패기만만한 처녀였다. 그것이 츠루마츠의 죽음을 당하고 나서
는 순종하는 평범한 여자로 변했다. 그러나 4월 중순부터는 타이코의
위세를 등에 업고 처녀 시절이나 츠루마츠 어머니 시절 이상으로 기고
만장하여 행동하는 오만한 여자로 변모했다.

키타노만도코로로부터 한동안 소식이 없으면 오쿠라大藏 부인을 그
녀에게 보내 단호한 어조로 담판하도록 했다.

"정실正室임을 생각하여, 직접 전하께 보고하는 일을 삼가고 키타노

만도코로 님의 지시를 받는 절차를 밟고 있습니다. 돌아가신 도련님의 생모가 다시 임신하신 경사慶事, 속히 전하께 말씀 드려 오사카 성으로 옮기시도록 해주시고 출산 준비를 분부해주십시오……"

만일 키타노만도코로가 주저하면 직접 히데요시에게 사람을 보내겠다…… 이런 낌새를 풍기는 힐문조였다고 키타노만도코로의 시녀들은 수군거리고 있었다.

키타노만도코로는 오쿠라 부인을 달래었다.

"알다시피 전하는 지금 전쟁을 지휘하시느라 잠시도 틈을 낼 수 없다. 이미 내가 알려드렸으니 잠시만 더 기다리도록……"

챠챠는 이런 대답을 들을 무렵부터 성안 복도를 걸을 때도 일부러 배를 내미는 것처럼 보이기까지 했다.

소실은 챠챠만이 아니었다.

"이번 아기는 전하가 안 계시는 동안에……"

다른 소실들이 키타노만도코로 쪽에 서서, 이런 소문을 퍼뜨린다면 그야말로 걷잡을 수 없는 풍파가 일어날 터였다.

과연 인간의 태아는 세상에서 말하듯 정확히 열 달 열흘 만에 태어나는 것일까. 예정일이 늦어지는 경우도 있을지 모르는데, 그럴 경우 소문은 태어날 아이의 앞길을 어둠 속으로 몰아넣게 된다……

소실들에 대한 문제만이 아니었다. 이미 도요토미 가문의 후계자는 칸파쿠 히데츠구로 결정되었다. 만일 아들이 태어난다면 당연히 히데츠구 쪽에서는 환영할 일이 못 되었다.

챠챠는 나날이 더 오만해졌다. 그러나 소실들과 칸파쿠 집안에 대해서는 은연중에 예의를 다하는 일도 잊지 않았다.

키타노만도코로로부터, 히데요시의 연락이 있었으니 오쿠라 부인을 쥬라쿠 저택으로 보내라……는 통지가 요도 성에 온 것은 5월 30일.

나고야에서는 명나라 사신 사용재謝用梓, 서일관徐一貫 등을 맞이하여 도쿠가와 이에야스, 마에다 토시이에 등이 그 접대를 맡고, 히데요시는 어떻게 하면 체면을 상하지 않고 강화를 진행시킬 수 있을까 고심하는 중이었다.

챠챠는 즉시 오쿠라 부인을 키타노만도코로에게 보냈다.

3

키타노만도코로는 오쿠라 부인을 맞이해 가볍게 웃으면서 물었다.

"요도 부인은 여전한가?"

챠챠에 대한 여러 소문은 네네의 귀에도 들어간 모양이었다. 그것을 짐작하고 있는 만큼 오쿠라 부인에게는 네네의 미소가 빈정거림으로 보였다.

"변함 없이 순조로우십니다. 그러나……"

"무슨 일이 있었다는 말인가?"

"예. 전하가 쿄토에 계시지 않아 태아가 불쌍합니다. 전하가 계셨다면 챠쿠타이着帶° 의식과 그 밖의……"

"오쿠라."

"예."

"그런 말까지 그대가 할 필요는 없어."

"그렇지 않습니다. 키타노만도코로 님답지 않은 말씀을 하시는군요. 타이코 전하가 그토록 원하시던 아기입니다. 그런데도 마치 원치 않으시는 아기라도 되는 듯……"

"말을 삼가지 못할까. 비록 요도 부인이 그런 불만이 있다 해도 그대까지 입 밖에 내어서는 안 되는 거야. 지금 전하는 출진 중이셔."

"그렇기는 하지만 너무 지시가 늦어져서……"

"내 말을 잘 들어보게. 출진 중의 일은 무엇이든 뒤에 남아 있는 사람들이 처리하는 것이 관습, 되도록 전하를 번거롭게 해드리지 않아야만 하는 거야."

"그러기에, 그러기에 키타노만도코로 님이 지시해주십사 하고 청을 드리는 것입니다. 오사카로 옮겨 출산하시도록 말씀입니다."

"그대도 여자들만 있는 내전이 얼마나 시끄러운지는 잘 알고 있지 않은가."

"무슨 말씀인지요?"

"그대까지 설쳐대면 없는 소문도 더욱 퍼지게 마련이야. 어째서 나를 믿고 지시가 내릴 때까지 조용히 기다리지 못하느냐 말이다."

이렇게 말하고 네네는 다시 미소지었다.

네네는 챠챠 이상으로 흥분해 있는 상대를 가라앉히려는 미소였으나, 오쿠라 부인은 갑자기 얼굴빛이 변했다.

"그러시면, 그러시면 키타노만도코로 님도 있지도 않은 그 뜬소문을 믿으신다는 말씀입니까?"

"있지도 않은 뜬소문이라니?"

"그것을 어찌 제 입으로……"

"그대가 꺼낸 말 아닌가, 어서 말해보아라."

솔직히 말해서 네네는 그 뜬소문……에 대한 확실한 말은 듣지 못했다. 네네가 아는 것은 히데요시의 두번째 출진과 임신한 날짜에 대한 억측의 범위를 벗어나지 못한 것이었다. 그런데 오쿠라 부인의 입으로부터 '있지도 않은 뜬소문'이란 말이 나오자 그냥 흘려버릴 수 없었다.

오쿠라 부인은 입술을 깨물었다. 네네를 빤히 쳐다보는 눈에 증오와 낭패의 빛이 깃들였다.

"원하신다면 말씀 드리겠습니다. 제 자식 슈리修理는 분명히 말상대로 서너 차례 불려간 일이 있기는 합니다만, 제 자식으로서는 어쩔 수 없는 일이었습니다."

"아니, 그것은 또 무슨 말이냐?"

"그것까지 말씀 드려야겠습니까? 좋습니다, 말씀 드리지요. 요도 부인의 태내에 있는 아기는 제 자식의 씨…… 이건 무서운 저주가 담긴 악의에 찬 소문…… 저는 그런 못된 놈으로 자식을 키우지는 않았습니다."

너무나 충격적인 말에 네네는 자기 귀를 의심했다.

4

"그럼, 요도 성에는 그런 소문이 나돈다는 말인가……?"

그러고 보면 네네도 오쿠라 부인의 아들 오노 슈리노스케大野修理亮를 한두 번 본 일이 있었다. 결코 네네의 마음에 드는 풍모의 사나이는 아니었다. 그러나 제법 유행을 좇아 옷을 차려입은, 여자들의 눈길을 끌 만한 살결이 흰 젊은이였다.

그런 소문이 나돈다면 어째서 오쿠라 부인은 더욱 침착하게 그 일을 해명하려 하지 않는 것일까……?

놀란 사람은 네네만이 아니었다. 그 자리에 같이 있던 여승 코조스 또한 숨을 죽이고 네네와 오쿠라 부인을 번갈아 바라보았다.

잠시 어색한 침묵이 흘렀다.

오쿠라 부인은 그 소문을 네네도 알면서 짓궂게 자기를 야유하는 것으로 받아들였던 모양이다.

'그렇구나, 그런 소문이 나돌고 있었구나……'

네네는 피로 녹이 슨 커다란 창으로 가슴이 찔린 듯한 느낌이었다. 원래 네네는 챠챠의 성격을 좋아하지 않았다. 챠챠는 자신의 재치를 자

128

랑하는 일면과, 네네와는 전혀 다른 이기적이고 분방한 자기 고집이 있었다. 그러한 면이 도리어 히데요시의 관심을 끌었다는 것을 아는 네네는 더욱 챠챠가 마음에 들지 않았다.

'만일 그 소문이 히데요시의 귀에 들어간다면 어떻게 될 것인가?'

남자 대 남자인 경우에는 어디까지나 시원스럽고 뒤가 깨끗한 히데요시였다. 그러나 일단 시기심의 포로가 되면 집요하기 이를 데 없는 질투의 화신이 되었다.

이 소문만으로도 히데요시의 사후는 물론 앞으로 태어날 아기의 운명도 까맣게 먹칠이 될지도 모른다……

"키타노만도코로 님, 마님도 이 오쿠라 모자를 의심하십니까?"

"무슨 소리를 하는 게야, 천박하게."

네네는 엄하게 꾸짖고 눈을 감았다.

인간의 행복을 무너뜨리는 것은 천지를 진동하는 큰 사건보다도, 때로는 손끝에 박히는 작은 가시일 경우가 많았다.

'이런 경우 이 네네는 어떻게 해야 할 것인가?'

"꼴 좋게 됐다."

한 사람의 여자로서는, 이렇게 히데요시를 조소하고 싶은 생각이 들기도 했다. 그러나 그렇게 하면 자신이 점점 더 가련해질 것이라는 생각이 들기도 했다.

화가 났다. 히데요시에게도, 챠챠에게도……

그렇지만 챠챠가 임신했다는 것도, 히데요시의 자식이라 일컫는 아이가 태어나는 것도 인간의 힘으로는 어쩌지 못할 엄숙한 사실.

'챠챠도 지금 그런 소문에 신경이 날카로워져 초조해하고 있는지 모른다.'

네네는 차차 냉정을 되찾았다.

챠챠나 오쿠라 부인 같은 부류의 인간은 되고 싶지 않았다.

히데요시의 정실이란 위치에서 히데요시를 어머니처럼 부드럽게 포용해준다…… 이것이 오래 전부터 결심했던 네네의 생활 태도가 아니던가……

"코조스, 저 선반에서 전하의 서신을 가져오게. 오쿠라에게 보여줘야겠어."

네네는 부드럽게 말하고 또 한 번 조용히 웃었다.

5

오쿠라 부인은 아직도 적의를 품은 눈으로 빤히 네네를 바라보았다.

코조스는 소리도 없이 일어나 선반 위의 문갑을 가져왔다. 그녀만은 어째서 네네가 히데요시의 서신을 오쿠라 부인에게 보이려는지 알 것 같았다.

오늘 네네가 서신을 보여주지 않고 그 내용만 오쿠라 부인에게 전한다면 그녀가 겸허하게 듣지 않을 것이기 때문이다.

"실은 그대에게 보여줄 성질의 것은 아니지만."

네네가 서신을 꺼내면서 말했다.

"예."

오쿠라 부인은 잔뜩 긴장하여 대답했다.

"그러나, 그대가 말한 그런 소문이 정말 나돈다면 이 서신을 보여주지 않을 수 없어. 이야기는 그 다음에 하기로 해. 자, 우선 이것부터 읽어보게."

"알겠습니다."

오쿠라 부인은 네네가 펴서 건넨 서신을 공손히 받아들고 읽기 시작했다. 어김없는 히데요시의 필적. 읽기 힘든 차자와 카나가 섞인 흘림

체 글씨로, 오쿠라 부인도 그가 챠챠에게 보낸 서신을 통해 몇 번이나 본 적이 있는 필적이었다.

읽어나가는 동안 오쿠라 부인은 어깨와 손이 부들부들 떨리기 시작했다. 거기에는 챠챠의 임신을 기뻐하는 내용도, 태어날 아기에 대한 애정도 전혀 언급되어 있지 않았다.

"요도가 다시 임신했다는 말을 들었으나 그것은 이 히데요시의 자식이 아니오. 히데요시에게는 자식이 없소. 어디까지나 챠챠 혼자만의 자식이므로 그렇게 알고 처리하도록."

이렇게 씌어 있었다. 그뿐만 아니라, 다음과 같은 구절은 오쿠라 부인을 더욱 놀라게 했다.

몇 번이나 말했지만 아이의 이름은 '히로이'라고 부를 것. 아랫사람들에게도 결코 '오'란 존칭은 쓰지 못하게 하고, 단지 '히로이' '히로이'로만 부르도록 지시할 것. 머지않아 개선하여 돌아갈 것이니 마음을 편히 가지고 기다리기 바라오. 이상.

타이코

네네에게

다 읽기를 기다렸다가 네네가 말했다.

"그대는 이 글의 의미를 알기 어려울 거야."

오쿠라 부인은 입술을 깨문 채 서신을 네네에게 되돌리면서 고개를 끄덕였다.

"부부간의 글은 부부가 아니면 알 수 없는 구절이 많거든."

"그러시면…… 그러시면, 오사카 성에서 출산해서는 안 된다……는 분부시군요."

"오쿠라……"

"예."

"누가 안 된다고 했느냐, 이 서신 어디에 그런 내용이 있었느냐?"

"그렇지만, 챠챠 혼자만의 자식……이라 씌어 있었습니다."

"챠챠 혼자만의 자식이라고 해서 여자 혼자 아기를 가질 수 있단 말인가?"

네네는 다시 웃었으나 오쿠라 부인은 오히려 더 흥분했다.

"그러시면…… 그러시면, 키타노만도코로 님도 타이코 전하도 모두 태아가 슈리의 것이라 생각하시는 듯합니다."

"호호호…… 그대는 무슨 소리를 하고 있나. 오쿠라, 그런 게 아니야. 이 서신에는 전하의 기쁨이 넘치고 있어. 너무 기뻐서 어떻게 글로 표현할지 모르고 있어. 그런 뜻이 담겨 있는 게야."

6

인간의 이해력에는 저마다 한계가 있었다. 네네의 이 말도 오쿠라 부인에게는 그대로 통하지 않았다.

"그 서신이…… 저어, 전하의 기쁨을 전하고 있다는 말씀입니까?"

"그래. 전하의 마음은 내가 아니면 읽지 못해. 이것은 기쁘고 또 기쁘고, 더구나 겸연쩍기도 하고 경계도 하시는 글이야."

"어디까지나 챠챠 혼자만의 자식이라 쓰시고도 말씀인가요……?"

"그 점이 바로 그대가 이해할 수 없는 점이야. 그러나 나는 잘 알 수 있어. 어쨌거나 이런 분부가 계시므로 태어나는 아기는 남아건 여아건 이름은 '히로이' 야. 알겠지?"

"그러니까 '오' 란 말은 붙이지 말라……는 것입니까?"

"그 뜻을 요도 부인에게 잘 전하게. 알겠나, '히로이' 라는 이름, 아기는 전하 자식이 아니야, 누군가 버린 자식을 주우신다는 심정이셔."

"누군가가 버린 자식을……?"

"아직도 모르겠나. 죽은 츠루마츠는 처음에 '스테마루'라고 부르도록 하셨어. 버린 아이를 기른다는 전하의 큰 자애심에서였지. 그런데도 요절했어. 이번에는 버려진 아이를 주워 기른다는 의미야. 나는 잘 알수 있어. 요도 성에서 태어나면 일단 버리도록…… 이 말도 그대가 전하도록……"

오쿠라 부인은 당황하며 키타노만도코로의 말을 가로막았다.

"그러면…… 그러면, 요도 성에서 출산하시고 버리도록…… 그러면 오사카에서 주우시겠다……는 말씀이십니까?"

"조급히 굴지 말게."

키타노만도코로는 소리내어 웃었다. 그 정도로 오쿠라 부인은 당황하고 있었다. 어쩌면 그녀 자신도 챠챠의 태아를 혹시 자기 아들 슈리의…… 아이라고 어렴풋이 의혹을 품고 있었는지도 모른다.

만일 그렇다면 오쿠라 부인이 이 이야기에 안절부절못하는 이유도 잘 알 수 있었다.

"오쿠라."

"예."

"지금 보여준 서신에 따라, 전하가 개선하실 때까지 내가 대신해서 일을 처리할 것이니 그렇게 알게."

"예…… 예."

"요도 부인은 따로 좋은 날을 받아 되도록 빨리 오사카의 서쪽 성으로 옮기도록 조치하겠어."

"저어, 옮기셔도 될는지……?"

"내가 허락하겠어. 그리고 외부 사람이나 남자들은 접근하지 못하게 하고 조용히 순산할 날을 기다리도록…… 순산을 위한 기도는 이세伊

勢 대신궁大神宮에서 전통적인 격식에 따라 집행하겠어. 그 일에 대해서는 이오 히코로쿠자에몬飯尾彥六左衛門이라는 사람에게 명해 출산에 필요한 물품, 신궁에 바칠 공납 등에 대해 자세히 조사하도록 이미 지시해놓았어."

"기도는 이세의 대신궁에서……?"

"그렇다니까. 타이코 전하의 자식이니까."

"하지만, 태어나시면 버리게 될 것 아닙니까?"

"그래. 태어나는 날 일단 성밖에 버렸다가 곧 마츠라 사누키노카미松浦讚岐守에게 줍도록 하겠어. 이에 대한 조치는 이미 강구해놓았으니 하루 속히 오사카 서쪽 성으로 옮기도록. 알겠지?"

"예."

오쿠라 부인은 대답했으나 아직 굳은 표정을 풀지 못하고 있었다.

7

네네는 감정을 누르고 정실로서 히데요시의 마음에 부응할 생각이었다. 아마 이것으로 히데요시도 만족할 터.

"과연 네네, 훌륭하게 처리해주었소!"

이렇게 말하면서 고마워할 것이다. '히로이' 라고 불러라——히데요시의 이 한마디에는 그의 모든 상념이 담겨 있었다. 그것을 차질 없이 받아들일 수 있는 사람은 네네밖에 없었다.

이러한 네네의 의도와 마음을 오쿠라 부인에게 그대로 이해시킨다는 것은 무리한 일인 듯했다. 무엇보다도 오쿠라 부인의 마음에 걸려 떨어지지 않는 대목이 있었다.

"나에게는 자식이 없다."

이렇게 씌어 있는 히데요시의 서신이었다.

"나에게는 자식이 없다."

그 말은 히데요시는 이미 늙어서 자식을 갖게 할 능력이 없다는 의미로 받아들여졌다.

히데요시의 자식을 낳은 것은 챠챠 한 사람뿐이었다. 설령 키타노만도코로는 세상에서 말하는 '석녀石女'라 하더라도 마츠노마루를 비롯하여 젊고 싱싱한 카가加賀 부인이나 산죠三條 부인까지 자식을 못 낳다니 이것은 어찌 된 일인가.

히데요시는 그 원인이 자기에게 있다고 알고 있는 걸까?

"어디까지나 챠챠 혼자만의 자식."

그래서 이렇게 쓴 것이 아닐까.

이런 생각과 함께 오쿠라 부인도 다시 깊은 의혹에 빠져들었다.

'설마 그런 일이⋯⋯'

이렇게 생각했지만, 자기 아들 오노 슈리大野修理는 종종 챠챠에게 문안을 갔었다. 마치 아이들처럼 둘이서 주사위 놀이도 하고 술자리에 참석하여 권유를 받으면 춤도 추었다.

슈리가 자기 아들이어서 그런 생각이 드는 것이 아니라, 사실 풍채가 좋고 세련되었다. 이 때문에 여자들의 입에 오르는 경우가 적지 않았고, 연문戀文이 날아온 때도 있었다.

'그러나 총애를 받을 만한 기회는 없었다⋯⋯'

이런 생각을 하면서도 그녀를 당황하게 한 일이 한 번 있었다. 언제인가 슈리는 술에 취해 머리가 아프다는 챠챠를 거실에서 간호해준 일이 있었다. 만일 남녀가 남의 눈을 피할 생각이 있었다면 결코 방법이 없지 않았을 터였다⋯⋯

그런 의혹이 오쿠라 부인의 마음에 자리잡고 있었기 때문에 오히려 네네의 말을 솔직히 받아들이지 못했다고 할 수도 있었다.

다과를 대접받고 쥬라쿠 저택에서 물러나온 오쿠라 부인은 가마 안에서 깊은 생각에 잠겼다.

버려진 아이를 데려다 기르는 관습은 일반인들 사이에도 흔히 있는 일, 별로 이상할 것 없었다. 그러나 주워온 아이라고 하여 이름마저 '히로이'라 부르게 하고, 게다가 절대로 '오'자를 붙이지 말라고 하다니, 예삿일이 아니라는 생각이 들었다.

더더구나 히데요시는 아랫사람에게까지도 '오'자를 붙여 부르지 말라고 엄명하지 않았는가.

만약 히데요시가 자기 자식이 아니라는 것을 알고 홧김에, 그리고 챠챠의 추문이 세상에 알려지지 않도록 하기 위해 그런 지시를 했다면 어떻게 될 것인가……? 이런 불안을 가지고 읽는다면, 그 서신은 바로 그렇게 받아들일 수도 있는 내용……

오쿠라 부인은 히데요시가 츠루마츠를 잃었을 때 얼마나 크게 낙담했는가를 잊어버리고 있었다. '오'란 말을 쓰지 말라고 한 의미는, 일단 기쁘게 해놓고 다시 실망시킬 것이 아닌가 하는 히데요시의 두려움에서 나온 지시, 너무 소중히 하면 도리어 자라지 못한다는 속설에 대한 경계심이었으나, 그것을 지금의 그녀로서는 알지 못했다……

8

오쿠라 부인의 불안은 요도 성이 가까워지면서 더욱 커졌다.

'히데요시는 분명히 이번 임신에 대해 의심을 품고 있다……'

이런 불안이 점점 더 깊이 그녀 마음에 파고들었다.

만약에 그렇다면, 개선한 후 '히로이'라 이름 붙인 아이를 어떻게 처리하려는 것일까……? 아니, 그보다 챠챠나 슈리는 어떻게 될 것인가.

일단 오사카 서쪽 성에 옮기게 하여 니시노마루西の丸 님이라 부르게 했다가 엉뚱한 누명을 뒤집어씌워 죽여 없애려는 것은 아닐까.

챠챠를 처형할 정도라면 슈리 따위는 문제도 아니었다. 할복이건 처형이건 이유는 얼마든지 붙일 수 있었다. 그렇게 되면 오쿠라 부인 자신도 살려두지 않을 터……

여기까지 생각하다가 그녀는 소스라치게 놀랐다. 키타노만도코로의 자못 태연하게 웃는 얼굴이 떠올랐기 때문이다.

'그렇다. 큐슈 깊숙이 있는 히데요시가 무엇을 알 수 있는가……'

모두 키타노만도코로가 알렸기 때문이 아니겠는가.

이런 생각과 함께 온몸의 피가 머리끝으로 치밀어올랐다. 뒤에서는 히데요시를 선동하면서도 겉으로는 어디까지나 자애로운 체하고 순산을 기원하겠다느니 아기를 주워올 조치를 취했다느니 하고 있었다.

'여간 속이 검지 않아……'

햇볕이 뜨겁게 내리쬐는 성문으로 가마가 들어설 무렵 오쿠라 부인은 더위마저 의식하지 못할 정도로 키타노만도코로에 대한 증오로 마음을 불태우고 있었다.

출신이 미천한 키타노만도코로는 챠챠에 대한 질투와 증오에 못 이겨 모두를 함정에 빠뜨릴 잔인한 방법을 준비하고 여기에 걸려들 때만을 은밀히 기다리고 있다……

"오쿠라가 지금 돌아왔습니다."

오쿠라 부인은 가마에서 내리자 마중 나온 시녀들을 뿌리치듯이 하면서 챠챠의 거실로 갔다.

사방의 문을 모두 열어놓은 거실에는 요즘 총애를 받고 있는 오노노 오츠가 말상대로 불려와 있었다. 쇼에이니正榮尼와 아에바饗庭 부인, 그리고 문제의 자기 아들 슈리가 동석하여 입담 좋은 오츠의 이야기에 귀를 기울이고 있었다.

"말씀 도중에 죄송합니다마는, 사람을 물리쳐주십시오."

"괜찮아, 잠시만 더……"

챠챠는 사방침에 기대어 어깨로 가쁜 숨을 쉬고 있었다.

요도가와淀川에서 불어오는 바람이 쿄토에서 돌아온 그녀에게는 여간 시원하지 않았다.

"아닙니다. 급히 말씀 드려야 할 일이 있습니다. 슈리, 잠시 여러분을 모시고……"

오츠는 말을 중단하고 아에바 부인도 일어날 자세를 취했다.

"그럼, 이야기가 끝난 뒤 다시 부르겠어. 모두 물러가 쉬도록."

챠챠는 의젓하게 말하고 일동이 자리를 뜨자 물었다.

"안 된다고 하던가, 오사카로 가는 일은……?"

오쿠라 부인은 대답하지 않았다.

"마님, 슈리를 곁에 부르는 일은 삼가시기 바랍니다."

"호호호. 어째서? 뜬소문이 돌아서?"

비웃듯이 몸을 내밀고 다시 웃었다.

9

오쿠라 부인은 태평스러운 듯한 챠챠의 웃음에 화가 치밀었다.

"저는 마님의 마음을 잘 알아요. 제 자식인 슈리까지 가까이 대해주시는 마음을…… 이 때문에 망측한 소문이 나돌아 마님과 앞으로 태어나실 아기에게까지 상처를 입힌다면 억울한 일입니다."

챠챠는 여전히 창백한 미소를 띤 채였다.

"그럼, 누군가 중상을 하려는 자라도 있다는 말인가?"

"예. 저는 뜻하지 않게 키타노만도코로 님에게 보내신 전하의 서신

을 읽었습니다."

"전하가 무어라고 쓰셨는가?"

"이 히데요시에게는 자식이 없다고 씌어 있었습니다."

오쿠라 부인은 잔인할 정도로 또렷하게 말하고 챠챠의 표정이 어떻게 변하는지 바라보았다. 만일에 챠챠가 슈리를 사랑한 기억이 있다면 당연히 그냥 들어넘길 수 없는 말이었다.

"호호호……"

챠챠는 착잡한 표정을 떠올리며 웃었다.

"그리고 또 어떤 내용이……?"

"태어나는 아이는 어디까지나 챠챠 혼자만의 자식이니 그렇게 알고 취급하라는 지시가 있었습니다."

"뭐, 나 혼자만의 자식……?"

"예. 분명히 전하의 필적…… 제가 잘못 본 것은 아닙니다."

"나 혼자만의 자식이라……"

챠챠는 다시 한 번 고개를 갸웃하고 생각했다.

"그렇다면 오사카에서는 낳지 못하게 할 작정이로군."

"그게 아니라, 속히 오사카로 옮겨 서쪽 성에 드시라고……"

"아니, 그런 것도 서신에 씌어 있더라는 말이지?"

"아닙니다. 키타노만도코로 님의 지시입니다. 서신에는 아무런 지시도 없었습니다. 아마도 키타노만도코로 님이 이 일에 대해서는 전하와 상의하신 것 같지 않습니다."

"으음."

"그리고 또 있습니다. 태어날 아기의 이름은 남녀 불문하고 '히로이'로 부르라고 되어 있었습니다."

"히로이……라고 말이지."

"게다가 아랫사람에게까지도 '오'나 '님' 등의 경칭을 쓰지 못하게 하라, 단지 '히로이'라고만 부르게 하라는 분부였습니다. 마님, 이게 도대체 웬일입니까. 타이코 전하의 혈육을 함부로 부르게 하시다니. 뿐만 아니라 전하 자신이, 내 자식이 아니라 어디까지나 챠챠 한 사람만의 자식이라고 하시다니……"

챠챠는 가만히 사방침에 기댄 채 숨을 죽이고 생각에 잠겼다.

그 모습에는 오쿠라 부인의 가슴을 날카롭게 찌르는 것이 있었다.

'어쩌면 챠챠 스스로도 히데요시의 자식이라는 자신감이 없는 것은 아닐까……?'

만약 여자가 남편의 눈을 속이고 간통해 임신했다 하더라도 자기 자신마저 누구의 아기인지 알기 어려운 경우도 있을 터……

"마님, 왜 그러십니까? 마음을 단단히 하시지 않으면 태어나실 아기에게도 큰일이 될 것입니다."

오쿠라 부인이 재촉해도 챠챠는 손에 턱을 괴고 움직이지 않았다.

오쿠라 부인은 점점 더 심한 불안에 싸여갔다……

10

챠챠가 갑자기 자지러지게 웃기 시작한 것은 그로부터 잠시 후의 일이었다. 서쪽으로 기울기 시작한 햇살이 헬쑥해진 챠챠의 얼굴을 밝게 비추어 가느다란 혈관까지 떠오르는 가운데 느닷없이 크게 웃었다.

오쿠라 부인은 저도 모르게 소름이 끼쳤다.

'궁지에 몰려 실성이라도 한 것일까……?'

그러나 웃음을 그친 챠챠의 목소리는 의외일 정도로 부드럽고 장난스러운 여운을 담고 있었다.

"오쿠라……"

"예. 저는 깜짝 놀랐습니다. 갑자기 웃으시는 바람에."

"그대까지도 공연한 망상을 하다니. 그러니까 소문이 나는 것도 무리가 아니야."

"무……무슨 말씀을 하십니까?"

"그대마저 슈리와 나 사이를 의심하고 있어. 호호호…… 나는 그것이 재미있었어…… 아니, 슬펐어……"

"……"

"생각하기에 따라서는 말이지, 그 소문은 부자연스러운 이 세상에 대한 항의라 할 수 있어. 불신인 게야. 마땅히 그런 소문은 나야만 해."

"어찌…… 그런 무서운 말씀을……"

"아니, 그렇지 않아. 나는 올해 스물다섯, 슈리라면 남편으로 적당할 거야. 전하는 벌써 육십을 바라보는 나이. 그런데 전하의 아이를 낳다니…… 이 부자연스러움에 대한 세상사람들의 항의야, 그 소문은."

"농담으로라도 그런 말씀 하시면 안 됩니다. 무서운 일입니다."

"무서울 것 없어. 나는 지금 그 일을 생각하고 있었어."

"그 일이라니요……?"

"내 뱃속의 아이가 슈리의 아이였으면 하고……"

"말씀을 거두십시오. 만일 남의 귀에 들어가기라도 하면 그야말로 모두가 파멸입니다."

"좀더 내 말을 들어보도록 해. 슈리의 아이였다면 키타노만도코로를 번거롭게 만들지도 않았을 것이고, 군소 다이묘의 자식으로 마음 편하게 키울 수 있을 텐데…… 하필이면 부자연스러운 타이코의 아기이기 때문에 태어나기 전부터 이런저런 말을 듣게 되다니……"

"부탁입니다. 다시는 그런 말씀을……"

"만일 남자아이로 태어난다면 칸파쿠 님의 원한까지 짊어지고 살아야 해. 그런 것이 태어나는 아이의 희망일지 아닐지."

"부탁입니다."

"인간은 결코 태어나고 싶은 곳에서 태어나고 죽고 싶을 때 죽는 것이 아닌 모양이야. 그건 그렇고, 다음 이야기를 들려주지 않겠나. 키타노만도코로가 무어라고 지시했지?"

이렇게 말하고 나서 한층 더 목소리를 떨구었다.

"내가 전하의 소실이 아니고, 또 노부나가의 조카와 아사이淺井의 딸이 아니었다면 그대는 내 시어머니가 되었을지도 몰라."

갑자기 오쿠라 부인은 얼굴을 가리고 오열했다.

'정말 그런 일이 있었는지도 모른다……'

이런 의심은 여전히 사라지지 않고, 또한 챠챠는 아들을 좋아하는 것 같다……는 생각. 기쁜 것 같기도 하고 처량한 것 같기도 한 착잡한 기분이었다.

"말씀 드립니다. 키타노만도코로 님은 부부간의 서신은 부부가 아니면 알 수 없는 것, 내가 아니면 알 수 없는 깊은 뜻까지 읽고 지시하는 것이라고 말씀하셨습니다."

11

두 여자의 감정은 겨우 안정될 곳에 안정되기 시작했다.

갖가지 불만과 불합리 위에 겨우 버티고 선 가련한 여자의 인생이 자리잡을 데라고는 체념밖에 없다. 물론 챠챠의 체념은 언제 다시 거센 불을 뿜게 될지 알 수 없는 일이었으나…… 지금은 키타노만도코로를 내세우지 않을 수 없었다.

"부부가 아니면 읽을 수 없는 것을 읽었다는 말이지?"

"예. 그러므로 어겨서는 안 된다고 못을 박으셨습니다."

"흥, 그럴 테지. 상대는 키타노만도코로라는 정실이니까."

"우선 오사카로 빨리 옮겨 서쪽 성에 들어가시라고."

"그것은 내가 원하던 바야."

"전하의 지시대로 '히로이' 라고 부르도록 할 것."

"히로이…… 그것도 따를 수밖에 없겠지."

"키타노만도코로의 말씀으로 미루어, 부부 사이가 아니면 읽을 수 없다는 내용은 이런 것들…… 곧 순산을 위한 기도는 이세의 대신궁에서 전통적인 격식에 따라 집행할 것이다, 산실의 준비도 모두 내가 세밀히 지시할 것이다, 그리고 아기가 태어나면 남녀를 불문하고 일단 성 밖에 버리겠다……"

"나는 그저 낳기만 하면 된다는 말인가?"

"그렇습니다. 일단 버린 아기를 마츠라 사누키노카미에게 주워오도록 하여 기르시겠다는 것이었습니다."

"그럼, 이번에도 다시 키타노만도코로의 자식으로 말이겠지?"

"아니, 거기까지는 말씀이 없었습니다만, 챠챠 혼자만의 자식…… 이라고 타이코 전하의 서신에는 씌어 있었으니까요……"

"챠챠 혼자만의 자식…… 그것이 진실이라면 좋으련만."

"그렇게는 되지 않을 것이라 생각합니다마는……"

"어째서?"

"일단 그렇게 해서 출산하시게 하고, 개선 후에 조사하시지 않을까 싶습니다."

"누가 무엇을 조사한다는 말이야?"

"키타노만도코로 님이 전하를 부추겨서 아기 아버지를 조사하게 한다…… 그럴 작정임이 틀림없습니다."

챠챠는 그 말에는 대답하지 않았다.

버렸다가 주워오고 '히로이' 라 이름짓는다, 그 이면에는 히데요시의 번뇌와도 같은 자식에 대한 애착이 숨어 있는 듯한 생각이 들었다.

"나는 태어나는 아이를 키타노만도코로에게 빼앗기고 싶지 않아!"

"그렇지만 내놓으라고 하면 드리는 도리밖에 달리 방법이 없습니다. 거절하시면 점점 더 챠챠 혼자만의 자식이라고……"

"이봐, 오쿠라."

"예."

"나는 전하가 챠챠 혼자만의 자식……이라고 하신 데는 다른 의미가 있지 않을까 하는 생각이 들어."

"다른 의미라니요?"

"전하가 새로 쌓으시는 후시미 성…… 챠챠 혼자만의 자식이기 때문에 그 성으로 데려가시겠다는 의미가……"

"글쎄요, 그것은……"

"도요토미 가문의 자식이라면 오사카에 있어야 한다. 그러나 이미 후계자는 히데츠구 님으로 결정되었기 때문에, 그래서 챠챠 혼자만의 자식이라고……"

챠챠는 자기 말에 스스로 깜짝 놀라는 것 같았다.

12

'그렇다, 어쩌면 히데요시에게 깊은 생각이 있어서인지도 모른다.'

이런 생각과 함께 갑자기 챠챠는 눈앞에서 음울한 안개가 걷히는 듯한 기분이 되었다.

무슨 일에나 남의 의표를 찌르는 히데요시. 그런 히데요시가 챠챠의 임신을 크게 기뻐한다면 어떤 지시를 내릴 것인가……?

"이 히데요시에게는 자식이 없다. 그건 어디까지나 챠챠 혼자만의 자식……"

히데요시가 기쁨을 숨기고 이렇게 말했다면, 오쿠라 부인의 해석과는 정반대되는 답이 나온다.

히데요시는 무엇보다도 자신의 후계자로 결정한 히데츠구를 꺼리는 것이 아닐까.

칸파쿠 히데츠구는 히데요시와는 비교도 안 될 정도로 단순하다. 이제 히데요시에게 친자식이 태어나 자기 지위가 위태로워진다는 것을 알면 자포자기할지도 모른다. 아니, 히데츠구 자신은 그렇게 심각하게 느끼지 않는다 해도 그 중신들과 추종자들이 히데츠구에게 잔꾀를 불어넣을지 모른다.

그 결과 그런 감정들이 혹시 앞으로 태어날 어린 생명에 대한 저주나 박해로 나타날지도 모른다.

히데요시는 이것을 직감하고 일부러 내 자식이 아니다, 챠챠 혼자만의 자식……이라고 말하지는 않았을까……

이 경우 챠챠 혼자만의 자식……이란 의미는 결코 도요토미 가문의 후계자로는 삼지 않겠다, 챠챠의 자식으로서 분수에 맞게 분가分家시키겠다, 그러므로 태어날 아이에 대한 일로 소란을 떨 것은 없다…… 이런 함축성을 담은 것이 아닐까……?

그런 함축성이 있었다……고 하면 히데요시의 말은 별로 부자연스러운 것이 아니다.

챠챠는 눈이 뜨이는 것 같은 마음으로 조용히 주위를 둘러보았다. 오쿠라 부인은 아직도 자기 생각의 울타리 안에서만 반짝반짝 눈을 번뜩이고 있었다.

챠챠는 갑자기 그 모습이 우스꽝스러웠다.

'어째서 나는 처음부터 그런 사실을 깨닫지 못했던 것일까……?'

히데요시가 그녀의 젊음에 빠져 있다는 것도 알고, 츠루마츠를 잃고 나서 얼마나 슬퍼했는지도 잘 안다. 그런데도 이번의 임신을 히데요시가 별로 기뻐하지 않는다고 생각했던 것은 어디에 원인이 있었을까……?

챠챠 자신도 역시 츠루마츠의 죽음에 얼이 빠져 생각할 힘을 잃고 있었는지도 모른다.

만약 챠챠에게 좀더 깊이 인생을 통찰할 힘이 있었다면 당연히 그녀는 키타노만도코로의 지시를 떠올려야 했다. 키타노만도코로는 히데요시의 말대로 '히로이'라고 부를 아이를 위해 일본에서 제일 큰 이세신궁을 순산의 기도장으로 택했다. 그것을 깨달았다면 챠챠는 키타노만도코로가 말한 부부 사이가 아니면 알 수 없는 서신의 내용에 진심으로 감사를 드려야 했다.

챠챠는 그 점만은 미처 생각지 못했다. 그 정도로 눈앞이 밝아지고 흐뭇해졌다고 할 수 있었다.

"마님, 왜 그러십니까? 혼자 웃고 계시니 말씀입니다."

오쿠라 부인이 의아하다는 듯이 물었는데도 챠챠는 사람이 달라진 것처럼 빠르게 대답했다.

"호호호호, 알았어. 이것으로 좋아. 이제는 나도 지지 않을 수 있어. 납득이 가. 대처할 수 있는 방법이 있어……"

13

"방법이 있다니요……?"

의아해하며 되묻는 오쿠라 부인에게 챠챠는 다시 퍼붓듯이 말했다.

"얼른 아에바 부인과 쇼에이니를 부르도록. 그래, 역시 다 같이 상의하는 것이 좋겠어. 빨리 불러오도록……"

여기까지 말하고 챠챠는 이제껏 오노노 오츠를 기다리게 했다는 것을 깨달았다.

"오츠는 그만 돌려보내도록. 오늘은 다른 중요한 일이 생겨 나중에 다시 기회를 보아 부르겠다고 해…… 어서."

오쿠라 부인은 다시 한 번 고개를 갸웃거리고 일어났다. 아무튼 상의 하겠다고 하니 다른 두 사람을 부르는 것이 좋다고 판단했다.

아에바 부인과 쇼에이니, 그리고 오쿠라 부인 등 세 사람은 이를테면 챠챠의 중신과도 같은 심복이었다. 오쿠라 부인이 두 사람을 불러올 때까지 챠챠는 물기를 먹은 반짝반짝 빛나는 눈으로 허공을 바라보았다. 때때로 문득 소리 내어 웃는 모습이 맑지 못한 임부의 혈색과 함께 왠지 모르게 무서워 보이기까지 했다.

세 사람이 나란히 들어오자 챠챠는 얼른 손을 내저어 오쿠라 부인의 입을 막았다.

"두 사람의 생각을 먼저 알고 싶으니 그대는 잠시 입을 다물도록."

"예. 그야 마님의 분부시라면……"

"아에바도 스님도 잘 들어봐요. 아기에 대한 일로 전하의 지시가 계셨어."

"반가운 일입니다."

여승이 대답했다.

"그러면 곧 오사카로 옮기시겠군요."

"그래. 서쪽 성에 가서 해산하게 될 모양이야. 모든 준비는 키타노만도코로 님이 해주실 것이고. 그런데 전하의 서신 중에서 좀 마음에 걸리는 데가 있어."

"어떤 것인지요?"

이번에는 아에바 부인이 몸을 앞으로 내밀었다. 긴장으로 목소리가 굳어 있었다.

"내 자식이 아니다, 챠챠 혼자만의 자식…… 서신에는 이렇게 씌어 있다고 해. 도대체 무슨 뜻일까, 챠챠 혼자만의 자식이라니……?"

"챠챠 혼자만의 자식……?"

여승과 아에바 부인은 앵무새처럼 그 말을 되받으며 서로 얼굴을 마주보았다.

"알겠습니다! 전하가 이번에 태어나시는 아기를 키타노만도코로 님의 손에 건네지 않으시겠다는 계략일 것입니다."

쇼에이니가 탄력 있는 목소리로 대답했다. 이를 아에바 부인이 손을 들어 제지했다.

"그렇다고는 할 수 없습니다. 태어나실 아기가 아드님일 경우, 후계자로 결정되신 칸파쿠 님을 꺼려해서일 겁니다."

챠챠는 생긋 웃고 세 사람을 번갈아 바라보았다. 결국 그녀의 심복들은 세 사람 모두 다른 대답을 내놓았다.

아에바 부인의 말이 가장 챠챠의 생각과 비슷했으나, 쇼에이니가 말한 경우와 오쿠라 부인이 불안해하며 말한 경우도 결코 없다고는 할 수 없었다.

"오쿠라, 어떤가. 사람에게는 저마다 자기의 생각이라는 것이 있지 않는가?"

"글쎄요, 제가 보기에 두 분은 문제를 너무 쉽게 생각하시는 것 같아서 어쩐지……"

"그러기에 세 사람이 함께 상의하려는 것이야. 이름 문제는 그렇다 해도, 세 사람의 대답이 각각 다르다는 것은 태어날 아기에게 좋은 일이 아니야. 나는 세 사람의 의견 중에서 어느 것이 전하의 참뜻을 바로 지적했는지 알아보려고 해."

"저어, 큐슈에 계신 전하께?"

아에바 부인이 깜짝 놀라며 반문했다.

14

세 사람에게 챠챠의 이 말은 너무도 엉뚱했다. 큐슈의 진중에 있는 히데요시에게 그런 일까지 알아보려 하다니, 전투로 날이 새고 전투로 날이 저무는 시대에 자란 세 사람의 로죠에게는 말도 안 되는 탈선이고 방자한 일로 여겨졌다.

그러나 챠챠는 별로 구애받지 않았다.

"진중에는 이시다 지부石田治部가 조선에서 돌아와 있을 텐데, 그를 통해 알아보면 될 거야. 무슨 연유로 전하가 그런 수수께끼 같은 지시를 내렸는지. 챠챠 혼자만의 자식은 그렇다 치더라도, 이름을 '히로이'라 하고 아랫사람들에게까지 '오'란 존칭을 쓰지 못하게 하시겠다는 진의를 알 수 없다, 그 때문에 내가 깊은 생각에 잠겨 이대로 가면 무사히 출산할 수 있을지 여간 걱정이 아니다…… 세 사람이 연명으로 이런 뜻을 전하면, 지부가 전하께 은밀히 여쭈어볼 거야. 내가 지부를 믿고 의지한다는 말을 덧붙여 사람을 보내도록."

처음에 세 사람은 잠시 동안 숨을 죽이고 서로 얼굴만 마주보았다. 오쿠라 부인은 그렇다 해도 아에바 부인과 쇼에이니는 아직 자세한 사정을 알지 못하기도 했다.

그러나 차차 그런 작은 의문이 풀린 뒤—

"남자아이가 태어났을 경우, 전하가 안 계시는 동안 키타노만도코로나 칸파쿠의 미움을 받는다면 자라고 싶어도 제대로 자라지 못할 거야. 그럴 때는 어떻게 대처해야 하지? 지부라면 좋은 생각을 말해줄 수 있을 것이니, 이렇게 지부와 미리 연락해두는 것도 후일을 위해 도움이 되겠지."

챠챠에게 이런 설명을 들었을 때 비로소 세 사람 모두 크게 고개를 끄덕였다.

"과연 말씀을 듣고 보니 그렇게 하는 것이 마님뿐 아니라, 도요토미 가문에도 여간 중요한 일이 아닌 것 같습니다."

아에바 부인이 말했다.

"정말로 큰일 중의 큰일입니다."

오쿠라 부인도 맞장구를 쳤다. 아직 세 사람의 생각이 일치된 것은 아니었다. 그러나 각각 다른 세 사람의 생각이 어느 한 점에서 하나의 오해를 향해 흐르고 있는 것만은 사실이었다.

이 묘한 서신을 히데요시에게 쓰도록 한 원인은 키타노만도코로와 칸파쿠 히데츠구라고 지레짐작하는 '상상'이었다. 그리고 그 두 사람은 남자아이가 태어나면 그 아이를 적으로 여겨 증오하게 되리라고 단정하는 '감정'의 탈선이었다.

이런 경우 웬만큼 이성적인 사람이 아니라면 상상과 감정, 여기에 다시 감정에 의한 좋지 못한 상상이 겹쳐져 사실과는 전혀 다른 엄청난 착각과 비극의 싹을 자라게 할 수밖에 없다.

그 싹을 지금 네 여자가 이마를 맞대고 키우고 있었다.

"역시 전하는 키타노만도코로 님이 두려운 게야."

"아니, 키타노만도코로 님보다 그 뒤에 있는 카토, 후쿠시마, 아사노, 쿠로다 등 코쇼 출신을 두려워하고 계십니다. 그 사람들은 모두 키타노만도코로 님을 어머니처럼 여기고 편을 드니까요."

"그러고 보면 제일 먼저 조선에 건너간 공훈도 코니시 셋츠 님에게서 카토 카즈에노카미 님한테 돌리려고 키타노만도코로 님이 여러모로 힘을 쓰시는 모양입니다."

"그렇다면 우리도 방심할 수 없습니다. 이 일은 이시다 지부 님만이 아니라…… 코니시 님과 마시타 님에게도 미리 알려두어야 하지 않겠습니까?"

"그보다도 이 서신을 누가 가져가는가 하는 것이 선결문제라고 생각합니다. 부대의 전령을 보낼 수는 없지 않겠습니까?"

역시 세 사람 중에서는 아에바 부인이 가장 현실적이었다.

15

"그렇다면 누가 적당할까요?"

쇼에이니가 양미간을 모으고 생각에 잠겼다.

책략은 세웠으나 막상 누구를…… 하는 데에 이르자 로죠들은 여간 불안하지 않았다. 결코 떳떳한 일을 하는 것이라고는 생각할 수 없었기 때문이다.

'만일 이 일이 키타노만도코로나 칸파쿠에게 누설되면 어떤 사태가 벌어질 것인가……'

누설할 우려가 전혀 없는 사람이라면 상의에 가담한 세 사람뿐. 그러나 세 사람 중에 어느 한 사람이 여행을 떠났다는 것이 알려지면 그야말로 상대는 진실을 안 이상으로 갖가지 억측을 할 터였다.

"누구 적당한 사람이 없을까?"

챠챠가 재촉했으나 세 사람은 서로 얼굴을 바라본 채 고개를 갸웃거렸다.

갑자기 챠챠가 무릎을 탁 쳤다.

"참, 슈리가 좋겠어. 오쿠라, 그대가 슈리에게 취지를 잘 설명하여 몰래 출발시키도록 해. 표면적인 이유는, 내가 오사카로 옮기게 되었으므로 전하께 알리고 고맙다는 인사를 드리러 가는 것이라 하고. 그렇게 하면 문제가 별로 없을 거야."

오쿠라 부인도 왜 자기가 먼저 깨닫지 못했을까 하는 표정으로 몸을 앞으로 내밀었다.

오쿠라 부인은 슈리가 챠챠 곁에 있는 것이 여간 두렵지 않았다. 세상의 소문도 그렇지만 어쨌든 두 사람은 젊은 남녀였다. 그리고 챠챠의 억센 기질은 때때로 탈선을 서슴지 않았다. 만일 어떤 계기로 두 사람 사이에 잘못이 생겨 그것이 시녀들의 눈에 띄기라도 하면 그야말로 돌이킬 수 없는 일……

"그렇군요, 슈리를 보내는 것이 좋겠습니다! 슈리라면 틀림없이 마님을 위해 일할 것입니다."

아에바 부인도 쇼에이니도 오노 슈리를 보내자는 것에 이의가 없었다. 그러나 오쿠라 부인이 개인적으로 보낸 것, 챠챠는 관여하지 않은 것으로 해야 한다는 두 사람의 의견이었다.

오쿠라 부인은 수긍하면서 슈리를 기다리게 했던 방으로 갔다. 이미 오츠는 거기에 없었고, 시녀들에게 둘러싸인 슈리는 그녀들을 상대로 즐거운 듯이 이야기를 나누고 있었다.

오쿠라 부인은 필요 이상 엄한 표정으로 시녀들을 물리쳤다.

"슈리, 마님에게 중요한 일이 생겼거든. 네가 나고야에 심부름을 가야겠어."

오쿠라 부인은 두 사람을 떨어뜨리게 되어 묘하게 마음이 들떴다. 그리고 이 기분을 필요 이상 과장하는 것이 별로 이상하지 않았다.

"태아가 남자인지 여자인지 알기도 전에 칸파쿠를 비롯하여 키타노만도코로 님까지도 무슨 계략을 꾸미는 모양이야…… 너도 알다시피 키타노만도코로 님에게는 카토, 후쿠시마, 쿠로다, 아사노 등 심복이 많아. 그러나 마님에게는 그런 사람이 없어. 너는 이제부터 우리 세 사람의 서신을 가지고 은밀히 이시다 님을 만나, 마님이 얼마나 의지하고 계신지 모르니 힘이 되어달라고 부탁하고 오너라."

"제가…… 저어, 큐슈까지?"

"왜 그런 얼굴을……? 마님에게는 중대한 일이야. 이럴 때 도움을 드리지 못한다면 말이 되겠느냐. 깊이 마음에 새기고 절대로 서신을 적에게 빼앗기면 안 된다."

어느 틈에 그녀는 적⋯⋯이라는 말을 입 밖에 내고도 전혀 부자연스러워하지 않았다.

16

인간의 집단과 집단 사이에는 언제나 이익의 충돌이 있게 마련이다. 더구나 그것이 감정을 앞세운 규방 여자들의 대립이고 보면 도저히 피할 길이 없다.

히데요시도 이를 경계하여 어떤 경우에도 키타노만도코로를 앞에 내세웠다. 소실들의 서열을 올바로 확립하는 것말고는 그 암투를 피할 방법이 없기 때문이다.

츠루마츠가 태어날 때까지는 이렇다 할 파탄의 기미가 없었다. 그런데 둘째아이를 임신하게 되면서부터 드디어 여자들의 감정은 히데요시가 쌓은 경계의 둑을 허물고 넘쳐나기 시작했다.

히데요시 자신이 친자식을 갖게 되었다는 경험 앞에서 차차 이성의 붕괴를 나타내기 시작했기에⋯⋯

그 무렵의 히데요시는 눈코 뜰 사이도 없이 바빴다.

5월 15일 나고야에 도착한 명나라 사신과 23일 처음 만났다. 코니시 유키나가에게 화의를 교섭하게 하면서 전쟁터 지시도 해야 했으며, 명나라 사신의 접대도 생각하지 않으면 안 되었다.

처음 계획대로 승리로 일관하는 전쟁이었다면 좀더 여유를 가질 수 있었으나, 점점 더 고전하는 만큼, 어떻게든 체면을 유지하면서 화의를 맺고 싶다는 초조감이 그를 괴롭혔다.

6월 9일 히데요시는 명나라 사신을 초대하여 뱃놀이를 했다.

"일본은 전혀 배 따위에는 어려움이 없다."

뱃놀이는 이 점을 과시하기 위한 일종의 시위라고도 할 수 있었다.

이튿날 일부러 쿄토에서 옮겨온 황금 다실에서 다회를 열고 사신들을 초대했다.

현지에서는 카토 키요마사에게 지시하여 포로로 잡았던 두 왕자를 돌려보내게 하고, 한편으로는 은밀히 진주성晉州城의 총공격을 명하는 등…… 완급緩急 양면의 비책을 구사하면서 강화를 진행시켜갔다.

이런 때이니 만큼 어떤 사자가 누구에게 왔는지도 모르고, 챠챠는 키타노만도코로의 명으로 오사카 성에 들어가 사이좋게 순산할 날을 기다리는 줄로만 생각하였다. 물론 태어날 아이에 대해 신경이 쓰이지 않을 리 없었다. 때때로 남자아이일 경우를 생각하면 가슴이 설레고는 했다.

히데요시가 생각하는 강화의 조건은 다음 일곱 가지였다.

첫째, 명나라 황제의 딸을 일본의 황후로 삼을 것.

둘째, 국교를 회복하여 서로 관선官船, 상선을 왕래케 하면서 무역을 번창시킬 것.

셋째, 일본과 명나라 대신이 각서를 교환하여 우호를 도모할 것.

넷째, 조선의 4개 도道를 일본에 할양하고, 나머지 4개 도 및 경성을 조선에 반환할 것.

다섯째, 조선 왕자, 대신 두 사람을 인질로 일본에 머무르게 할 것.

여섯째, 이미 석방한 조선의 두 왕자를 조선 왕에게 돌려보낼 것.

일곱째, 조선의 대신으로 하여금 앞으로도 일본을 배반하지 않겠다는 서약을 하도록 할 것.

이 강화조건을 어떻게 하면 그대로 명나라 사신에게 납득시킬 수 있을 것인지 머리를 짜내고 있을 때였다.

이처럼 눈코 뜰 새 없이 바쁜 가운데, 문제의 아이인 히데요리秀賴가 오사카 성에서 첫 울음소리를 울린 것은 아직 늦더위가 채 가시지 않은 분로쿠 2년(1593) 8월 3일…… 운명의 아들 히데요리는 태어나는 것과 동시에 일단 버려졌다가 마츠라 사누키노카미의 손에 의해 다시 주워졌다.

늦둥이 아들

1

히데요시에게 아들이 태어났다는 소식이 전해진 것은 명나라 사신이 강화의 7개 조항을 자기네 황제에게 보고하기 위해 나고야를 출발하여 귀국길에 오른 뒤의 일이었다.

조선에서는 카토 키요마사, 쿠로다 나가마사 등이 진주성을 함락하여 수비하던 진주 목사牧使 서예원徐禮元을 죽였다. 그러는 한편 이여송 역시 군사를 철수시켜 명나라로 돌아갔다는 보고도 있었다.

할양받게 될 조선의 4개 도道를 일본 국내의 배분과 마찬가지로 전공을 세운 장수들에게 나누어주어, 조선 왕 이상의 선정善政을 베풀게 함으로써 일단 분로쿠노에키文祿の役(임진왜란)*를 마무리짓자……고 생각하고 있었다. 그랬던 만큼, 이 소식을 들은 히데요시의 기쁨은 이루 말할 수 없을 정도였다.

"그래, 태어났다는 말이지……"

이시다 미츠나리의 말을 듣고 맨 먼저 손가락부터 꼽아보았다.

"팔월 삼일이라…… 그래, 맞아. 기억이 있어."

역시 히데요시도 챠챠의 임신날짜에 의문을 품고 있었던 모양인지 어린아이처럼 표정을 허물어뜨리며 웃었다.

"이제 됐어. 지금까지 마음에 걸리는 일이 너무 많았어. 전쟁이 끝나기를 기다렸다는 듯이 태어나다니 이 얼마나 상서로운 조짐이란 말인가. 아, 이제는 한시름 놓게 되었어."

이시다 지부노쇼 미츠나리石田治部少輔三成는 이러한 히데요시를 냉정히 관찰하고 있었다. 냉정한 관찰자의 눈으로 보면 이 역시 불안을 느끼게 하는 히데요시의 변화였다.

명나라 수도까지 단숨에 쳐들어가겠다고 한 처음의 기백은 어디로 간 것일까?

다행히도 조정이나 측근들 모두 이 전쟁이 빨리 끝나기를 기다렸으니 망정이지, 만일 강경하게 주전론主戰論을 고집하는 자가 있었다면 무엇이라 변명할까……

"도련님의 탄생은 여간 경사스러운 일이 아니지만, 강화에 대해서는 아직 조심하시지 않으면……"

"알고 있네. 나는 이번 일에 코니시와 소에게 보기 좋게 속았으니까 말일세. 어쨌든 조선 녀석들도 여간 끈질기지 않아."

"그리고 아직 말씀 드리지 않았으나, 쿄토에도 좀 마음에 걸리는 일이 있습니다."

"뭣이, 쿄토의 일로 마음에 걸리는 것이……?"

"예. 후시미 축성공사 중에 약간 불미스런 일이 있었습니다."

"지부! 왜 그렇게 자꾸 말을 돌리느냐. 그런 일이 있었다면 어째서 진작 보고하지 않았느냐. 그 보고를 들었다고 해서 이곳 군무에 지장을 끼칠 히데요시인 줄 알았느냐?"

"아닙니다. 물론 그렇게는 생각지 않았습니다만, 종전終戰을 구상하시는 마당에 사소한 일로 번거로움을 드려서는…… 하고 생각했기 때문에……"

"말머리 돌리지 말고 어서 말해. 쿄토에 무슨 일이 있었느냐?"

히데요시의 재촉을 받고 나서 미츠나리는 더욱 신중하게 고개를 갸
웃거렸다.

"역시 전하께서 쿄토로 돌아가실 때까지 말씀 드리지 않는 편이 좋
을 듯합니다."

"무슨 일이 생겼느냐고 묻지 않느냐! 어서 말하지 못하겠느냐, 멍청
이 같은 녀석."

"실은 칸파쿠에 관한 일입니다."

"칸파쿠가 어떻다는 거야?"

"쿄토 안팎에서 살생자殺生者 칸파쿠……라는 별명으로 불리고 있
다고 합니다."

미츠나리는 진심으로 이 일을 걱정하는 듯 깊이 이맛살을 찌푸린 채
말했다.

2

"뭣이, 살생자 칸파쿠…… 좋지 않은 별명이야."

히데요시도 목소리를 낮추고 몸을 앞으로 내밀었다. 칸파쿠 히데츠
구에게 난폭한 면이 있다는 것은 히데요시도 잘 알고 있었다. 그래서
칸파쿠 자리를 물려줄 때도 엄히 훈계하고 서약서까지 받아놓았을 정
도였다.

"예, 결코 좋은 별명은 아닙니다. 이 때문에 전하의 명예에도 손상을
주어 후세에 이르도록 사람들의 입에 오르내리면……"

"도대체 무슨 일을 저질러 그런 별명까지 얻었다는 말이냐? 이유를

알고 있을 테지. 말해보아라."

"실은……"

미츠나리는 더욱 침울한 표정이 되었다.

"올 정월 오일에 오기마치 상황께서 보령寶齡 칠십칠 세로 붕어崩御하신 것은 모두가 다 압니다."

"물론이지. 나도 황실에 삼가 조의를 표했어."

"그런데 붕어하신 지 한 달도 되지 않은 상중에 칸파쿠는 사냥을 하셨습니다."

"뭐, 붕어하신 지 얼마 되지 않아 사냥을?"

"예. 쿄토에서는 모두 가무와 음주를 금하고 일반 백성에 이르기까지 근신하는 동안에 말입니다."

히데요시는 끌끌 혀를 찼다.

"그 멍청이 녀석이 결국 그런 무분별한 짓을 저질렀구나. 그런데 그게 매사냥이었나?"

"아닙니다. 매사냥이었다면 그런 별명은 생기지 않았을 것입니다."

"매사냥이 아니었다는 말이냐?"

"무장을 한 많은 몰이꾼들을 거느리고 나가 총포로 사슴사냥을 했습니다."

"뭐, 총포로 사슴사냥을?"

히데요시가 기대고 있던 사방침이 소리를 내며 앞으로 기울었다.

"믿을 수 없어! 그랬을 리가 없어. 아무리 멍청한 놈이라 해도 상중에 총포를 쏘며 사슴사냥을 하다니……"

"황송합니다마는, 저도 그렇게 생각하고 일부러 사람을 보내 확인하도록 했습니다."

"그랬더니 분명 사냥을 했다는 말이냐, 그 멍청한 놈이?"

"예. 더구나 사냥한 장소가 좋지 못했습니다."

"장소가…… 어디서 했다는 말이냐?"

"나라를 진호鎭護하는 영산靈山 히에이잔比叡山°이었습니다."

순간 히데요시는 넋 나간 표정이 되었다.

'무슨 실수였겠지.'

말로는 하지 않았으나 이렇게 생각했다. 만일 사실이라면 히데츠구가 발광한 것이라고밖에는 볼 수 없었다.

'누군가가 히데츠구를 모함하려고 일을 꾸미고 있다……'

미츠나리는 이러한 히데요시의 의구심을 충분히 예상하고 다시 입을 열었다.

"있을 수 없는 일입니다. 있을 수 없는 일인데도 그만…… 그래서 쿄토 사람들도 깜짝 놀라 살생자 칸파쿠라는 별명을 붙였답니다. 처음에는 백성들도 칸파쿠 님이 실성하신 모양이라고 했답니다…… 하지만 그렇지 않다는 것을 알고는 그 후부터 더욱 나쁜 소문이 났습니다. 그 소문에 대해서도 일단 조사해보았습니다마는, 그중에는 아무 근거도 없는 이상한 소문까지……"

3

이 뜻하지 않은 미츠나리의 보고는 히데요시에게 엄청난 충격을 안겨주었다.

상중에 히에이잔에서 사냥을 한다. 더구나 많은 몰이꾼을 무장시켜 살생이 금지되어 있는 영산에서 총포를 쏜다…… 발광이 아니라면 히데츠구에게 무슨 생각이 있었기 때문일 것이고, 따라서 엉뚱한 소문이 나도는 것도 당연한 일이었다.

"지부!"

"예."

"그 소문이란 것을 말해라. 소문 그대로, 백성들이 말하는 그대로를 내게 말하라."

"황송합니다마는, 아직 사실 여부도 판명되지 않은 일이라서⋯⋯"

"그 판단은 이 히데요시가 하겠다. 어서 소문 그대로를 말하라."

"그러면 말씀 드리겠습니다. 이 소문은 도련님의 잉태와 관련이 있다는 것입니다."

"뭣이! 아이와 관련이 있다고?"

"예. 츠루마츠 님을 잃고 비탄해하시던 전하의 모습을 떠올리고, 친아드님이 탄생하시면 칸파쿠의 자리에서 물러나게 될 것이다⋯⋯ 이런 판단으로 자포자기한 것이 이유의 하나이고⋯⋯"

"으음, 그럼 또 다른 이유도 있다는 말이로군."

"예, 하지만 그것은⋯⋯"

"에잇, 어서 말하지 못할까!"

"예, 알겠습니다."

미츠나리는 당황하면서 다시 나직한 소리로 말을 이어나갔다.

"도련님의 탄생과 관계 있는 일이기는 합니다만, 한발 더 깊이 들어가, 칸파쿠가 자포자기한 원인은 이번 전쟁에도 있다는 소문입니다."

"이번 전쟁과 칸파쿠가 무슨 관계가 있다는 말이냐?"

"이번 전쟁은, 황송하게도 전하의 착각⋯⋯ 대군을 거느린 명나라는 굴복시킬 수 없다⋯⋯"

"으음, 그래서⋯⋯"

"오래지 않아 바다를 건너 조선에 들어가 있는 장수들은 모두 자멸할 것이라고⋯⋯"

"백성들이 그런 소문을 퍼뜨린다는 말이지?"

"아무 근거도 없는 소문입니다마는⋯⋯ 결국 칸파쿠가 총대장으로 조선에 파견될 것이다. 그러면 전하는 손에 피도 묻히지 않고 칸파쿠를 제거하여 새로 태어나는 도련님에게 천하를 물려줄 수 있다…… 이렇게 생각하신다는 것을 칸파쿠가 어떤 기회에 알게 되었다…… 이 때문에 그런 난폭한 짓을 한 것이라고……"

히데요시는 다시 숨을 죽이고 신음했다.

생각해보지도 않은 일이었으나, 히데츠구에게 자기 대신 바다를 건너라고 한 적은 분명히 있었다.

그 말을 히데츠구가 그토록 언짢게 받아들였다는 말인가? 히데요시는 다른 무장들 앞이어서 칸파쿠의 체면을 생각하고 실행할 마음도 없이 그저 말해본 것뿐이었는데도…… 그러나저러나 살생자 칸파쿠라니 이 얼마나 안 좋은 별명이란 말인가. 이런 별명은 일단 퍼지기 시작하면 영원히 지워지지 않고 남는다.

"으음, 그냥 둘 수 없겠어."

"그러나 아무 근거 없이 시정에 나도는, 단지 상상에 지나지 않는 소문……"

"그 상상이 무서운 게야. 히데츠구 놈! 드디어 내 얼굴에 먹칠을 했군. 으음, 살생자 칸파쿠란 말이지……"

히데요시의 눈에 떠오른 분노는 일찍이 보지 못했을 만큼 침울했다.

4

미츠나리는 조용히 히데요시를 바라보았다. 그 분노의 원인이 어디 있는지 확인하기라도 하려는 듯이.

"지부, 그대가 한 일이니 사후 처리에 실수는 없을 테지?"

"실수……라고 말씀하시면?"

"그 후 칸파쿠에게 감시자를 붙여놓았느냐는 말이다."

"황송합니다마는, 그런 것을 제가 어찌……"

"어째서 하지 못한다는 말이냐?"

"상대는 전하의 상속자이신 칸파쿠 전하입니다."

"칸파쿠여서 그런 일을 할 수 없다고 생각하는 것은 잘못이야."

"그렇더라도 이런 일은……"

"만일 세상의 소문처럼 그런 일을 하고, 또 그 소문과 같은 생각을 하고 있다면 어떻게 하겠느냐?"

"결코 그런 일은 없을 것입니다. 전하에게 충분한 훈계를 받고 서약서까지 제출한 칸파쿠 전하인데, 가신인 저희들이 그 행적을 입에 올리다니 가당치 않은 일입니다."

"뭣이, 입에 올리면 안 된다고?"

"예. 전하가 계신데 어찌 저희들이……"

"으음."

히데요시는 문득 말을 중단하고 다시 심각하게 생각에 잠겼다. 미츠나리의 말에도 과연 일리가 있었다. 히데요시 같은 양아버지를 제쳐놓고 부교들이 어떤 책동을 한다면 그야말로 가풍이 문란해질 터.

'그렇다면 이 일을 어떻게 해야 할 것인가……?'

히데요시가 아들이 태어날 경우를 생각하고 지시했던 챠챠 혼자만의 자식……이라고 한 것이나 이름을 '히로이' 라 부르라고 한 것도, 이와 같은 히데츠구에 대한 영향을 고려해서였다. 그런데 이러한 마음이 히데츠구에게는 전혀 통하지 않았다.

"지부."

"예."

"참고로 묻는데…… 자네가 만일 내 입장이라면 이 문제를 어떻게 처리하겠나?"

"황송한 질문입니다. 저에게 전하보다 더 나은 지혜가 있을 리 없습니다."

"그렇지도 않을 거야. 자네 얼굴에 내게 하고 싶은 말이 있다고 씌어 있어."

"당치도 않은 추측이십니다. 그러면 제가 칸파쿠 전하를 언짢게 생각하여 헐뜯기라도 한 것처럼 들립니다."

"허튼소리는 하지 말게. 비록 자네가 헐뜯었다 해도 그 때문에 생각을 바꿀 히데요시는 아니야. 묻는 말에나 솔직하게 대답하게."

미츠나리는 순간 날카로운 긴장의 빛을 얼굴에 떠올렸다.

'혹시 요도 부인에게서 연락이 있었다는 것을 히데요시가 알지는 않을까……'

이런 불안이 뇌리를 스치고 지나갔다.

"왜 아무 말도 하지 않나, 지부?"

"죄송합니다만, 그 일로 전하께 여쭙고 싶은 것이 있습니다."

"뭐, 자네가……?"

"예. 그것을 여쭙지 않고는 방법도 대책도 서지 않습니다."

미츠나리는 교묘하게 히데요시의 속셈을 떠보려고 했다.

5

히데요시는 쓴웃음을 지었다. 자기가 먼저 이번에 태어난 아이에 대해 미츠나리 등이 어떻게 생각하고 있는지 물어보려 했는데, 도리어 미츠나리가 반문하고 있지 않은가. 미츠나리와 그 일파로서는 히데요시가 어떻게 할 작정인지 먼저 확인하고 싶었을 터.

"빈틈없는 사나이로군. 좋아, 자네가 먼저 말해보게."

"감사합니다…… 어쨌든 도련님은 전하께서 천하를 물려주신 뒤에 태어나셨습니다."

"얄궂은 일이야, 그런 점에서는."

"그러므로 전하께서 도련님을 어떻게 하실 것인지, 그 생각을 여쭙지 않고는 저희는 어떤 대책도 마련할 수 없습니다."

"나는 아직 거기까지는 생각지 않았어. 백지상태일세."

"그러시면, 요도 마님 혼자의 아기라고 하신 것은?"

"태어날 줄 알았다가 만약 유산이라도 되면 덧없는 기쁨…… 그 후의 낙담이 두려웠기 때문이야."

"그러면 한 가지 더, 어째서 아랫사람들에게까지 '오'라는 존칭으로 부르지 말라고 하셨습니까?"

"그 역시 아비 된 마음에서일세. 세상에는 소중히 키울수록 아이가 약해진다는 말이 있어."

"단지 그 이유만으로 그토록 이상한 지시를 내리셨다면 좀 경솔하시지 않았나 생각합니다."

"뭐…… 뭣이?"

"그 때문에 요도 마님은 전하가 도련님을 미워하시는 게 아닌가 의심하시게 되고, 칸파쿠 전하는 자신을 속이려고 조심스럽게 책략을 꾸미시는 줄 알고 계십니다. 이는 일부러 가문을 양분하는 계기를 만드는 것과도 같은 일……이라고 생각하는데 어떠신지요?"

"으음."

히데요시는 나직하게 신음하고 당황하며 말했다.

"그것 보게. 자네에겐 이미 생각이 있지 않았는가?"

"전하, 저희에게 말씀해주십시오. 태어나신 도련님을 어떻게 하실 생각이십니까?"

"또 묻는군…… 아직 거기까지는 생각지 않았다고 했는데도."

"그러시면, 생각나실 때까지는 요도 마님의 의심과 칸파쿠 전하의 불안이 계속 쌓이는데도 그냥 내버려두시겠습니까?"

히데요시는 혀를 차고 다시 침묵했다.

'확실히 지부의 말이 옳다.'

자기 생각이 결정되기도 전에 이런저런 말을 할 정도로 미츠나리는 조심성이 없는 사나이가 아니다.

"지부, 진심을 말하겠네. 나는 이번 아이가 무사히 자란다면 칸파쿠와 상의해서 그 다음 칸파쿠로 삼았으면 싶어. 이 히데요시의 친아들로 태어났으니까."

"그 말씀을 듣고 저도 생각이 떠올랐습니다. 칸파쿠 전하의 다음을 잇는다……고 하면 가문은 하나로 유지됩니다."

"그래. 일단 자리를 물려준 칸파쿠가 실수를 했다고 해서 분가시킬 수는 없는 일이지. 그렇다고 내 친아들로 태어난 아이를 칸파쿠가 낳은 아들의 가신이 되게 하는 것도 불쌍한 노릇이야."

사실 이것은 히데요시의 솔직한 심정이었다.

미츠나리는 고개를 끄덕이고 무릎걸음으로 한 걸음 다가앉았다.

6

'히데요시로서는 결코 무리가 아니다……'

내 친아들에게 칸파쿠 히데츠구의 아들을 섬기게 하고 싶지 않다. 그렇다면 나이로 보아도 히데츠구의 다음 칸파쿠가 될 수 있다……는 생각은 타당했다.

"그 뜻을 아시면 요도 마님도 안심하실 것이고, 저도 생각을 정리할 수 있겠습니다."

미츠나리는 천천히 머리를 숙여 가볍게 절하고 나서 말했다.

"어떻겠습니까. 칸파쿠 전하에게는 따님이 계십니다. 그 따님을 히로이 님이 맞도록 약속하신다면……"

"잠깐, 그런 말을 하기에는 너무 일러. 나는 아직 아기의 얼굴도 보지 못했어."

히데요시는 어이없다는 듯이 미츠나리의 말을 가로막았다.

"그리고, 듣건대 히데츠구는 이대로 내버려둘 수 없는 못된 짓을 저지른다고 하는데?"

"황송합니다마는, 바로 그 일입니다."

"무엇이 그 일이란 말인가. 자네도 요즘에는 오만하게 말장난을 하는군. 나쁜 버릇이 생겼어."

"칸파쿠 전하가 만일 전하의 마음을 떠보기 위해 일부러 살생을 했다면 어떻게 하시겠습니까?"

"뭣이, 내 마음을 떠보려고……?"

"만일……이라고 말씀 드렸습니다. 친아들이 태어나셨다, 그러므로 이쯤에서 꾸중을 들을 원인을 만들어 은퇴할 길을 트도록 해야지…… 이런 마음을 가질 수 있을지도 모릅니다."

"으음, 많이 생각했구나, 미츠나리."

"이는 천하에 적지않은 영향을 끼칠 수 있는 중요한 문제입니다."

"그러니까 자네는, 칸파쿠의 딸을 히로이와 짝짓게 하겠다…… 이렇게 말하면 칸파쿠도 안심하고 못된 짓은 하지 않을 것이다……"

"황송하오나 거기까지는 알 수 없습니다. 그러나 칸파쿠 전하의 살생이 그러한 불안 탓인지, 아니면 성격 탓인지…… 그것만은 판명되리라고 생각합니다."

"흐흐흥."

히데요시는 비꼬는 웃음을 떠올렸다.

"지부, 자네는 악인이로군."

"당치도 않습니다. 모두 전하의 은혜를 생각해서인데, 그런 말씀을 하시다니 정말 뜻밖입니다."

"아니, 농담일세. 좌우간 자네 말에는 확실히 일리가 있어. 그러나 지부, 이것이 자네 머리에서 나온 책략이라는 소문이 나돌면 안 돼. 두고두고 자네는 난처해질 테니까 말일세. 어디까지나 히데요시 혼자만의 생각에서 나온 것으로 해야만 돼."

"그런 일이라면 말씀하실 필요조차 없습니다. 다만 요도 마님에게만은 말씀 드리겠습니다. 도련님에 대한 전하 사랑은 보통이 아니라고."

"그건 상관없겠지. 아이를 키우는 마음가짐도 달라질 테니까."

히데요시는 고개를 끄덕이고 다시 허공을 바라보았다. 어느 틈에 히데츠구의 잘못에 대한 분노가 아직 보지도 못한 젖먹이에 대한 환상으로 바뀌어 표정에 미소가 번졌다.

어쨌든 바다 건너에서의 전쟁이 일단 소강상태에 접어들었을 때, 잊지 못했던 츠루마츠 대신 새로운 아기가 고고呱呱의 소리를 질렀다.

'이제부터는 다시 내 인생에 상쾌한 아침이 찾아올 모양이다.'

이런 생각만 해도 전신이 훈훈해졌다.

히데요시는 시동을 불러 술을 가져오라고 했다.

<h1 style="text-align:center">7</h1>

인간에게는 무언가 이야기하지 않고는 견디지 못할 때가 있다.

'왜 이렇게 즐거운 것일까.'

이런 생각을 하면 자못 어린아이 같은 부끄러움을 느끼게 되지만, 어쨌든 오늘의 히데요시는 오랜만에 동심으로 돌아갔다.

시동이 술을 가져왔다. 히데요시는 미츠나리에게 잔을 건네며 즐거운 얼굴로 말이 많아졌다.

"알겠나, 지부. 이건 우리끼리하는 이야기네만."

"예, 말씀하십시오."

"가령 칸파쿠의 딸을 히로이의 배필로 맞아들이고, 칸파쿠를 적당한 시기에 은퇴시킨다면……"

"예."

"그때 히로이 주위에는 누구누구를 두어 정무를 돕게 하는 것이 좋을까? 물론 술기운으로 하는 말이라도 좋아. 주홍으로 하는 말은 책임을 지지 않아도 좋으니 생각나는 대로 말해보게."

"송구스럽습니다만, 그런 말을 가볍게 입 밖에 내어서는 안 된다……고 생각합니다."

"하하하…… 누가 듣는 것도 아니고, 지부 자네와 나만의 술자리가 아닌가."

"그러하오나, 이 일만은……"

"하하하…… 자네는, 이시다 지부노쇼 미츠나리 혼자만으로도 충분하다……고 가슴을 두드리고 싶은 모양이군."

"원, 당치도 않은 말씀을 하시는군요."

"그것 보게, 핵심을 찔렀더니 당황하는 자네 모습이 무엇보다도 그 좋은 증거야."

"전하!"

미츠나리는 차차 저물어가는 정원을 바라보면서 조심스럽게 말을 꺼냈다.

"이 전쟁이 끝난 뒤에는 민심의 전환이 필요합니다."

"그렇다면……?"

"현재의 다이묘들은 모두 전쟁터에서는 더할 나위 없는 맹장들입니다. 허나 이 맹장들이 그대로 백성들을 다스리는 데도 유능하다고는 할 수 없습니다. 민심을 얻지 못해 안타까운 나머지 서로 접경한 사람들끼리 다투게 될 수도 있습니다."

"하하하…… 걱정하지 말게. 그럴 때는 언제든지 이 히데요시가 제재를 가하면 되는 거야."

"그렇지 않습니다. 그 다툼이 파벌과 파벌의 싸움이 되면 제압하기가 그리 쉽지만은 않습니다. 그러므로 민심을 잘 파악할 수 있는, 중앙의 지도력이 필요합니다."

"옳은 말일세. 그렇다면 히로이 주위에는 무장 출신의 다이묘보다도 문치文治에 밝은 사람을 많이 두어야 한다는 말이로군."

"명철하신 말씀, 황송할 뿐입니다."

"바로 그 문치에 밝은 사람 말인데, 자네는 일단 제외하고 누가 좋을까, 다이묘 중에서는……?"

"글쎄요, 그 문제는 좀처럼……"

"마에다 토시이에는 어떨까?"

"고지식하고 의리를 지킬 줄 아는 분입니다."

"모리도 괜찮을 거야. 이번 전쟁에서는 정말 잘 싸우고 많은 일을 해주었어."

"그러나, 아직은 경험이 부족하지 않을까요……"

"이에야스는 어떻게 생각하나? 인물로는 역시 이에야스를 따를 사람이 없다고 생각하는데."

이 말이 나오자 미츠나리는 갑자기 표정이 굳어지며 날카롭게 주위를 돌아보았다.

"방심할 수 없다는 말인가, 히로이를 위해서는?"

히데요시는 미츠나리가 무슨 말을 하려는지 미리 내다보았다는 듯 빙긋 웃었다.

8

미츠나리는 히데요시가 짓궂게 웃는 모습을 바라보면서 더욱 표정이 굳어졌다. 히데요시에게는 이 자리의 대화가 단순히 주흥에 따른 것일지도 모른다. 그러나 미츠나리에게는 좀처럼 얻기 어려운 간언諫言의 기회였다.

최근의 히데요시에게는 미츠나리가 보기에도 어딘지 모르게 불만스러운 점이 있었다.

'오다와라小田原 전투 때까지만 해도 전혀 빈틈이 없는 무서운 분이었는데……'

그런데 소나 코니시의 보고가 애매하다는 것을 깨닫지 못하고 억지로 조선 출병을 결정할 무렵부터 히데요시는 조금씩 시대의 흐름에서 벗어나 있다는 느낌이었다.

쥬라쿠 저택과 큰 불전 건립, 무기 회수, 토지조사를 실시한 뒤에 무엇 때문에 이와 같은 전쟁에 운명을 걸지 않으면 안 되었단 말인가. 건축, 회화, 도자기, 다도…… 히데요시 시대라 일컬어질 만큼 활발하여 그 유례가 없는 큰 진보를 이루었으면서도 어째서 다시 전쟁을 시작해야만 했던 것일까……?

노부나가 때부터의 염원이었던 일본의 통일이 이루어진 이상 당연히 평화적인 외교로 문치를 실행하여, 히데요시야말로 보통 무장이 아니었다…… 이렇게 후세의 사가史家들을 경탄케 해야 했다. 그런데 일부러 문제를 일으키고 있다.

"역시 전쟁밖에 모르는 인물……'

이런 평을 받을 것만 같은 어리석은 일을 감행했다.

지금도 히데요시는 조선을 점령한 무장들에게, 일본의 관습대로 영토를 상으로 주려 하고 있었다. 바다를 건너가 현지를 샅샅이 살피고 돌아온 미츠나리에게는 이 또한 불안의 씨앗으로 생각되었다.

'일본 국내에서 두려워하는 정도로 외국에서도 히데요시를 두려워할 것인가?'

명나라 사신은 히데요시가 제시한 7개 조항을 가지고 일단 귀국했다. 그렇지만 과연 히데요시의 희망대로 강화가 성립될까……?

그런 불안한 마음으로 있는 미츠나리에게 은밀히 전해진 것이 히로이에 관한 일이었고, 챠챠의 간절한 부탁이었다.

미츠나리는 이 문제를 전혀 다른 각도에서 받아들였다.

'이것이야말로 하나의 구원!'

친자식을 귀여워하지 않는 사람은 없다. 더구나 늦둥이일수록 연민으로 걱정을 많이 하게 된다…… 이제 전하를 위한 좋은 장난감이 생겼다. 마음을 돌리게 하여 가능한 한 빨리 전쟁에서 손을 떼게 해야 한다…… 이런 생각이 있는 미츠나리였다. 그런데 히데요시 쪽에서 먼저 도요토미 가문의 장래를 위해 누구를 히로이에게 딸리는 것이 좋을지 의논해왔다. 정말 다시없는 기회였다.

"이야기가 나왔으니 말씀 드립니다. 도쿠가와 님에게는 계속 주의를 게을리 하지 않으셔야 합니다."

미츠나리가 진지하게 대답했다.

히데요시는 다시 한 번 빙긋이 웃었다.

"지부답지 않은 말을 하는군. 다이나곤의 마음은 이번 전쟁을 통해 구석구석까지 들여다보았어. 비열한 책략이나 흥정은 아니었어. 마음으로부터 일본을 걱정하고 나를 위해 표리 없이 일해주었지. 그리고 이에야스의 말이라면 거센 다이묘들도 모두 납득하는 거야. 지부, 순수하게 받아들이지 못한다면 자네도 그릇이 크지 못해."

히데요시는 이쯤에서 화제를 바꾸려고 한 말이었다. 그런데 미츠나리는 잔뜩 눈을 치뜨고 다가앉았다.

"그러기에, 그러기에 방심은 금물이라고 말씀 드린 것입니다."

9

미츠나리는 히데요시의 눈을 국내로 돌리기 위해서는 그의 늦둥이 출생을 계기로 몇몇 사람을 가상의 적으로 만들어놓아도 좋다고 생각했다. 만일 그 가상의 적이 국내에 없다면, 강화조건에 대한 명나라의 대답 여하에 따라 히데요시는 다시 모든 국력을 기울이는 큰 모험을 감행할 우려가 있었다……

'그럴 경우 이는 결코 무의미한 작은 책략이 아니다. 직접적으로는 도요토미 가문을 위하고, 동시에 일본을 위한 일이기도 하다……'

미츠나리는 그가 있는 위치에서, 챠챠는 어머니의 위치에서, 또 히데요시나 이에야스도 각각의 위치에서 세계를 본다. 이렇게 하여 서로 다른 견해는 때로는 건설의 원인이 되기도 하고 때로는 붕괴의 원인이 되기도 한다.

히데요시는 노골적으로 불쾌한 기색을 드러내면서 미츠나리를 나무랐다.

"다이나곤에 대해서는 말을 삼가게. 그렇지 않아도 이상한 소문이 떠돌아."

"아니, 어떤 소문이 떠돕니까?"

"지난날의 내 코쇼들이 모두 이에야스에게 심복하기 시작해서 지부가 초조해한다는 소문이야."

"전하도 그 소문을 믿으십니까?"

"믿는다면 이런 말을 자네한테 털어놓겠나, 헛소리하지 말게."

"그렇다면 말씀 드리겠습니다. 지난날의 코쇼들, 즉 지금의 맹장들과 도쿠가와 님의 접근을 달가워하지 않는다는 소문은 사실입니다."

"뭣이! 자네는 사실이라고 시인한다는 말인가?"

"예. 도쿠가와 님과 다이묘들의 접근을 달가워하지 않는 것만이 아닙니다. 칸파쿠와 다이묘들의 접근도 너무 정도가 지나치면 결코 좋지 않습니다."

히데요시는 눈을 둥그렇게 뜨고 미츠나리를 노려보았다.

늦둥이에 대한 별것 아닌 문답이 그냥 넘겨버릴 수 없는 중대한 일로 발전했다. 이에 대한 놀라움 때문이었다.

"지부, 내 마음에 일부러 풍파를 일으킬 작정이냐?"

"아닙니다. 문제는 단지 외국에 있는 것만이 아니다…… 이 점을 유념해두시기 바랍니다."

"으음, 가증스런 소리를 지껄이는군."

"가령 칸파쿠 전하가 크게 의심을 품었을 때, 전하가 전력을 기울여 해외의 일에 몰두하시고 전혀 국내를 돌보시지 않는다면 어떻게 되겠습니까? 그렇게 하시면 일부러 소인배들의 야심을 부추기는 것과 같은 결과가 되지 않겠습니까……?"

미츠나리는 점점 더 자기 말에 몰입해갔다. 자신의 말이 얼마나 히데요시를 크게 동요시키는 원인이 되는가를 잊은 채.

히데요시는 미츠나리를 노려본 채 잠시 말이 없었다. 이야기를 듣고 보니 과연 그러했다.

뜻하지 않은 친아들의 출생으로 히데요시의 마음이 크게 흔들리고 있었다. 이런 마당에 어렸을 때부터 그가 키운 코쇼 출신 다이묘들의 마음을 히데요시 이상으로 확실하게 사로잡는 자가 나타난다면 틀림없이 파란의 원인이 될 터. 더구나 지금 히데요시는 히데츠구 다음의 칸파쿠로 천하를 맡기고 싶은 아이의 탄생을 맞고 있었다……

히데요시는 빤히 자기를 바라보는 미츠나리에게 잠자코 잔을 내밀었다.

"어서 마셔. 자네 이야기는 여간 불쾌하지 않아."

10

"예, 마시겠습니다."

미츠나리는 여전히 히데요시로부터 시선을 떼지 않고 잔을 받았다.

'이제 히데요시의 마음은 국내로 돌아서게 될 것이다.'

이런 생각에 내심으로는 도리어 의기양양했다.

"꾸중을 각오하고 말씀 드렸습니다. 용서해주십시오."

"지부."

"예."

"아직 더 말하고 싶은 것이 있을 테지. 이런 불쾌한 일은 한 번으로
족해. 모두 말하도록 하라."

"황송합니다마는 제가 좀 지나쳤던 것 같습니다. 그러나 칸파쿠 전
하 세대에서 도련님의 세대로 바뀔 날이 있다…… 이런 생각을 하니 말
씀 드리지 않을 수 없었습니다."

"지부, 자네는 나더러 조속히 이 일을 매듭짓고 쿄토로 돌아가라는
말이로군."

"그러합니다. 머지않아 명나라 사신도 올 것입니다. 후시미 성을 완
성하고 거기서 유유히 사신을 기다리시는 것이 좋습니다."

"더 이상 명나라 문제에 깊이 관여하지 마라, 국내에도 아직 많은 걱
정거리가 남아 있다…… 이렇게 말하고 싶은 겐가?"

"너무나 속속들이 내다보고 계시니…… 황송하기만 합니다."

"그리고 나에게, 이제 안팎 싸움은 모두 끝났다, 백성들이 평화를 누

릴 수 있도록 무장들을 억누르고 민치民治에 전념하라고 지시하는 것일 테지."

"당치도 않습니다…… 어찌 제가 전하께 감히 지시를……"

"알겠으니, 이제 그만두세. 그리고 지금까지의 말은 우리끼리의 이야기로 끝내세."

"그야 물론……"

"히데츠구의 동요는 미숙한 탓으로 돌린다 치고, 이에야스에게 야심이 있는 것처럼 여긴다면 자네의 지나친 생각이야. 앞으로는 절대로 그런 말을 입 밖에 내지 말게."

"예…… 예."

"알겠나, 모처럼 품안에 들어온 자도 의심을 품고 대하면 반드시 겁을 먹고 멀어지게 되어 차차 적의를 품게 되는 거야."

히데요시는 엄한 어조로 말하면서도, 그 말과는 반대로 왠지 모르게 이에야스가 마음에 걸렸다.

요즘 이에야스는 히데요시에게 저항을 느끼게 하는 언동이 전혀 없었다. 명나라 사신을 접대하는 태도나 일선에 나가 있는 군사들에 대한 연락도, 진중에서 장수들을 대하는 자세도 얄미울 정도로 히데요시의 뜻을 잘 받들어 행동하였다. 어쩌면 미츠나리나 나가모리보다도 훨씬 더 세심하게 마음을 쓴다고 할 수도 있었다. 물론 히데요시도 충분히 이에야스의 체면을 세워주었으나, 생각해보면 이것은 일종의 위기를 내포하고 있었다.

'히데요시조차도 그토록 신뢰하고 그처럼 존중한다……'

장수들의 마음에 그런 생각이 확실하게 침투한다는 것은, 이에야스야말로 히데요시의 후계자……라고 믿게 할 위험성이 없지 않았다. 미츠나리는 이러한 점을 깨달았기 때문에 절대로 마음을 허락하지 말라고 한다. 과연 히데츠구나 이번에 태어난 아이에게 이에야스는 눈부신 존재가 될지도 모른다…… 여기까지 생각하다가 히데요시는 자신도 모르게 소리내어 웃었다.

'천하는 나나 나의 가문만을 위한 것이 아니다. 나보다 더 유능한 인물이 나타나면 언제든지 대신해도 좋다……'

"왜 그러십니까? 무엇이 우스우십니까?"

깜짝 놀란 듯 미츠나리가 반문했다.

11

"참으로 묘한 것이야. 일단 내 손에서 빼앗아갔던 츠루마츠를 신불이 다시 내게 되돌려주었다…… 이런 생각을 하는 순간 내 마음에 비열한 욕심이 생기니까 말일세."

히데요시는 거침없이 털어놓았다. 미츠나리 역시 미소를 되돌렸다.

"비열한 욕심……이라 하시면?"

"더 이상 묻지 말게. 아무것도 아니야."

"그러나 다름 아닌 전하가 하신 말씀…… 비열한 욕심이란 어느 정도의 것인지 알아두었다가 참고로 삼고 싶습니다."

"하하하…… 또 자네의 그 파고드는 버릇이 나타나는군. 좋아, 그럼 말해주겠어."

히데요시는 눈을 가늘게 뜨고 먼 곳을 바라보는 표정이 되었다.

"츠루마츠가 죽었을 때, 실은 나도 죽었다고 마음먹었지. 더 이상 살아남아서 우울한 일, 고통스러운 일을 당하기는 싫다…… 따라서 그 후의 나는 죽은 셈치고 진중에 있었던 거야. 이전의 히데요시가 아니라 일에 미친 귀신…… 그런 심정으로 말일세."

"그 심정은 저도 이해할 수 있습니다."

"그런데, 뜻밖에도 그 츠루마츠가 다시 내게 돌아왔어. 그렇다면 츠루마츠는 잠시 황천에 가 있는 동안에 도요토미 가문의 후계자가 아니게 되었어. 생각해보면 가엾기 짝이 없다……는 비열한 욕심이 고개를 드는 게 아니겠나."

"그렇군요…… 츠루마츠 도련님이 잠시 황천으로 몸을 숨기고 계신 동안에……"

"그러나 이것은 드러내서는 안 되는 비열한 욕망. 내 자식에게 천하를 물려주고 싶다…… 자식이 귀엽지 않은 부모는 없을 테니, 누구든지 한 번은 그런 생각을 하게 될 것일세."

"당연한 인정입니다."

"하지만 그렇게 해서는 안 된다는 생각이 들어……"

"……과연 그럴까요?"

"암, 그렇고말고. 인간이란 이때부터 구제받을 수 없는 미망의 심연으로 빠지게 되는 것일세. 키요모리 뉴도清盛入道°를 보게. 아들 코마츠小松가 뉴도보다 먼저 죽어 타이라平 가문은 망했어. 또 요리토모賴朝°를 보게. 맏아들 요리이에賴家와 차남 사네토모實朝에게 천하를 물려주었으면서도 그런 불행을 당했어. 아니, 먼 옛날 일은 그렇다 치고라도 돌아가신 우다이진右大臣°님 후예 중에서도 그 좋은 예를 찾아볼 수 있네. 노부타다信忠님은 그때 같이 불행을 당했으니 그렇다 하더라도, 노부오와 노부타카信孝는 그릇이 작았어. 천하를 넘겨주려 해도 그릇이 작으면 어쩔 수 없는 것이 당연해."

미츠나리는 흘끗 히데요시를 쳐다보았을 뿐 잠자코 있었다.

"그러므로 천하는 어디까지나 천하의 것, 기량 여하에 따라 누구든지 손에 넣을 수 있다고 나는 늘 말해왔어. 그러한 내가 츠루마츠에게 물려주었으면…… 하고 문득 생각했으니 우스운 일 아니겠나. 타이코나 되는 인물이 이 얼마나 비열한 생각을 했던 것일까. 하하하……"

"그 말씀, 마음에 새기겠습니다."

"마음에 새겨두었다가 자네도 천하를 노릴 생각인가?"

"당치도 않습니다…… 저는 전하의 은혜로 출세한 몸, 도요토미 가문을 위해 죽고 사는 것이 제 본분입니다."

"하하하…… 그렇게 정색을 하고 낯빛을 바꿀 필요는 없네. 농담이야, 농담. 어쨌든 히로이가 태어났으니, 기량 여하를 떠나 자네들이 모두 그 아이를 도와야 할 것일세."

이렇게 말하고 나서 문득 히데요시는 다시 입을 다물었다. 비열한 욕망이라고 자기 자신이 말한 그 욕망이 또다시 집요하게 마음속에서 번져나가는 듯한 기분이 들었다.

'좌우간 어서 히로이를 보아야겠다……'

쥬라쿠 저택의 내전

1

칸파쿠 히데츠구가 거실로 쓰는 쥬라쿠 저택의 백서원白書院에는 오늘 밤에도 왠지 모르게 서먹서먹한 주연이 벌어지고 있었다.

30명이 넘는 히데츠구의 소실들이 꽃처럼 줄지어 앉아 있었다. 그 소실들 중에서 가장 비파를 잘 뜯는다고 알려진 사에몬左衛門 부인이 헤이쿄쿠平曲°를 한 곡 연주했다. 그 뒤부터 좌중은 묘하게도 침울한 분위기에 빠져들었다.

"히데요시가 곧 쿄토로 돌아온다."

이 소식이 전해지기 전에 속속 보고되는 첩보는 모두 히데츠구를 당황하게 하는 것들뿐이었다.

"타이코께서는 칸파쿠 님이 사슴사냥을 하신 일로 크게 진노하고 계십니다."

"타이코께서는 칸파쿠 님을 폐하시고 새로 태어난 히로이 님에게 대를 잇게 하시려고 이시다 지부와 며칠 동안 밀담을 나누셨습니다."

"타이코께서는 돌아오시는 즉시 오사카 성으로 칸파쿠를 소환하여 처형하실 것이라는 소문이 돌고 있습니다."

"타이코께서는……"

이런 소문이 중신과 여자들에게 부지불식간에 퍼질 때 애절한 헤이쿄쿠를 연주한 것이 실수였다.

히데츠구보다 열 살이나 많은 사에몬 부인은 비파에 능할 뿐 아니라 히데츠구에게 노래를 가르치는 스승이기도 했다. 그런데 어딘지 모르게 침울한 성격이었다. 이러한 사에몬 부인이 비파를 내려놓자마자 히데츠구 옆에서 가냘픈 울음소리가 들렸다.

모녀가 함께 히데츠구의 소실로 있는, 이치노미다이―の御臺와 그녀의 딸 오미야於宮의 울음소리였다.

"울음을 삼가라."

이치노미다이가 주의를 주었다.

"전하가 더욱 울적해지시겠어."

"예…… 예. 그러나 너무 슬픈 곡이어서 그만."

한창 감상적 나이인 13세의 오미야는 당황하며 눈물을 닦았다. 그러나 그때 이미 히데츠구의 눈썹은 불쾌하게 치켜올라가 있었다. 모녀를 다 같이 소실로…… 이 하나만으로도 히데요시가 크게 진노하였다는 말을 듣고 있었다.

"모녀를 함께 사랑한다…… 그것은 짐승이나 하는 짓이야."

첩자의 보고였다.

모녀가 함께 히데츠구의 잠자리 시중을 드는 예로는 우에몬右衛門 부인과 딸 오마츠於松 모녀가 더 있었다.

"무엇이 슬프다고 우는 게야. 울고 있으려면 물러가라."

히데츠구의 꾸중에 어머니 이치노미다이가 얼른 변명했다.

"무슨 말을 들어도 슬퍼지는 나이입니다. 이해해주십시오."

"듣기 싫어! 그대도 물러가라!"

"예…… 예."

요즘 히데츠구는 일단 말을 꺼내면 막무가내가 되었다. 주사가 심해져 때로는 술잔을 내던지고 상을 걷어찼다.

이치노미다이와 오미야는 소리 없이 물러갔다.

이미 여자들 중 아무도 입을 여는 사람은 없었다.

"술을 따라라! 왜 겁을 먹고 있는 게야."

"예…… 예."

"내가 무서우냐, 타이코의 눈치만 살피며 허둥대는 나 같은 사나이가 무섭다는 말이냐!"

2

술병을 들고 막 잔에 따르려는 여자는 히데츠구의 소실 중에서도 가장 어린 12세의 오마츠였다. 얇은 주홍색 비단에 가을꽃을 수놓은 옷을 입고 흰 손을 내민 채 부들부들 떨었다.

"왜 무서워하는 거야!"

히데츠구가 이번에는 무릎으로 힘껏 방석을 쳤다.

"그대들 모두 아무 이유도 없이 두려워하기 때문에 타이코는 내가 포악하기 짝이 없는 사람으로 생각하는 거야. 그대들은 나를 괴롭히는 것이 그렇게도 재미있단 말인가?"

"아닙니다, 그런 것은……"

"그렇다면 떨지 말아야 할 것 아니냐!"

"예…… 예."

아직 어린 티가 가시지 않은 오마츠, 대답하면서 술병 든 손의 떨림을 누르지 못해 달가닥 하고 잔을 건드렸다.

"에잇, 떨지 말라고 했는데도!"

히데츠구의 오른손에서 날아간 술잔이 13세인 오아이於愛의 가슴에 맞았다.

"아……"

술을 뒤집어쓴 오아이가 기성을 지르는 것과, 히데츠구가 코쇼의 손에서 칼을 빼앗으려는 것은 동시의 일이었다.

"진정하십시오. 그렇게 성급하시면 안 됩니다."

원로 쿠마가이 다이젠熊谷大膳이 오른쪽에서 꾸짖듯이 소리질렀다.

"그렇게 하시면 더 두려워합니다. 오마츠 님은 아직 어립니다."

"그렇습니다."

오른쪽에서 키무라 히타치노스케木村常陸介도 말했다.

"우선 진정하시고, 타이코 전하가 오사카에 오셨을 때의 일을 상의하는 것이 더 중요합니다."

"그럼, 나를 불러다 죽이려는 타이코를 내가 마중 나가야 한다는 말인가?"

"당치도 않으신 말씀, 아직 누구도 그런 결정은 내리지 않았습니다. 먼저 이쪽에서 다른 마음이 없다는 것을 보여드리기 위해 효고兵庫 부근까지 마중 나가시는 편이…… 하나의 의견에 불과합니다마는."

히타치노스케는 오마츠와 옷에 술이 엎질러진 오아이에게 물러가라고 눈짓을 보낸 뒤 침착한 목소리로 덧붙였다.

"물론 전하가 안 된다고 하시면 어쩔 수 없는 일입니다. 하지만 지금은 특히 행동 하나하나에 주의를 기울이시기 바랍니다."

"히타치노스케!"

"예."

"나는 마중 나가지 않겠어. 그보다도 그대가 우리편에 가담시키겠다고 한 다이묘들은 어떻게 되었느냐?"

"이 무슨 뜻밖의 말씀을……"

히타치노스케는 난처한 듯 좌중을 돌아보다가 쿠마가이 다이젠과 시선이 마주치자 가만히 고개를 끄덕였다.

"전하는 칸파쿠, 적과 우리편이 따로 있을 수 없습니다. 다만 다이묘 중에 이번 전쟁으로 군비가 많이 들어 재정이 여의치 못하다고 호소하는 사람이 많으니, 그들에게 남는 자금을 빌려주어 위기를 벗어나게 하는 것이 후일을 위해 중요하다……고 말씀 드렸을 뿐."

"흥, 그래? 꼭 그렇게 말해야 하나? 타이코는 후시미 성 축조와 전쟁으로 다이묘들을 쥐어짜고 있다, 그러니 뒤에서 돈을 대어주라는 말이지. 그리고 우리편이 되게 하기 위해서가 아니라 후일을 위해 중요한 일이라는 말이지…… 알겠어. 그 후일을 위해 돈을 빌려준 상대는 누구누구인가?"

히데츠구의 술은 묘한 곳으로 그를 몰아가고 있었다.

3

키무라 히타치노스케와 쿠마가이 다이젠은 다시 한 번 양미간을 모으고 서로 고개를 끄덕였다.

'전하는 너무 단순하다……'

이 자리에도 타이코나 이시다 지부의 첩자가 있을지 모른다. 우리편이니 돈을 빌려준 다이묘의 이름을 대라느니 한다면 어떤 오해를 불러올지 모를 일이었다. 사실 다테, 호소카와, 아사노 등에게 돈을 빌려주었는데, 그 이름을 말한다면 만일의 경우 이쪽 편이 되기보다는 오히려 적으로 돌아서기 쉬웠다.

"황송합니다마는, 기억이 없습니다. 그보다 타이코 전하의 영접에 관한 일을 상의하시면 좋겠습니다."

쿠마가이 다이젠이 엄한 어조로 주의를 주었다. 히데츠구는 새로 잔에 술을 따르게 하고 어깨를 부르르 떨면서 혀를 찼다.

"마중 나가지 않겠어! 그런 일은 싫다고 이미 분명히 말했어."

"아니 되는 일입니다. 그러시면 타이코 전하가 오사카 성에 들어오신 뒤에 인사하시겠다……는 말씀입니까?"

히데츠구는 말문이 막혀 술잔을 깨물었다.

"전하, 마중 나가시는 일은 그렇다 해도, 오사카에 도착하시면 인사드리지 않을 수 없습니다."

"가지 않겠어!"

"허어…… 정말 뜻밖의 말씀을 하시는군요. 그렇지 않소, 히타치노스케 님?"

"그렇습니다. 마중도 나가시지 않고 인사도 드리지 않는다…… 그러면 타이코 전하는 당연히 부르실 것입니다."

"그야 물론이지요. ……전하께 여쭙지 않을 수 없습니다. 마중 나가시지 않고 인사도 드리지 않겠다……고 하시면, 타이코 전하가 부르셨을 때는 어떻게 하시겠습니까?"

"뭐, 불렀을 경우……? 꾸중을 하고 죽일 것이 뻔한데, 그런 곳에 무엇 하러 간다는 말이냐?"

"왜 그렇게 조급하십니까. 타이코가 진노하셨다거나 처벌하신다는 것은 모두 헛소문에 지나지 않습니다. 그 헛소문을 전하 자신이 사실로 만드신다면 그야말로 큰일입니다."

"다이젠, 히타치노스케!"

히데츠구는 더욱 창백해진 얼굴을 실룩거리며 말했다.

"그대들은 나를 괴롭히는 것이 즐겁단 말인가. 나를 궁지에 몰아넣는 것이 노신들이 할 일이라고 생각하느냐 말이야!"

186

"당치도 않으신 말씀입니다."

"그렇다면 그대들은 어째서 좋은 방법과 대책을 생각하지 않는가? 깊이 생각해보고 이것이 제일 좋은 방법이니 이렇게 하라고 하지 않느냐는 말이다."

"전하!"

다시 다이젠이 입을 열었다.

"그러기에 효고 근처까지 마중 나가시라고 말씀 드렸습니다. 전하는 무조건 싫다고 하십니다. 차선책으로 타이코가 오사카 성에 도착하시기를 기다렸다가 곧 개선凱旋 인사를 드리시라고…… 하지만 이것도 안 된다고 하십니다. 그러므로 다음에는 타이코께서 부르시면 어떻게 하시려는지 하고……"

그때 다시 술잔이 날았다. 상대를 향해 던진 것이 아니었다. 어떻게 해소했으면 좋을지 알 수 없는 분노를 보이지 않는 허공을 향해 분풀이한 것이었다.

이번에는 좌석 중간에서 술을 뒤집어쓴 오사이於佐伊 부인.

"앗!"

작은 소리로 비명을 질렀다.

4

"여자들은 일단 물러가 계시지요."

키무라 히타치노스케가 재빨리 모두에게 말했다.

"전하는 크게 진노하셨소. 우리가 마음을 풀어드리겠습니다. 중요한 의논도 있고 하니 자리를 피해주십시오."

여자들은 안도한 듯 고개를 끄덕이고 일어났다. 잠시 동안 그녀들의 몸에서 발산하는 향냄새가 내전 안팎으로 풍겨나갔다.

히데츠구는 여자들이 모두 나갈 때까지 부들부들 떨면서 억제할 길 없는 분노를 참고 있었다.

"모두 물러갔어! 무엇을 의논하겠다는 거냐?"

"전하, 그렇게 분노만 하고 계실 때가 아닙니다."

"나를 꾸짖을 작정으로 여자들을 내보냈지, 히타치노스케?"

"그렇습니다. 여자들 중에 혹시 지부의 첩자라도 있다면 어떻게 하시겠습니까?"

"만약 그런 자가 있다면 갈가리 찢어 죽이겠어."

"바로 지부가 원하는 바입니다. 지부는……"

히타치노스케는 말하다 말고 다이젠과 시선을 마주치고는 가만히 고개를 끄덕였다.

'확실하게 이야기하는 편이 좋겠다……'

이러한 의미였다.

"전하, 지부는 결코 악인이 아닙니다. 악인이기는커녕 지부야말로 남다른 재능과 생각을 겸비한 도요토미 가문의 큰 기둥이라고 자부합니다."

"나를 꾸짖고, 내 앞에서 지부를 칭찬한다는 말이냐?"

"좀 기다리십시오. 그러므로 전하께서 나날의 언행을 주의하시면 지부도 기회를 엿볼 틈이 없습니다. 타이코는 이미 예순…… 히로이 님은 갓 태어나신 아기…… 히로이 님이 타이코의 뒤를 잇기에는 연령의 차이가 너무 큽니다."

"그런 것쯤 그대들이 말하지 않아도 잘 알아."

"아신다면 화를 누르고 잘 생각해보시기 바랍니다. 지부는 자기가 도요토미 가문의 큰 기둥이라 생각하기 때문에, 히로이 님의 세대에는 스스로 집권자가 되어 잘 모셔야 한다……고 생각할 것입니다."

"그게 어떻다는 말인가? 나는 그 야심이 가증스럽다는 거야."

"그렇다고 타이코 측근에서 조금도 떠나지 않는 지부를 적으로 돌린다면 타이코를 적으로 돌리는 것과 마찬가지입니다. 그러므로 도리어 전하께서도 지부를 넓으신 마음으로 포용하면 어떻겠습니까?"

"뭐…… 뭣이, 지부를 내 편으로?"

"칸파쿠는 전혀 지부 따위는 문제시하지 않는다, 지부도 도요토미 가문을 위해서는 훌륭한 부하…… 이런 태도로 대하시면?"

"그러니까 그대들은 나더러 타이코를 마중 나갈 뿐만 아니라 지부도 마중하라는 말인가?"

"죄송합니다마는, 효고에 가서서 우선 지부를 불러 수고가 많았다, 아버님도 여전하시냐……고 말을 건넨 뒤 지부 자신이 안내하도록 하여 타이코 전하와 대면하셨으면 합니다. 그러면 세상의 헛소문도 사라지고, 또 지부도 험담할 틈이 없어집니다. 어떻겠습니까?"

히데츠구는 계속 강하게 고개를 내저었다.

"싫어, 가지 않겠어. 나를 살생자라고 모함한 지부의 비위를 맞출 정도라면 차라리 배를 가르고 죽는 편이 나아."

히타치노스케와 다이젠은 입술을 일그러뜨리고 웃었다.

5

어느 세상에서나 소란이 일어날 때는 몇 가지 악조건이 겹치게 마련이다. 하나만으로는 아무것도 아닌 원인도 그것이 다시 다음 원인을 낳고, 다음 원인이 또 다른 악조건의 모태가 되어 점점 손을 댈 수 없을 정도로 크게 자란다.

히데요시는 히데츠구를 완전한 후계자로는 생각지 않고 있었다. 자기 힘이 닿는 데까지 부족한 점을 보충해주지 않으면 안 될 인물……
이렇게 생각하는 만큼 어쩔 수 없이 이시다 지부노쇼에게 그의 동정을
살피도록 했다.

여기에 챠챠의 불안이 덧붙여졌다. 챠챠는 히데요시가 지부를 가장
신뢰한다는 것을 알고 자신의 불안을 지부에게 호소하며 매달렸다. 챠
챠가 낳은 아들 히로이와 지부……

히데츠구의 곡해에는 더더구나 이상한 감정이 첨가되었다.

히데츠구는 처음부터 지부가 자기 적이었다는 착각에 빠져 그를 증
오했다. 이 증오가 이미 일조일석一朝一夕에 해소되지 않을 것임이 드
러났을 때, 이번에는 뜻하지 않은 야심의 싹이 히데츠구의 측근 사이에
서 고개를 들었다.

지금 키무라 히타치노스케와 쿠마가이 다이젠의 입술에 떠오른 기
묘한 미소가 바로 그것. 물론 그들도 처음에는 단지 충실하게 히데츠구
를 섬기는 고지식한 가신에 지나지 않았다. 그런데 이제는 전혀 다른
꿈을 꾸고 있었다.

'어차피 원만히 수습되지 않을 것이라면……'

히데요시는 이미 노령에 접어들었으므로 히데츠구를 등에 업고 지
부와 대립하여 이쪽에서 천하를 손에 넣자는 야심이었다.

어느 세상에서나 이런 것은 파벌을 만드는 분열의 법칙이라 할 수 있
다. 더구나 이런 야심을 갖게 되면, 인간은 무언가 새로운 삶의 보람을
찾은 듯한 착각을 거듭하게 된다.

"그러시면, 마중 나가는 일은 절대로 하실 수 없다는 말씀입니까?"

"몇 번이나 같은 소리를 하느냐!"

"하지만 당장 타이코 전하와 맞서실 수는 없지 않습니까?"

"바로 그래서 내가 묻지 않았는가…… 우리편이 될 다이묘는 누구누
구냐고."

"……그야 호소카와, 아사노, 다테 등과는 연락이 닿습니다마는, 그 것만으로는 안 됩니다. 아직 힘으로 타이코 전하와 담판하기에는 크게 미흡합니다."

"도쿠가와는 어떻게 됐어? 이에야스는 없지만 히데타다는 쿄토의 저택에 있을 것 아닌가?"

"그쪽과도 충분히 친교는 맺고 있습니다마는……"

"도쿠가와를 우리 쪽에 끌어들이면 아무리 타이코라도 섣불리 우리 를 건드리지 못할 거야. 마중 나가는 일은, 처음부터 미움을 받는 터이 므로 병을 핑계로 내세우겠어. 병을 핑계로 삼아도 지부 녀석의 참소에 따라 타이코가 잔소리를 하지 못하도록 어서 실력을 기르게. 타이코는 절대로 나를 미워하지는 않아. 힘이 선결문제야."

히데츠구는 이번에는 무슨 생각을 했는지 눈물을 뚝뚝 흘렸다.

히데츠구 자신도 히데요시를 미워할 수는 없었다. 미운 것은 이시다 지부였고 또 챠챠였다. 챠챠에 대해서는 이런저런 불미스러운 풍문이 나돌았다. 히로이의 진짜 아버지는 오노 슈리라거나, 심지어는 바로 그 이시다 지부노쇼라는 따위의 풍문이……

'그런 히로이가 왜 이 세상에 태어날 필요가 있었던 것일까……?'

6

원래 자기는 히데요시에게 훨씬 못 미치는 사람……이라고 처음부 터 열등감이 있는 히데츠구였다. 그 점에서는 타케다 신겐武田信玄이 죽은 후 노신들이 그의 아들 시로 카츠요리四郎勝賴에게 아버지의 위 대함에 대해 귀아프게 강조함으로써 오기가 발동하여 전쟁을 계속할 수밖에 없게 했던 예와도 비슷했다.

히데츠구 역시 히데요시에게 신임을 받는 동안에는 자기가 얼마나 뛰어난 면이 있는지를 세상에 과시하려고 필요 이상으로 신경을 썼다.

전쟁터에서의 활약은 말할 나위도 없고, 학문에서도 코노에 산먀쿠인近衛三藐院 등에게 '무식한 애송이' 라는 멸시를 받으면서도 열심히 학문의 보급을 위해 힘써왔다.

야마토大和의 여러 사찰에 명하여 승려들로 하여금『겐지 이야기源氏物語』°의 해설집을 펴내게 하고, 옛 노래 해석에도 힘을 기울였으며, 조정과 무가武家에 대한 전례典例와 고사에 밝은 사람, 신도神道에 조예가 깊은 사람, 가인歌人, 역사서술가 등에게 각각 연구를 장려했다. 그리고 아시카가 서당의 겐키츠 산요元佶三要에게 소장한 책을 쿄토로 옮겨 서당을 개설하게 하는 계획을 추진하기도 했다.

그러나 원래가 어리석게 태어난 히데츠구. 챠챠의 임신에 이어 히로이가 탄생하자 의기소침하여 사람이 달라진 것처럼 되고 말았다. 츠루마츠의 죽음을 슬퍼하던 히데요시를 보아왔기 때문에, 친아들이 태어나면 당연히 자기는 물러나게 될 것이라 믿었다. 그렇게 생각했을 뿐 아니라, 그렇다면 차라리 자기 쪽에서 히데요시에게 구실을 만들어주어 얼른 증오의 자리에서 물러나고 싶다는 생각까지 했다.

그러던 것이 어느 틈에 힘으로 대항하면 히데요시도 손을 대지 못할 것이 아닌가…… 하는 꿈을 갖게 되었다. 역시 근신近臣들의 영향을 받았기 때문일 터.

물론 히데요시에게 반기를 들고 당당하게 전쟁을 도발할 정도의 자신감은 없었다. 그러나 만에 하나라도 전쟁이 벌어질 위험성이 있다면, 히데요시로서는 세상의 의혹을 고려하여 강하게 히데츠구를 꾸짖지는 못하리라는 것이 그의 생각이었다. 그러나 이 생각도 때때로 감정의 물결에 휩쓸려 우왕좌왕했다.

"전하, 눈물이나 흘리고 계실 때가 아닙니다. 냉정하게 판단하시지 않으면 안 됩니다. 저쪽에는 이시다 지부를 비롯하여 마시타, 코니시, 오타니 등 지혜 있는 자들이 모두 모여 있습니다."

다이젠의 말에 히데츠구는 더욱 세차게 흐느꼈다.

"무엇 때문에 나는 타이코와 싸워야 한다는 말인가. 언제쯤에나 예전처럼 마음을 터놓고 대면할 수 있게 될 것인가……"

조금 전에는 모든 것이 힘이라 하고서도, 그 침이 채 마르기도 전에 이처럼 허약해졌다. 그러나 근신들 중 야심가는 더 이상 그의 나약함을 탓하려 하지 않았다. 이 약점이야말로 그들이 야심을 펼칠 기회라고 은밀히 기뻐하는 눈치까지 보였다.

"어떻겠습니까, 이렇게 하시면……"

이제는 서서히 본심을 말해도 될 때라고 생각한 듯 키무라 히타치노스케가 신중하게 입을 열었다.

"단순히 병환 때문에 마중 나가시지 못한다고 하면 세상에서 의심하게 될지도 모릅니다. 그러므로 병명을 정하시고 온천 요양이 필요한 것처럼 꾸며 오와리尾張의 거성으로 가시면……"

"뭣이, 나더러 쿄토를 떠나라는 말인가?"

이번에는 히데츠구가 깜짝 놀란 듯 기성을 지르며 반문했다.

7

"타이코가 개선하신다…… 그것도 후시미 축성과 히로이의 탄생 등 중요한 일이 겹쳐 있는 가운데 내가 수도를 비우다니 어디 말이나 되는가. 그야말로 요도 부인과 그 일당은 때가 왔구나 하고 책모를 꾸밀 것이 아닌가."

히데츠구는 안색을 바꾸었다. 히타치노스케와 다이젠은 이미 그럴 것을 예상했는지 조금도 놀라는 기색이 없었다.

"전하, 잘 생각해보십시오."

"무엇을 생각하라는 말인가? 이 히데츠구가 수도를 비워도 되느냐
고 묻는 게야."

"전하는 마중 나가시는 일은 싫다고 하셨습니다. 그렇게 되면 오사
카 성에서 부르실 것입니다."

"그야 그렇지만……"

"그랬을 경우도 전하는 가시지 않겠습니까?"

히타치노스케는 서서히 히데츠구를 죄어가듯 말했다.

"그렇게 되면 무사히 끝날 일도 틀어지게 됩니다. 말에 날이 서니까
요. 그러므로 부득이 키요스淸洲 본성으로 온천 요양을 가시게 되어,
마중 나갈 뜻은 있지만 부재중이신지라 뵙지 못한다…… 이렇게 변명
할 생각으로 말씀 드린 것입니다."

"하지만 그렇게 되면, 지부 일당이 내가 없는 틈을 타 쿄토에 있는 다
이묘나 공경들까지 자기편으로 끌어들이지 않겠느냐는 말일세."

"그러시면 온천 요양도 싫으시다는 말씀입니까?"

"그렇지는 않아. 내가 없는 동안 상대의 간계를 막을 방법을 묻는 게
야."

아직 이시다 미츠나리 쪽에서는 자기편이니 적이니 하는, 또 히데츠
구 파니 히로이 파니 하는 의식은 없었다. 그러나 이곳에서는 이미 히
데츠구 자신의 입에서 그런 말이 나오고 있었다. 그런 점으로 볼 때 히
데츠구는 생각이 모자라는 멍청이라 할 수 있었다.

"전하, 전하가 병환의 치료를 위해 키요스 온천에 가셨다…… 이렇
게 되면 지부 일당은 마음놓고 그 책략의 손길을 뻗칠 것입니다."

"그러기에 그렇게 하도록 내버려두어도 되겠느냐고……"

"제 말씀을 좀더 들어보십시오. 그랬을 때는 이쪽에서도 가만히 보

고 있지만은 않습니다. 계속 그쪽 동향을 감시할 것입니다. 이렇게 하면 그들이 무엇을 생각하고 어떤 수단을 강구하려는지 알게 되어 자연스럽게 이쪽 대책도 마련됩니다. 그런데, 전하가 쿄토에 계시면서도 호출에 응하시지 않으면 이쪽에 그럴 여유가 없어집니다. 이와 같은 여러 가지 일을 생각하고 말씀 드린 것입니다……"

"그러면 나는 아무래도 수도를 비워야만 한다는 말이지?"

"수도에 계시면서 문안 드리지 않으면 너무 모가 납니다."

히데츠구는 으드득 이를 갈았다.

어느 틈에 그는 중신들에게까지도 자리에 없어야만 책략을 세우기가 용이하다는 방해물 취급을 받고 있었다. 물론 노골적으로 그런 말을 하지는 않았지만 어딘지 모르게 그런 것을 느끼게 했다.

"좋아, 그대들이 권한다면 도리 없지. 온천에 가겠네. 그 대신 내가 없는 동안 유력자들을 우리편으로 포섭하는 일을 잊어서는 안 돼."

누군가가 지금 그의 말을 듣는다면 모반을 꾀하는 자의 말…… 바로 그것일 수밖에는 없었다.

8

태어날 때 그 사람이 지니고 있는 그릇의 크고 작음이란 근소한 차이밖에 없다. 그러던 것이 환경에 따라 차차 그 차이가 벌어지면 더 이상 비교할 수도 없게 된다.

원래 히데요시와 히데츠구는 비슷한 점이 많았다. 전쟁터에서 목숨을 아끼지 않는 용기, 남의 의표를 찌르는 날카로움, 여자를 밝히고 사치를 좋아하는 성격, 필요 이상의 허영과 허풍…… 그런 만큼 히데요시가 볼 때 히데츠구는 자신의 결점만을 닮은 듯한 생각이 들어 안타까웠고, 히데츠구가 볼 때는 별로 큰 차이가 없는데도 짓궂게 자기만 꾸짖는 외숙부인 것 같았다.

'이유가 있어서 꾸짖는 것이 아니다……'

히데츠구는 이렇게 생각했다.

'히로이가 태어나는 바람에 무슨 일에나 트집을 잡으려 한다……'

이렇게밖에 이해하지 못하는 데에서 구제받을 길 없는 히데츠구의 편견은 자라고 있었다.

히데츠구는 처음부터 미요시三好 가문의 다이묘, 그 후에는 남들이 부러워하는 칸파쿠의 조카였다. 그런데 히데요시는 최하급의 신분 아시가루足輕°에서 차근차근 자신을 연마시켜왔다. 비슷한 점이 많은 숙질이었지만, 이 연마의 차이는 명장名匠의 손으로 만들어진 칼과 보통 쇠붙이만큼의 차이를 빚어내고 말았다.

히데츠구는 드디어 히데요시의 상경을 앞두고 온천에서 요양한다는 명목으로 키요스에 갈 것을 승낙했다. 중신들의 말로는 이것이 타이코의 힐문을 피하는 유일한 방법. 그러나 이런 잔꾀를 간파하지 못할 정도로 세상 모르는 히데요시였을까……?

이미 히데요시는 나고야를 떠났을 터, 그러므로 이 출발은 당연히 키타노만도코로에게 알려야 했다. 그런데 중신들은 키타노만도코로에게도 비밀로 하고 일을 진행했다.

"그것은 아니 될 일. 그런 분별없는 일을……"

당연히 키타노만도코로가 반대할 것이라 판단했기 때문이다. 그녀는 물론 그녀에게 자주 출입하는 생모 즈이류인 닛슈瑞龍院日秀에게도 고하지 않고 출발했다.

히데츠구 자신은 누군가가 고했을 것이라 생각하고 별로 신경을 쓰지 않았을지도 모른다. 이런 점에서도 히데요시와는 비교도 되지 않는 히데츠구의 허술한 면이 잘 드러난다.

출발하는 날 히데츠구는 네 아이의 머리를 쓰다듬으며 말했다.

"어리석은 자가 되지 마라. 너희들에게는 히로이라는 적이 생겼어. 어리석으면 살아남을 길이 없어."

이때 맏딸은 일곱 살, 장남 센치요마루仙千代丸는 네 살이었다. 나머지는 아직 젖먹이였다.

"예, 아버님."

맏딸도 센치요마루도 고개를 갸웃거리며 천진하게 대답했다. 물론 아버지의 말을 알아들을 나이가 아니었다. 더구나 이와 같은 아버지의 무분별한 행동이 일족에게 어떤 비극을 가져올지 알 리 없었다.

중신들은 히데츠구를 세타瀨田의 큰 다리 부근까지 배웅하고 나서 모두 안도한 표정으로 귀로에 올랐다. 그들 역시 앞을 내다보지 못한다는 점에서는 히데츠구의 나이 어린 아이들과 마찬가지였다.

생각이 깊지 못한 주군 밑에서 그 약점을 이용하여 사사로운 욕심을 채우려 한다…… 그것이 이미 구제받을 길 없는 어리석음이었다……

타이코의 고민

1

히데요시가 오사카 성에 도착한 것은 9월 상순이었다. 눈에 익은 오요도가와大淀川 양쪽 기슭에는 이미 갈대와 억새 이삭이 하얗게 패어 있었다. 날로 번창해가는 오사카 사람들의 환영은 열광에 가까웠다.

히데요시도 겉으로는 기분이 좋았다. 전쟁은 강화의 길로 접어들었고, 친아들도 태어났다…… 그러나 내심은 결코 표면에 드러난 웃는 얼굴 그대로가 아니었다.

강화협상에서는 명나라 사신이 히데요시가 제시한 7개 조항을 가지고 나고야에서 본국으로 돌아갔다. 그리고 코니시 유키나가의 아버지 죠안如安을 조선에 보내 심유경에게 여러모로 탐색의 손길을 뻗치고 있었다. 그가 보내준 정보를 종합하여 분석해볼 때 반드시 낙관만 할 수는 없는 상태였다.

'교섭에 임하는 양쪽 녀석들이 농간을 부리고 있다……'

명나라 황제에게나 히데요시에게는 각각 승리한 것처럼 생각하게 하고, 강화만은 현지에서 매듭지으려고 서두르는 기색이었다.

이러한 협상으로는 히데요시가 제시한 7개 조항이 그대로 받아들여질 리 없었다. 그렇다면 무력으로 한치도 물러서지 않을 결의를 보여 교섭을 뒷받침해야 한다.

히데요시는 아사노 나가마사에게 은밀히 수송선을 급파해 식량을 보내면서 조선에 있는 병사가 도망쳐오지 못하도록 엄히 단속하라는 밀령을 내렸다. 그와 함께 타치바나 무네시게 등에게 강화 교섭과는 관계없이 더욱 빈틈없는 전투 준비를 하라고 명했다. 그런 뒤 8월 25일 진시辰時(오전 8시)에 태연히 나고야를 출발했다.

나고야 성은 테라사와 마사나리寺澤正成에게 맡기고, 조선에 대한 군사상의 표면적인 총지휘는 츠시마에 있는 모리 민부노타유毛利民部大輔에게 위임했다.

그만큼 강화에 관한 한 히데요시의 마음에는 더욱 방심해서는 안 된다는 경계심이 깊이 뿌리내리고 있었다.

친아들의 탄생에 대해서도 마찬가지였다. 처음에는 무조건 기뻐하기만 했으나 서서히 어두운 구름이 끼고 있었다.

히데요시는 히데츠구가 여간 답답하지 않았다.

'어째서 나 같은 외숙부를 믿지 못한다는 말인가.'

히데요시에게 맡긴 채 신중하게 자중했더라면 모든 것을 혈육간의 부드러운 대화로 해결할 수 있는 일이었다. 그런데 사태를 악화시키는 불온한 소문이 계속 히데요시의 귀에 들어왔다. 살생자 칸파쿠 정도가 아니었다. 히데츠구는 히데요시에게 모반하기 위해 다이묘들을 자기 편으로 끌어들이기에 급급하다는 소문까지 나도는 지경이었다.

"그런 말도 안 되는 일이 어디 있는가. 별로 현명하지 못한 언동이 그런 오해를 낳게 했을 뿐, 본인은 내 앞에서는 고양이처럼 온순해."

미츠나리나 나가모리가 그런 소문을 고할 때마다 히데요시는 손을 내저으며 쓴웃음을 지었다.

오사카에 도착했을 때 히데츠구는 양아버지인 외숙부를 마중 나오기는커녕 병 치료차 쿄토에도 없다는 것이 아닌가. 히데츠구 대신 마중 나온 중신들로부터 그 말을 들었을 때 히데요시는 그만 기가 막혀 말도 나오지 않았다.

'당연히 효고 근처까지 마중 나올 것이다. 그러면 오사카로 데려가 세상 소문이 사실이 아니라는 것을 설명해야지……'

이렇게 생각했던 히데요시의 사랑의 손길을 히데츠구는 무참하게 뿌리쳐버렸다……

2

히데요시는 미시未時(오후 2시)가 지나 오사카 성에 들어왔다. 사무적인 일을 대강 처리하고 곧 내전으로 향했다.

'성에 들어가거든 즉시 서쪽 성에서 챠챠와 히로이를 부르고 히데츠구와도 대면해야지……'

이런 인간적인 기쁨과 꿈도 히데츠구 때문에 산산이 깨어지고 말았다. 아마도 히데요시가 제일 먼저 히로이를 끌어안고 뺨을 비볐다는 소문이 나면 히데츠구는 더욱 빗나갈 것이다.

'이 얼마나 못난 멍청이란 말인가.'

히데츠구를 생각하면 안타깝기 짝이 없었다. 그러나 함부로 화를 낼 수도 없는 히데요시였다.

전쟁도 마무리짓지 못하고 가문의 결속도 이루지 못한다면 그야말로 세상의 웃음거리…… 아직 행운의 별은 나를 피하고 있다……

이런 생각을 하면서 내전으로 건너가 곧바로 키타노만도코로의 거실로 들어갔다.

키타노만도코로가 있는 곳만이 견디기 힘든 입장에 있는 히데요시가 불만을 털어놓을 수 있는 유일한 장소였다.

"개선을 축하 드립니다."

두 손을 짚고 인사하는 키타노만도코로에게 히데요시는 짜증스럽게 혀를 찼다.

"축하할 것까지도 없소. 조선 네 개 도道의 점령만으로 손을 떼야 하는 전쟁이라면."

"아닙니다. 바다를 건너지 않고도 승리를 거두신 것, 그것만으로도 충분합니다."

"어쨌든 좋소. 여자로서 나의 큰 욕심을 알 리 없으니까. 그러나 아직 강화에 대해서도 미심쩍은 점이 많아요."

"그보다 우선 니시노마루 님과 오히로이 님를 불러 대면하십시오."

"뭐, 오히로이 님……? 네네, 그대는 누구 허락을 받고 '오' 자를 붙이고 '님'이라는 존칭을 쓴단 말이오?"

"호호호…… 그것은 무리한 일입니다."

"뭐가 무리란 말이오?"

"어린아이 같은 말씀은 하지 마십시오. 어떻게 전하의 아드님을 마구 부를 수 있겠습니까?"

"마구 부를 수 없다고……? 그대는 자신이 있다는 말이오, 그 아이를 기를 수 있는 자신이?"

"아니, 어찌 그런 말씀을……"

"듣기 싫소! 오늘 칸파쿠는 나를 마중하지도 않았소. 듣자 하니 키요스에 가서 요양 중이라던데, 병명은 뭐요? 그토록 중한 병이라면 왜 내게 알리지 않았다는 말이오. 그대는 지금 히로이에 대해서도 그렇고 히데츠구에 대해서도 그렇고, 대관절 어디에 정신을 팔고 있는 거요? 타이코의 정실답게 가문도 다스려야지, 그런 일도 못한다면 차라리 머리를 깎고 중이 되는 게 낫겠소."

키타노만도코로는 어이가 없다는 듯 히데요시를 바라보았다.

히데츠구가 떠난 것을 몰랐다는 데 대해서는 꾸중을 들으리라 생각했지만, 이처럼 묘한 논리로 떠들어댈 줄은 미처 몰랐다.

"왜 잠자코 있는 거요? 히데츠구가 그대에게는 키요스에 가겠다는 상의를 했을 텐데."

"전하, 보기가 흉합니다."

"뭐, 보기가 흉하다고…… 보기 흉한 것은 집도 제대로 지키지 못하는 여자들이야."

"아니, 한두 가지 마음에 들지 않는 일이 있었다고 해서 그렇게 역정을 내시다니, 남이 알면 전하는 너무 무거운 짐을 짊어지셨다, 늙으셨다고 웃을 것입니다."

"돌아오자마자 나에게 거역하려는 거요?"

"돌아오자마자 왜 그렇게 역정을 내십니까. 전하는 아직 칸파쿠에게 군사권과 정치권도 물려주시지 않은 명실상부한 천하인입니다. 부끄럽지도 않으십니까?"

3

네네의 가차없는 반격을 받고 히데요시는 씁쓸한 표정이었다.

히데츠구에게 잘못이 있었다 해서 그것이 네네의 탓은 아니었다. 잘 알고 있으면서도 달리 분풀이할 데가 없었다.

"네네, 그럼 칸파쿠의 잘못은 모두 내 탓이란 말이오?"

"그렇습니다. 그런 생각을 해보신 적이 없나요?"

"정말 놀라운 여자로군!"

히데요시도 그만 눈이 휘둥그레졌다. 네네 탓은 아니지만 히데요시의 탓도 아니다…… 그 정도의 대답이 나올 줄 알았는데 딱 꼬집어서 히데요시의 잘못이라 선언하고 있다.

"그렇다면 설명을 들어봅시다. 히데츠구의 잘못이 어째서 내 탓이란 말이오?"

"첫째로 군사와 정치를 모두 맡길 수 없는 미숙한 사람을 어째서 칸파쿠로 추천하셨습니까?"

"무, 무엇이?"

"히데츠구를 도요토미 가문의 후계자로 결정하신 것도, 칸파쿠로 추천하신 것도 모두 전하의 독단적인 처사였습니다. 히데츠구가 그렇게 해달라고 매달린 것이 아닙니다."

"그것이 매달린다고 해서 어디 될 일인가."

"그러므로 원인은 전하에게 있다고 분명히 말씀 드린 것입니다."

"네네, 그대는 정말 무서운 소리를 하는 여자로군."

"사실을 말할 뿐입니다. 다른 다이묘들과 가신들은 아부가 칠 할, 진실은 삼 할. 그러므로 하다못해 이 네네만이라도 진실을 말씀 드려야겠다…… 이렇게 결심한 지 오래입니다. 진실을 들으시면 두렵습니까?"

히데요시는 숨을 죽이고 키타노만도코로를 응시했다. 응석을 부릴 곳이 못 되었다. 그야말로 폐부를 찌르는 신랄하기 짝이 없는 바늘이 기다리고 있었다.

"으음, 그런 생각을 하고 있었다는 말이지."

"생각하고 있었던 게 아닙니다. 본 그대로를 말씀 드린 것입니다."

"그대의 눈에는 그렇게 보였다는 말이오?"

"아마도 뜻있는 사람의 눈에는 모두 그렇게 보였을 것입니다. 히데츠구를 후계자로 삼고 칸파쿠로 만든 것은 모두 전하가 멋대로 하신 일…… 그것이 갑자기 변했습니다."

"갑자기 변하다니?"

"예, 전하는 히데츠구에게 칸파쿠 자리를 물려주고 큰 도박을 시작하셨습니다. 대륙 출병이 바로 그것입니다. 그 도박이 뜻대로 되었다면 히데츠구도 어딘가 마음에 드는 일을 했을 것인데, 생각대로 되지 않았습니다…… 그래서 다시 한 번 사정이 크게 변했습니다."

"으음."

"신음하실 것 없습니다. 자신의 편의에 따라 멋대로 후계자를 결정하시고 주상과 상황의 어전에서 일부러 대를 잇게 한다는 뜻으로 칼까지 건네셨습니다…… 그 후 히로이가 태어났습니다. 대륙의 전쟁은 뜻대로 되지 않고 핏줄을 이을 아기가 태어났다, 게다가 전세가 유리하지 않은 대륙의 전선으로 출정하라고까지 하신다…… 처음부터 군사와 정치 어느 면에서나 마음놓고 맡길 수 없는 미숙한 양자가 이런 상황에서도 동요하지 않을 것이라 생각한다면 그렇게 생각하는 쪽에 잘못이 있는 것…… 그렇지 않습니까, 전하?"

4

히데요시는 머리채라도 휘어잡고 네네를 방안으로 끌고 다니고 싶은 충동에 사로잡혔다. 그러나 겨우 참은 것은, 그렇게 한다고 해서 결코 수그러질 네네가 아님을 잘 알기 때문이다.

히데요시가 그렇게 한다면 네네는 그 자리에서 머리를 깎고 중이 될지도 몰랐다. 30여 년을 같이 살면서 이제야 비로소 남편의 어리석음을 깨닫게 되었다고 불문에 귀의할 것이었다.

그렇게 되면 내일부터 히데요시는 세상에 얼굴을 들 수 없게 될 터. 히데츠구에 관한 수치 정도가 아니었다. 챠챠의 미색에 현혹되어 조강

지처를 잃었다는 비난이 한 몸에 집중될 것이다.

'차라리 베어버린다면……?'

이런 생각도 들었다. 그러나 네네 역시 황실로부터 종1품의 위계를 받은 여성……

그 순간에야 겨우 히데요시의 생각은 최악의 파국으로 달리는 망상을 끊을 수 있었다.

'이 무슨 당치도 않은 생각이란 말인가. 네네야말로 나를 위해 마음으로부터 걱정하고 있지 않은가……'

생각을 고쳐먹고 나서야 비로소 히데요시는 섬뜩했다. 네네의 눈에 당장이라도 쏟아질 듯 눈물이 맺혀 있었다. 네네도 최악의 사태까지 각오하고 말했던 듯.

"네네, 그대의 말을 듣고 나는 몹시 마음이 아파…… 하지만 사실일 테지."

"이제 아시겠습니까?"

"너무 정직하게 말해서 나는 듣기 싫다고 소리라도 지르고 싶소. 삼십 년 동안 함께 살아온 그대가 아니라면 혹시 베어버렸을지도 몰라."

"저도…… 죽게 될지 모른다……고 생각했어요."

"그래? 그러면 역시…… 나는 방자했던 것이로군."

"그렇게 생각하신다면 다음에 하실 일이 정해질 것입니다."

"그렇소. 히데츠구는 후계자가 되겠다거나 칸파쿠가 되겠다고는 하지 않았는데……"

"능력 이상의 자리에 올라 무거운 짐에 못 이겨 비틀거리는 히데츠구가 여간 불쌍하지 않습니다."

"그래, 인간은 자기 그릇 이상으로 중용되어선 안 되는 모양이오."

"중용된 사람은 언젠가는 큰 파탄으로 치닫게 됩니다…… 분수에 맞아야 한다는 말에는 깊이 음미해보아야 할 뜻이 담겨 있습니다."

"네네."

"예."

"그대는 아직도 할말이 있을 텐데."

"무……무엇을 말씀입니까?"

"이 히데요시가 명나라 정벌을 생각한 것은 분수에 벗어난, 지나친 망상이라고 하고 싶겠지?"

"글쎄요……"

"그럴지도 몰라. 그렇게 생각했기에 무리한 줄 알면서도 히데츠구를 칸파쿠 자리에 앉힌 거요. 무리하게 된 원인은 거기에 있었다고도 할 수 있어요."

"전하, 제발 그 후의 일을 생각하십시오."

"나더러 생각하라고 하다니…… 이 말을 한 그대에게도 생각이 있었기 때문일 텐데. 어떻게 했으면 좋겠소, 히데츠구에 대해서는?"

어느 틈에 히데요시는 분노에서 벗어나, 역시 아내를 더할 나위 없는 인생의 상담자로 여기고 있었다.

네네는 탐색하듯 히데요시를 바라보다 잠시 무언가 생각했다……

5

"히데츠구가 몸에도 맞지 않는 갑옷을 입고 비틀거린다는 것을 알았소. 그 갑옷을 입혀준 나는 어떻게 하면 좋다는 말이오?"

히데요시가 다시 한 번 재촉했을 때 네네는 가만히 눈물을 닦았다.

"칸파쿠는 전하에게 유일하게 남은 혈육인 누님의 아들입니다."

"그러기에 나는 귀여워요."

"그 귀여워하시는 마음을 솔직히 나타내어 한시라도 빨리 지나치게 무거운 갑옷을 조용히 벗을 수 있도록 해주십시오."

"알겠소, 그 말이 옳아요. 아마 그대도 생각이 있을 것이오. 어떻게 하면 좋겠소, 그 버릇없는 녀석을?"

"저 같으면……"

일단 반항의 칼을 거둔 네네는 다시 조심스러워졌다.

"칸파쿠의 마음에 떠오른 여러 가지 억측 따위는 문제시하지 않겠습니다."

"상대하지 말라는 말이로군."

"예. 칸파쿠의 중신들을 소집하여 칸파쿠의 증상을 부드러운 말로 묻고 쾌유를 비는 선물을 보내겠습니다."

"그 아이의 비위를 맞추라는 말이오?"

"보채는 아이를 달래자는 것입니다."

"알겠소. 그 다음에는……?"

"챠챠 부인에게 칸파쿠를 문병하는 뜻의 친서를 보내게 하겠습니다."

"뭐, 챠챠더러 칸파쿠에게?"

"예. 주제넘다고 꾸짖지는 마십시오. 단지 네네가 생각한, 집안의 수치를 밖으로 드러내지 않으려는 하나의 의견에 지나지 않습니다."

"좋아, 그러면 묻겠는데, 챠챠는 편지에 무어라고 써야 되겠소?"

"전하가 말씀하시기를……"

"내가 챠챠에게 말하기를……"

"히로이가 태어났다. 아직 무사히 자랄지 어떨지는 알 수 없으나, 태어난 이상 그 후의 일은 확실하게 정해두고 싶다고."

"으음, 알겠소. 그래서……"

"히로이를 칸파쿠의 양자로 삼고 칸파쿠의 딸과 짝을 지어주어, 도요토미 가문을 하나로 뭉치게 하고 싶다고 말씀하신다……"

히데요시는 깜짝 놀라 주위를 돌아보았다. 이 제안이야말로 그와 이시다 미츠나리가 은밀히 상의했던 말과 꼭 들어맞는 것이었다.

"으음, 그래서?"

"그러므로 키요스에서 돌아올 때는 꼭 오사카에 들러 히로이를 만나주기 바란다. 가능하면 딸도 같이 왔으면 좋겠다고…… 정중하게 문안을 하면 어떻겠습니까?"

히데요시는 대답 대신 몇 번이나 고개를 끄덕였다. 묘하게 가슴이 뜨거워지고 목소리가 떨릴 것 같아 섣불리 말을 할 수도 없었다.

'과연 네네는 돌아가신 어머니의 마음에 들 만했다……'

지금 히데요시가 노하면 노할수록 도요토미 가문의 내분은 표면화되고, 그 원인은 벽에 부딪친 원정 때문이라고 히데요시 자신에게 비판이 돌아올 터였다.

'그렇다. 그렇게 하면 아무리 히데츠구라도 공연한 피해망상에서 벗어나게 될 것이다.'

우선 그렇게 만들어놓고 하루속히 은퇴시키도록 한다……

6

"전하, 네네는 절대로 자신의 생각에만 사로잡혀 있지 않습니다."

히데요시는 이 말에 대해서도 얼른 두 번이나 고개를 끄덕였다.

"인연이 있어 전하를 모시게 되어 분에 넘치는 행복을 누렸습니다. 그 은혜에 보답하기 위해 전하의 생애와 도요토미 가문에 오점이 남지 않도록…… 저는 밤낮없이 그 일만 생각하고 있습니다."

"알겠소, 그만 하시오. 그대의 말대로 하리다."

"제 말을 들어주시겠습니까?"

"어린아이를 달래는 것이오. 어리석고 버릇이 없어도 자기 자식이고 보면 인연을 끊을 수는 없는 일. 그런 체념이 중요한 것 같소."

"그런 마음으로 대하시면 칸파쿠도 틀림없이 전하의 무릎에 엎드려 울 때가 올 것입니다. 칸파쿠의 갑옷이 무겁기는 하나 온정을 모를 정도로 어리석지는 않습니다."

"네네."

"예."

"히데츠구는 훌륭한 외숙모, 훌륭한 양모를 두었구려."

"그런 말씀을 들으니 부끄럽습니다."

"아니, 그렇지 않아요. 그대가 아니었다면 히데츠구는 나에게 할복을 명령받을 뻔했소. 좋아요, 이 모든 것이 히데츠구를 위해서인 동시에 히데요시를 위해서이고 또한 도요토미 가문을 위해서이기도 하다는 것을 알았소. 나는 어머니의 명복을 빌기 위해 코야산에 가겠소. 명나라 정벌이 벽에 부딪쳐 괴로워하고 있는 것처럼 보이는 것도 부아가 치미는 일, 내년 봄에는 요시노吉野로 꽃구경이라도 갈 생각이오. 그때 히데츠구를 데리고 가서 사이가 좋다는 것을 보여주면 세상사람들도 마음을 놓을 것이오."

"그렇게만 된다면 돌아가신 만도코로 님도 칸파쿠의 생모도 여간 기뻐하시지 않을 거예요."

"이것을 깨닫게 해준 사람은 바로 그대였소. 참, 오늘 저녁에는 오랜만에 그대와 저녁을 같이하고 싶소. 상을 준비시켜주시오."

"전하."

"왜 갑자기 싱글벙글하는 거요?"

"한 가지 잊고 계신 것이 없습니까?"

"잊고 있는 것…… 그게 뭐요?"

"오늘 저녁에는 여기서 식사를 드실 수 없습니다."

"또 어째서요?"

"전하를 기다리는 사람이 따로 있습니다."

네네는 이렇게 말하고 손뼉을 쳐서 여승 코조스를 불렀다.

"부르셨습니까?"

"코조스, 서쪽 성에 심부름을 다녀와야겠어."

"알겠습니다."

"니시노마루 님에게 가서, 지금부터 전하께서 그리 건너가시어 히로이와 첫 대면을 할 것이니……"

"예."

"미리 말해둔 것처럼 저녁식사를 준비하도록, 곧 가시게 될 것이라고…… 내가 말하더라고 전해주게."

"알겠습니다."

코조스가 조용히 나가자 네네는 히데요시를 돌아보고 생긋 웃었다.

히데요시는 당황하여 시선을 돌렸다.

"전하, 오늘 저녁은 여기서 진지를 올리지 않겠습니다."

"그……그래?"

"가시거든, 오히로이가 놀라지 않도록 큰 소리는 삼가주십시오."

"음, 그렇군. 큰 소리로 웃는 일은 삼가겠소."

히데요시는 순순히 대답하고 목 언저리를 빨갛게 물들였다.

7

지금 챠챠는 오사카 성에서 니시노마루라 불리고 있었다. 그렇게 부르도록 지시한 것도 키타노만도코로인 듯하다. 어쨌거나 니시노마루란 히로이의 생모를 예우하는 호칭으로는 아주 적합한 이름……이라고 히데요시는 생각했다.

'재미있는 여자야, 키타노만도코로는……'

무슨 일이 생길 때마다 히데요시는 늘 마음속 깊이 이런 생각을 하고는 했다. 미천했던 시절부터 두 사람의 신분은 눈이 어지러울 정도로 크게 변해왔다. 그런데도 네네는 언제나 그때그때 히데요시를 도와 추호도 실수가 없었다. 대부분의 여자는 남편이 3, 4만 석의 다이묘가 되면 이미 그때부터 사치에 물들어 더 이상 자랄 수 있는 싹이 멈추게 마련인데, 네네에게는 그러한 정체停滯가 없었다.

나가하마長浜 시절에는 부지런히 코쇼들을 육성했다. 칸파쿠가 되자 정치적인 일까지 꿰뚫어보고 조언을 했다. 타이코가 되어 지금 같은 어려운 입장에 놓였는데도 네네는 히데요시와의 사이에 전혀 거리를 만들고 있지 않았다.

히데요시는 서쪽 성으로 건너가면서 새삼스럽게 네네의 얼굴과 세상을 떠난 어머니의 얼굴을 떠올렸다.

어머니 오만도코로 역시 네네와 같은 며느리가 곁에 있었기에 만족스럽게 그 삶을 마감했을 것이라는 생각이 들었다. 만약 네네가 좀더 높은 신분으로 태어난 사람이었더라면 아마도 오만도코로는 숨이 막혀 아들의 출세를 원망하게 되었을지도 모른다.

그런 의미에서 여동생 아사히히메나 누나 미요시 부인에게는 그러한 경향이 있었다.

'내가 이번 일로 히데츠구를 꾸짖는다면 누나가 얼마나 당황하며 슬퍼할 것인가……'

먼 옛날 오와리의 나카무라中村에서 같이 흙냄새를 맡으며 자란 누나 오미츠阿美津가……

이런 생각을 하는 히데요시에게 네네야말로 도요토미 가문의 상징이라는 느낌이 절실했다.

히데요시의 출세도 일가의 화합도 모두 네네를 중심으로 아주 자연스럽게 형성되어온 것……

'그렇다, 네네는 우리 가문의 수호신이다……'

다시 한 번 마음속으로 중얼거렸을 때, 이미 그곳은 서쪽 성 현관으로 통하는 네모진 마당 안이었다.

자연스러운 일이지만, 히데요시는 챠챠의 얼굴을 떠올렸다.

'챠챠는 대관절 우리 가문에 어떤 존재일까?'

오늘에 이르기까지 챠챠와의 인연 역시 생각해보면 끝없는 기연奇緣의 실을 느끼게 했다.

히데요시가 처음 보았을 때 챠챠는 아직 네댓 살의 어린 나이로, 토라고제야마虎御前山의 진지에서 바라보이는 오다니 성小谷城의 어린 비둘기였다.

성이 함락될 무렵에는 일고여덟 살쯤 되었을 터. 물론 당시에는 이 어린것이 자기 자식을 낳게 되리라고는 생각지도 못했다.

'결국에는 아버지를 죽인 자라 하여 나를 원망하게 될 것이다……'

이런 생각을 하며 마음 아파했는데, 지금은 서쪽 성의 안주인으로 함께 살고 있다……

"전하께서 건너오십니다……"

안에서 여자의 목소리가 들렸다. 그 소리를 듣고 히데요시는 회상을 중단했다.

어떤 아이일까…… 하는 아버지다운 호기심이 가슴 가득히 부풀어 올라 걸음걸이까지 비틀거렸다.

마중 나온 오쿠라 부인과 아에바 부인에게 고개를 끄덕였다. 그 너머로 강보에 싼 아기를 유모에게 맡기며 공손히 두 손을 짚고 인사하는 챠챠의 모습이 눈에 띄었다.

8

"개선하신 것을 축하 드립니다."

히데요시는 자기도 모르게 그 옆 아기에게 마음을 빼앗겼다.

"그대도 수고가 많았어. 순산을 했다니 무엇보다도 다행이야."

이렇게 말하면서 마련되어 있던 자리에 앉았다.

"이리 주게."

그리고는 성급하게 유모에게 손을 내밀었다.

"히로이 말이야. 한번 안아보고 싶어."

"예…… 예."

유모는 당황하며 도움을 청하듯 챠챠를 바라보았다. 챠챠는 굳은 표정으로 일단 아기를 자기가 받았다가 가만히 히데요시에게 내밀었다.

히데요시는 화가 난 듯한 얼굴로, 아직 고개도 가누지 못하는, 전혀 몸무게를 느낄 수 없는 아기를 받아안았다. 순간적이었으나, 그 자리에는 묘하게도 싸늘한 침묵이 흘렀다.

그 침묵을 어떻게 받아들였는지 ——

"시녀들까지 모두 전하를 그대로 닮으셨다고 말합니다."

오쿠라 부인이 마른침을 삼키며 말했다.

"도련님, 아버님이십니다."

히데요시는 잠자코, 아직은 잔뜩 얼굴을 찌푸리는 아기에게 시선을 떨구고 있었다. 그대로 닮았다니 원숭이 같은 얼굴의 주름을 말하는 것일까. 만일 그렇다면 비꼬기를 여간 잘하지 않는 여자가 아니다, 오쿠라 부인은……

"으음."

"발육도 좋으시고 우는 목소리도 전하를 닮아 크고 우렁차십니다."

"으음."

"젖도 많이 드시고, 유난히 목욕을 좋아하시는 것 같습니다."

"으음."

"목욕을 좋아하는 아기는 살색이 회어진다는 옛 어른들의 말이 있습니다마는……"

"챠챠."

"예."

"으음."

이번에는 고개를 든 채 경직된 듯이 히데요시를 바라보는 챠챠와 아기를, 히데요시는 뚫어지게 번갈아 바라보았다.

챠챠는 숨이 막힐 듯하여 견딜 수 없었다.

"전하, 전하는 이 아기는 내 자식이 아니다, 챠챠 혼자만의 자식이다 이렇게 말씀하셨다고요?"

"으음, 과연 닮았어."

"그것은, 그것은 대관절 무슨 뜻인가요?"

"닮았어, 확실히 닮았어."

"누구를 닮았다는 말씀입니까?"

그 순간 모든 사람의 얼굴에는 공포라고도 긴박감이라고도 말할 수 없는 불안한 긴장의 빛이 떠올랐다. 그도 그럴 것이, 누구 입에서 나왔는지는 알 수 없으나, 이 아기는 영락없이 오노 슈리를 닮았다는 풍문이 나돌고 있었다.

히데요시는 비로소 얼굴에 온통 주름을 잡고 웃었다.

"닮았어, 정말 닮았어. 이마부터 눈언저리까지 챠챠를 그대로 닮았어. 하하하……"

오쿠라 부인이 살짝 챠챠의 무릎을 눌렀다. 자기 얼굴은 보이지 않으니 알지 못한 채, 챠챠의 긴장이 너무 지나치다 싶어 부드럽게 하려는 뜻이었을 것이다.

챠챠는 웃었다. 웃으면서 두 손을 내밀었다.

"자, 대면이 끝나셨으면 아기를 돌려주십시오. 무릎에 오줌이라도 누면 안 되니까요."

그러나 히데요시는 아직 아기에게서 시선을 떼지 않았다……

9

히데요시가 닮았다고 한 말의 의미는 복잡했다. 물론 챠챠도 닮았으나 죽은 츠루마츠와도 닮았고, 그보다도 불안정하게 큰 느낌을 주는 머리는 아사이 나가마사淺井長政, 작으면서도 오뚝한 코는 그 아내 오이치ぉ市를 연상케 했다.

이상한 기분이었다.

한 인간의 얼굴에는 과거 혈족의 여러 모습이 잡다하게 혼합되어 있었다. 남이 본다면 자기도 있을 것이고 오만도코로도, 또 히데요시가 어렸을 때 죽은 아버지 키노시타 야에몬木下彌右衛門도…… 이런 생각과 함께 갑자기 애틋한 사랑이 파도처럼 히데요시를 엄습했다.

'사랑스럽다!'

아니, 그보다도 더욱 슬픈 생각이 드는 것은 어째서일까.

"오오, 오오, 오오……"

히데요시는 느닷없이 아기의 뺨에 볼을 대고 비볐다. 아기는 깜짝 놀라 몸을 움츠리고 이어서 크게 눈을 떴다. 눈길은 아직 제대로 자리가 잡혀 있지 않았다. 그러나 긴 속눈썹이 마음에 걸렸다.

'이 아이 역시 허약한 것은 아닐까?'

뺨을 비비는 히데요시의 눈에서 눈물이 뚝뚝 떨어졌다.

"어머!"

주위의 여자들이 안도의 탄성을 지른 것은 히데요시의 그 눈물을 보았기 때문이다.

'전하는 처음부터 의심 같은 것은 하시지 않았다……'

"오줌이라도 누면 안 됩니다. 이리 주십시오."

히데요시는 순순히 아기를 챠챠에게 건네려다 다시 빼앗았다. 작은 입이 무엇을 빠는 시늉을 하면서 오물오물 움직였다.

"허허허……"

히데요시가 웃었다. 웃으면서도 계속 눈물이 나오는 것을 어쩔 수 없었다.

문득…… 참으로 뜻하지 않게 —

'이 아기가 몇 살이 될 때까지 내가 살아 있을까……?'

그런 생각이 머리에 떠올랐기 때문이다.

'이 아이가 열 살이 될 때까지 산다고 해도 나는 예순아홉……'

자신은 과연 예순아홉까지 살 수 있는 힘이 남아 있을 것인가?

"사랑스러워, 정말 사랑스러워."

"전하, 그만 이리 주십시오."

"왜 그리 조급한가. 나는 좀더 안고 있고 싶어."

"어머나……"

"츠루마츠는 나를 남기고 죽었어…… 우리는 두 번 다시 만나지 못해. 이번에는 내가 먼저 죽을 테니 다시는 볼 수 없게 되겠지."

"……"

"오만도코로가 조금만 더 살아 계셨더라면 이 아기를 보실 수 있었을 텐데……"

히데요시가 이번에는 주먹을 쥐고 있는 아기의 작은 손을 입으로 가져가 빨았다.

"그래, 만나기 어려운 세상에서 우연히 다시 만나게 됐어. 남이라도 미워하면 안 되지. 그런데 더더구나 내 자식이니…… 이렇게 귀여울 수가."

히데요시는 그제야 겨우 아기를 챠챠에게 건넸다. 그런 뒤에도 여전히 그 얼굴에서 눈을 떼지 않고 가만히 몸을 떨고 있었다.

그것은 타이코도, 천하인의 모습도 아니었다. 순수하고 소박한 한 노인의, 자식에 대한 애틋한 집착이었다.

어느 틈에 여자들도 눈시울을 붉히고 그 정경을 바라보았다……

10

영원 속에서 본다면 사람의 일생 따위는 그야말로 한순간. 히데요시가 말했듯이, 오만도코로와 히로이는 한순간의 차이로 어긋나고 말았다. 그 만나기 어려운 한순간에 서로 만나게 되는 불가사의한 인연이 지금 히데요시를 사로잡았다.

"이봐, 챠챠."

"예…… 예."

"그대가 칸파쿠에게 편지를 쓸 수 없을까?"

"예?"

챠챠는 깜짝 놀라는 표정으로 히데요시를 응시했다.

"서로 미워해서는 안 돼. 모두 사이좋게 지내야 하는 거야."

"그것이…… 무슨 말씀입니까, 전하?"

"이 세상에서 같은 때 살아간다는 것은 여간 인연이 깊지 않으면 불가능한 일이야. 나는 칸파쿠의 별명을 듣고는 정말 분노했었어……"

"그러한 전하가 어찌하여 저에게 편지를 쓰라고……"

"챠챠, 칸파쿠는 바로 내 조카야. 때를 같이하여 살고 있는 타이코의 혈육이야."

"그러기에 칸파쿠까지 되지 않았습니까. 제가 여쭈려고 하는 말은 그런 것이 아닙니다."

"내 말을 좀더 들어봐."

히데요시는 손을 쳐들고 제지했다.

"이 아이가 열 살이 되면 나는 몇 살이 된다고 생각하나. 나는 지금 문득 그 생각이 떠올랐어. 살아 있고 싶어! 이 아이가 훌륭하게 성장할 때까지."

"저도 그러시기를 바랍니다."

"그러나 이 바람이 가능할지는 아무도 몰라. 그래서 이 아이를 위해서라도 칸파쿠와 사이좋게 지내야 한다고 말하는 게야."

챠챠는 입을 다물고 대답하지 않았다.

"그대도 칸파쿠의 못된 행실에 대한 소문은 알 테지. 그렇지만 히로이와 칸파쿠는 끊을래야 끊을 수 없는 혈육이지 않은가."

"……"

"그러므로, 가능하다면 나는 도요토미 가문을 하나로 묶고 싶어. 도요토미 가문이 칸파쿠와 히로이, 이렇게 둘로 갈라져 있으면 어느 것이 본가이고 어느 것이 분가인지 구별하기 어렵게 돼."

"그렇지만 현실적으로는 이미 둘로 나누어져 있는데……"

"그것을 하나로 하겠다는 거야, 챠챠. 알겠나, 칸파쿠에게는 딸이 있어. 약간 나이가 더 들기는 했지만…… 그애를 히로이와 짝지어주고 나중에 칸파쿠 자리를 히로이에게 물려주도록 하려는 거야. 그러면 하나가 될 것 아닌가?"

챠챠는 어이가 없다는 듯 히데요시를 똑바로 쳐다보고 있었다.

"나이가 들면 성미가 급해지게 마련이지. 아니 나이와 관계있는 일도 아니야. 어떤 일이건 앞을 내다볼 수 있어야 해. 결정할 수 있는 일이라면 결정해놓는 게 마음이 놓여. 그대가 칸파쿠에게 넌지시 그 딸과 히로이의 일을 내비치면서 문병의 편지를 써주었으면 싶어."

히데요시가 대번에 말하자 챠챠의 얼굴에 비로소 빈정대는 미소가 떠올랐다.

"전하, 전하의 생각에서 나온 것이 아니군요."

"어째서 그런 말을 하나?"

"키타노만도코로의 의견이겠지요."

"누구의 의견이든 좋으면 따라야 해. 타이코가 받아들였으면 곧 타이코의 의견인 게야."

"저는 싫습니다. 히로이가 자라지 못하도록 저주하는 칸파쿠에게 이쪽에서 그런 편지를 쓰다니…… 저는 싫습니다."

11

"뭣이, 히로이가 자라지 못하도록 저주를 하다니…… 도대체 그게 누구란 말인가?"

히데요시의 안색이 변했다.

챠챠가 하는 말 뒤에는 히데츠구만이 히로이의 출생을 꺼리는 것이 아니라 네네 또한 그 히데츠구와 한통속이라는 암시를 강하게 느낄 수 있었기 때문이다.

"누구라니요, 저는 칸파쿠……라고 분명히 말씀 드렸습니다."

"챠챠, 함부로 입을 놀리면 안 돼. 칸파쿠가 어떻게 저주하는지 증거라도 있다는 말인가?"

"물론 있습니다."

챠챠는 싸늘하게 대답하고 심복인 여자들을 돌아보았다.

여자들은 모두 그렇다는 듯 고개를 끄덕였다. 히데요시에게는 이들의 태도가 모두 챠챠를 격려하는 것처럼 보였다.

"좋아, 그럼 그 말을 들어보겠어. 언제 어디서 칸파쿠가 히로이를 저주했다는 말인가?"

"전하, 전하는 칸파쿠가 어째서 살생자 칸파쿠라는 별명을 듣게 되었는지 아십니까?"

"모를 리가 없지. 내가 그토록 엄하게 금지시킨 사냥을 히에이잔에서 했기 때문이야…… 그것도 상황께서 돌아가신 지 얼마 되지 않아서."

"아니, 그렇지 않습니다."

"뭣이, 그렇지 않다고?"

"예. 전하는 아직 누구한테서도 사실을 보고받지 못하셨군요. 히에이잔에 제단을 마련하고 히로이가 유산되도록 저주의 기도를 드렸기 때문입니다."

"그럴 리가 없어…… 그대의 오해야, 완전한 오해……"

"아닙니다. 교묘히 숨기기 위해 사냥을 가장하고 그쪽으로 시선을 돌리게 한 것입니다…… 전하까지도 그 소문을 믿으시어 진실을 모르시는군요."

히데요시는 무섭게 챠챠를 노려보았다. 그리고 주위의 여자들을 돌아보았다. 그 여자들은 모두 진지한 표정으로 챠챠의 말에 동의를 표하고 있었다.

히데요시는 소름이 끼쳤다. 이렇게까지 굳게 믿고 있다면 웬만해서는 그 생각의 뿌리는 뽑히지 않을 것이다.

'그러나저러나 이 얼마나 뜻밖의 소문이란 말인가……'

그 소문은 도요토미 가문을 돌이킬 수 없는 암투의 늪으로 빠지게 하는 원인이 될지도 몰랐다.

"챠챠."

히데요시는 짐짓 웃으면서 달래듯 말했다.

"세상에는 말해서 좋은 일이 있고 말해서는 안 될 일이 있어. 그대는 아직 젊어. 만약 그러한 소문이 우리 가문 내부에 풍파를 일으키고 기뻐하는 못된 자가 파놓은 함정이라면 어떻게 될 것이라 생각해? 상대는 쾌재를 부르며 좋아할 거야."

"그러시면 전하는 이 일이 그런 자가 꾸며낸 헛소문이라고 생각하십니까?"

"있을 수 없는 일이야. 히데츠구는 난폭한 면은 있으나 그런 음모를 꾸밀 사람은 아니야. 그리고 별다른 증거도 없지 않아?"

"아니, 있습니다."

"어떤 증거로 그렇게 고집을 부린다는 말인가?"

"사냥 현장을 자세히 조사하고 제게 그것을 알려준 사람은 이시다 지부 님입니다."

"뭐, 지부가……?"

히데요시는 뜻밖의 말을 듣고 아연실색하여 입도 열지 못했다.

12

네네에게서 느꼈던 감동은 챠챠의 입에서 지부의 이름이 나옴으로써 산산이 부서지고 말았다.

'지부는 무엇 때문에 그런 말을 여자들에게 한 것일까……'

만약 히데츠구의 저주가 사실이라면 그야말로 그냥 내버려둘 수 없는 일이었다. 그런 말은 여자들에게 해서는 안 되는 일이었고, 설사 말해줄 필요가 있다면 미리 히데요시와 상의했어야 했다.

"전하, 전하는 모르십니다."

챠챠는 다시 그 오만하고 쌀쌀한 어조로 밀어붙이듯 말했다.

"그날 칸파쿠는 영산에 총포를 쏘아 우선 승려들의 간담을 서늘하게 만들어 아무도 제단에 접근하지 못하게 했습니다. 물론 사냥도 했을 것입니다. 그리고 사냥한 사슴고기를 구워 근시들에게 먹인 것도 사실일 것입니다. 하지만 그 근처에는 사냥감을 구운 흔적과는 다른 제단의 흔적도 있었다고 합니다. 무장한 군사들로 주위를 지키게 하고 비밀 제단을 만들어 기도 드린다…… 그러한 칸파쿠에게 제가 어찌 문병하는 편지 따위를……"

"잠깐!"

히데요시는 큰 소리로 제지했다.

"믿을 수 없어……"

그리고는 다시 한 번 고개를 갸웃했다.

"히데츠구는 그런 무섭고 치밀한 계획을 세울 만한 인간이 못돼. 칸파쿠의 생각은 항상 어수룩해."

"그러면 전하는 지부 님보다 칸파쿠를 더 믿으신다는 말씀입니까?"

"그 지부의 말이라는 것이……"

말하다 말고 히데요시는 무릎을 쳤다.

"그래, 지부의 말에도 납득이 가지 않는 점이 있어. 지부를 이리 불러 오라."

"참, 그게 좋겠군요. 아에바, 그대가 불러오도록."

"알겠습니다."

아에바가 나가고 난 뒤 밥상이 들어왔다. 그 상은 히데요시와 아직 세상에 대해 아무것도 모르는 아기, 두 사람 분이었다.

"으음, 지부에게 들었다면 믿는 것도 무리가 아니겠지."

"전하, 축하 드리는 상 앞에 히로이를 앉혔습니다."

"오, 그래. 그럼, 형식적으로나마 잔을."

히데요시는 잔을 들어 우선 자기가 마시고 나서 유모가 안고 있는 히로이의 머리 위에 약간 부어주었다. 그러나 이미 조금 전에 처음으로 자기 아들을 안았을 때의 밝은 감동은 히데요시의 마음에 돌아오지 않았다.

'태어나기 전부터 저주를 받고 있다……'

가엾기도 하고, 그만큼 더욱 사랑스럽기도 했다.

"그러면, 그대들은 누구를 시켜 그 저주를 풀었다는 말인가?"

"어떤 저주를 받고 있는지는 밝히지 않겠습니다. 그러나 사방으로 수소문하여……"

"믿을 수 없어. 역시 나는 믿지 못하겠어."

"지부 님이 오시면 모든 사실을 아시게 될 것입니다."

"그래. 좋아, 이것으로 축배는 끝났어. 히로이는 별실에 데려다 재우도록."

"알겠습니다."

유모가 아기를 데리고 나간 뒤 히데요시는 그 두 사람이 사라진 공간을 뚫어지게 바라보며 생각에 잠겼다.

미츠나리가 온 것은 그로부터 4반각(30분) 가량 지나서였다.

13

미츠나리는 챠챠와 히데요시 사이에 히데츠구가 문제되고 있는 사실은 전혀 모르는 모양이었다.

그는 공손히 두 손을 짚고 인사했다.

"도련님과의 대면이 무사히 끝나신 것으로 보이는군요. 충심으로 축하 드립니다."

히데요시는 잠시 동안 아무 말도 없이 지부를 노려보았다.

"어떠십니까, 도련님의 건강은?"

지부는 히데요시가 겸연쩍어 침묵을 지키는 줄 알고, 이번에는 챠챠에게 시선을 옮겨 입을 열었다.

"도련님은 머지않아 후시미 성으로 옮겨 전하의 슬하에서 성장하실 것이라 믿습니다마는, 옮기실 날짜를 검토하여 길일吉日을 택하셔야 할 것입니다."

챠챠는 고개를 끄덕였을 뿐 대답하지 않았다. 미츠나리는 비로소 무슨 일이 있었다고 깨달은 얼굴로 물었다.

"전하, 그런데 저를 부르신 까닭은?"

히데요시는 그 말에는 대답하지 않았다.

"지부에게도 잔을 건네도록."

술병을 든 시녀에게 명하고 나서야 겨우 부드러운 표정을 떠올리면서 사방침을 앞으로 끌어당겼다.

"지부."

"예."

"자네는 나에게 중요한 일을 보고하지 않았더군."

"중요한 일…… 글쎄요, 혹시 보고가 누락되기라도……?"

"그래, 가장 중요한 일이야. 누락된 것이 아니라, 일부러 보고하지 않았어, 칸파쿠에 대한 일을."

"칸파쿠에 대한 일……? 아니, 빠짐없이 말씀 드린 줄 압니다마는."

"자네는 칸파쿠의 이번 질병을 어떻게 생각하나?"

"그 일에 대해서는 어느 정도 조사해놓았습니다. 칸파쿠는 마중 나가기 싫다고 하셨답니다. 그래서 중신들이 할 수 없이 병을 핑계 삼아 키요스로 보냈다는 것입니다."

"그런 것은 자네가 보고하지 않아도 알아. 왜 마중 나오기가 싫은지 그 원인이 문제란 말이야."

"그것은……"

말하다 말고 미츠나리는 약간 고개를 갸웃했다.

"전하가 두렵다, 그 두려워하는 감정이 쌓여 망상이 좀 지나치지 않
았나 생각합니다마는……"

"망상……이라면, 진실이 아니란 말이지."

"예. 전하의 꾸중이 두렵다…… 만일 할복이라도 명하시면 그야말로
큰일…… 이런 생각에서 칸파쿠의 행동이 궤도를 벗어나지 않았나 싶
습니다만."

"지부, 자네는 너무 말을 굴리는군."

"죄송합니다."

"나를 두려워하는 칸파쿠의 감정이 어디서 왔는가, 나는 그것을 묻
는 거야."

"그야 물론 전하의 위광과 능력의 차이…… 두려워하는 것이 당연하
며, 특별히 깊은 이유는 없는 줄 압니다."

히데요시는 흘끗 챠챠를 바라보고 혀를 찼다.

"특별히 나를 두려워할 이유가 없다는 말이지?"

"예. 칸파쿠가 전하를 두려워한다는 것은 저희들보다 전하가 더 잘
아십니다."

"그렇다면 묻겠는데, 칸파쿠는 히로이가 태어나지 못하도록 히에이
잔에서 저주의 기도를 올렸다고 하는데…… 나를 특별히 두려워할 원
인이 안 된다는 말인가?"

좌중은 쥐 죽은 듯 조용하고 숨소리조차 들리지 않았다.

14

미츠나리는 깜짝 놀라 눈이 휘둥그레졌다.

"칸파쿠가 도련님을 저주했다는 말씀입니까……?"

"시치미 떼지 마라. 그대도 형편없는 멍청이로군. 이미 챠챠의 입을 통해 모두 들었어. 그런 일이 있었다면 어째서 챠챠에게 말하기 전에 나한테 보고하지 않았나? 그대는 여자들을 놀라게 하고 좋아할 정도로 분별없는 여우새끼였다는 말이냐!"

히데요시의 추궁에 미츠나리의 눈이 더욱 휘둥그레졌다. 도무지 영문을 알 수 없다는 표정이어서, 히데요시보다도 챠챠를 초조하게 만들기에 충분한 능청으로 보였다.

"지부 님, 지부 님은 그런 이야기를 우리에게 전혀 하지 않았다는 말인가요?"

"무슨 말씀인지 잘 알아들을 수 없습니다. 그럼, 칸파쿠가 도련님을 저주했다는 말씀입니까?"

"에잇, 괘씸한 녀석!"

히데요시는 더욱더 사방침 앞으로 몸을 내밀었다.

"저주했더라도 나에게 화를 내지 말라는 것이냐?"

"지부 님."

챠챠도 마침내 몸을 앞으로 내밀었다.

"지부 님께서 나에게 말한 대로, 칸파쿠가 히에이잔에서 사냥한 날의 상황을 전하께 말씀 드리세요."

"그 점이라면 니시노마루 님보다 전하에게 더 상세히 말씀 드렸습니다. 무장한 병사들을 많이 데리고 성지聖地에 들어가 마음놓고 서식하는 사슴 떼를 사냥하셨다, 그리고 그 자리에서 가죽을 벗겨 고기를 구워 근시들과 포식하는 난폭한 행위…… 이 때문에 살생자 칸파쿠라는 별명이 사람들 사이에 유포되고 있다……"

"지부 님!"

"예."

"지부 님이 내게 한 말은 그것뿐인가요?"

"그렇습니다. 그 밖의 것은 이 미츠나리가 알지 못하므로 말씀 드렸을 리가 없습니다."

챠챠는 어이없다는 듯이 미츠나리를 바라보고 또 히데요시를 쳐다보았다.

히데요시는 안도하고 이마의 땀을 닦고 있었다.

'역시 챠챠가 잘못 들었구나……'

이렇게 생각하며 자위하는 듯.

이번에는 챠챠의 피가 거꾸로 솟구쳤다.

"지부 님! 그 일을 전하께 말씀 드리는 것은 너무 잔인하다…… 그러니 말을 삼가라는 것인가요?"

"예? 무슨 말씀입니까, 그 일이라니……?"

"에잇, 너무도 뻔뻔스럽군요. 이미 내가 전하께 말씀 드렸다고 했지 않아요. 그런데도 시치미를 뗀다면 내 입장은 뭐가 되냔 말이에요. 당신은 그 사슴을 구워 먹은 부근에 기도를 드린 것이 분명한 제단이 있었다고 하지 않았나요?"

"아, 그것 말씀입니까?"

"그것 보세요. 전하, 들으신 그대로입니다."

챠챠의 말에 이어 미츠나리가 갑자기 큰 소리로 웃었다.

"알겠습니다. 아니, 이건 웃을 일이 아니군요. 그러면, 제단의 터가 있었다고 말씀 드린 것을 니시노마루 님은 도련님을 저주하기 위한 제단으로 알아들으셨습니까……?"

"무……무슨 소리를 하는 거예요. 그럼, 지부 님은 이제 와서 그렇지 않다는 말인가요!"

마침내 챠챠는 창백하게 얼굴이 질려갔다. 그러더니 방안이 떠나갈 정도로 고래고래 소리질렀다.

15

미츠나리는 이맛살을 찌푸리고 챠챠의 말이 끝나기를 기다렸다. 그역시 냉정을 잃고 빨간 입술이 꿈틀꿈틀 경련하고 있었다.

"니시노마루 님, 크게 잘못 들으셨군요. 우선 마음을 진정시키시고 다시 한 번 이 지부의 설명을 조용히 들어보십시오."

"그렇다면 역시 우리 아기를 저주했다는 말을 내게 하지 않았다고 주장하는 것이로군요."

"그렇습니다!"

미츠나리는 분함을 참고, 그러나 강한 어조로 확실하게 부정하면서, 히데요시에게 흘끗 시선을 옮겼다.

"전하, 저는 사슴가죽을 벗겨 사방을 피로 물들이며 고기를 구워 먹은 곳 부근에 제단이 있었다는 말씀을 드렸습니다."

"그것 봐요, 역시……"

다시 대들려 하는 챠챠를 이번에는 히데요시가 엄하게 제지했다.

"챠챠, 그대는 잠자코 있어. 아직 지부의 이야기가 끝나지 않았어. 그래서……?"

"그 말을 어떻게 받아들이셨는지 그저 놀라울 뿐입니다. 제 설명이 부족했기 때문이라는 점을 깊이 통감합니다. 제가 니시노마루 님에게 말씀 드린 것은…… 승려가 제단을 설치하려는 성지, 즉 영기靈氣가 서린 경건한 장소를 짐승의 피로 더럽혔다…… 이 놀라움을 말씀 드렸던 것입니다만."

"으음."

"그런데 도련님의 일로 잠시도 마음이 편치 않으신 니시노마루 님은 곧 그 제단을 도련님을 저주하기 위한 것으로 지레짐작하셨나 봅니다…… 그런 말씀을 드릴 때는 좀더 상대의 마음을 깊이 살펴 오해가 없도록, 이 제단은 칸파쿠가 쌓게 한 것이 아니다…… 정확하게 말씀드렸어야 했습니다. 그 점을 깊이 반성합니다."

히데요시는 씁쓸한 표정으로, 그러나 몇 번이나 고개를 끄덕였다.

"그러니까 자네는 그 제단이 히로이를 저주하기 위한 제단은 아니라고 말하는 겐가?"

"그런 말을 했을 리가 없습니다. 칸파쿠 전하는 기질이 거칠기는 하시지만 남을 저주하는 그런 음험한 마음의 소유자는……아니라고 지금도 굳게 믿고 있습니다."

"그런가, 그렇다면 오해였군."

"니시노마루 님도 그때 제가 드린 말씀을 잘 되새겨보시기 바랍니다…… 물론 그런 생각을 하신 것이 결코 무리가 아닌 줄은 압니다. 그토록 아드님을 걱정하시는 어머니의 마음……에서 크게 배운 바가 있습니다."

그러나 아직 챠챠는 수긍하려 하지 않았다. 어쩌면 마음속으로, 이얼마나 뻔뻔스럽게 말장난을 하는 자일까 하고 적의를 불태우는지도 몰랐다.

"어때, 이제 알았나? 그대의 가슴속에 있는 어머니의 마음이 낳은 지나친 생각이었던 것 같아."

"……"

"그렇지 않다고 생각하면 여기 지부가 있으니 확인해보도록 해."

이렇게 말하고 나서 히데요시도 시무룩하게 입을 다물었다. 오해의 원인은 알았으나, 생각해보면 이 얼마나 어두운 그림자를 동반하는 사건이란 말인가……

챠챠가 이런 망상을 하게 되었다는 것은, 히데츠구 쪽에서도 역시 그 이상의 망상으로 히데요시를 괴롭혀올 가능성을 말해주었다. 더구나 누구의 힘으로도 어떻게 할 수 없는 히로이의 탄생이라는 사실과 맞물려 계속 자라게 될 암투의 싹이었다.

히데요시는 눈을 감았다. 엄청난 피로가 뼛속에 파고들어 입을 열기조차 번거로웠다.

역사는 흐른다

1

이에야스는 히데요시를 뒤따라 나고야에서 쿄토로 돌아왔다. 그리고 10월 14일 다시 쿄토를 출발하여 에도로 돌아갔다.

히데요시는 이에야스를 에도에 오래 머무르게 하지 않았다. 후시미 성을 쌓는 일, 명나라와 강화를 맺는 일, 그리고 내년 봄에는 칸파쿠 히데츠구를 비롯하여 이에야스와 토시이에 등을 대동하고 요시노야마吉野山로 유람을 갈 것이니 속히 상경하라는 독촉을 받고 다시 쿄토로 돌아왔다.

이 무렵부터 이에야스의 눈에는 히데요시가 무척 노쇠해 보였다.

전에는 어디까지나 위압하는 듯한 태도로 밀어붙이며 잠시도 틈을 주지 않던 히데요시도 요즘에 와서는 이에야스 앞에서 때때로 방심한 듯 망연한 모습을 보이고는 했다.

급히 불러다놓고도 이렇다 할 볼일이 없는 경우가 많았다. 자기 곁에 이에야스나 토시이에 같은 원로들이 없으면 불안해하는 것처럼도 보였다. 자주 개인적인 이야기를 털어놓기도 하고, 때로는 이 사람이 히데요시인가…… 하는 의심이 갈 정도로 푸념도 늘어놓았다.

히데츠구 문제는 그의 딸과 히로이를 짝지어주는 것으로 일단 소강 상태를 유지하게 되었다. 그러나 챠챠의 기질과 히데츠구의 성격은 여전히 히데요시를 괴롭히는 불씨로 남아 있는 것 같았다.

이번 요시노야마로의 산행山行도 그런 것을 고려하여 히데츠구를 직접 가르치겠다는 희망의 발로였다. 요시노야마에서 꽃구경을 끝낸 뒤 히데츠구와 같이 그길로 코야산에 참배하고, 어머니 오만도코로를 위해 세운 세이간 사를 돌아보고 올 것이라고 했다. 불초한 조카에게 끊을 수 없는 혈육의 정을 가르치기 위해서는 이보다 더 적합한 장소와 기회가 없다고 생각했기 때문인 듯.

이 밖에도 히로이와 히데츠구를 가까이 접근시키려는 히데요시의 고심의 흔적은 여러 곳에서 찾아볼 수 있었다. 요시노에서는 히로이의 이름으로 교량橋梁을 기증한다거나, 히데츠구에게는 때때로 챠챠로 하여금 선물을 보내게 한다거나……

이에야스의 눈에는 이러한 현상들 모두 노쇠한 히데요시의 육체와 허약해진 그의 마음에서 오는 것으로 보였다.

'시간은 잠시도 쉬지 않고 흐른다……'

이에야스는 이러한 히데요시가 자기 신변의 잡다한 문제로 고민하기보다는 좀더 중요한 근본적인 일이 남아 있는데…… 하는 생각을 하지 않을 수 없었다.

다른 것이 아니다.

조선 전선에 남겨둔 장수들과 명나라와의 교섭 과정이 그것이다.

조선에서는 카토 키요마사, 코니시 유키나가, 그 아버지 코니시 죠안小西如安 등이 계속 명나라 황제와 교섭할 기회를 잡으려 하고 있었다. 그러나 히데요시에게 들어오는 보고는 모두 진상이 왜곡되어 도착하는 모양이었다.

야마토의 벚꽃이 만발했다는 소식이 전해진 분로쿠 3년(1594) 2월 20일 오후. 우치노內野에 있는 이에야스의 저택에는 사카이에서 손님이 찾아와 있었다.

코노미와 그녀의 아버지 나야 쇼안, 그리고 이 두 사람을 안내하고 온 챠야 시로지로 등 세 사람이었다.

이에야스는 세 사람을 거실로 맞아들이고 근시들을 물러가게 했다. 그런 뒤 코노미를 바라보고 익살스럽게 말했다.

"역시 다시 만나게 되었군. 나는 그대가 약속을 지키지 않는 불성실한 여자인 줄 알고 있었는데."

코노미는 잠자코 미소를 되돌렸다. 여전히 남을 깔보는 듯한 웃는 얼굴이었다.

2

"참, 저번에는 수고가 많았어. 마침 곁에 여자가 없을 때여서 여간 도움이 되지 않았어."

이에야스의 말에 이어 챠야가 진지한 표정으로 말했다.

"코노미 님의 말씀을 듣고 쇼안 님도 전적으로 동감하셨습니다. 그래서 사카이 사람의 힘으로 할 수 있는 일은 모두 현지에서 탐지해주셨습니다."

"고마운 일이오. 아무튼 자유롭게 조선에 왕래할 수 있는 것은 사카이 사람밖에 없으니까."

이에야스는 쇼안에게 뚱뚱한 몸을 비틀듯이 돌리고 고개를 꾸벅 숙였다.

"모두가 일본을 위해서지요."

쇼안은 가볍게 절을 하고 나서 말했다.

"그런데 다이나곤 님, 앞으로의 전망부터 먼저 말씀 드리면, 이 강화는 성립되지 않을 것입니다."

"역시 그럴 것 같소?"

"예. 강화가 성립되기는커녕, 현지에서는 조선인들이 카토와 코니시의 사이를 갈라놓으려고 계속 여러 가지 책략을 꾸미고 있는 기색입니다."

"으음, 카토와 코니시 사이를……"

"아시다시피 이번 전쟁에서 타이코 님의 뜻을 알고 전력을 다해 싸운 것은 카토 카즈에노카미 오직 한 사람뿐……이라고 해도 과언이 아닙니다."

"그야 그럴지도 모르지요."

"코니시 같은 사람은 처음부터 어떻게 하면 양쪽의 비위를 건드리지 않고 상대를 기만할 것인지, 그 일에만 열중하고 있었습니다. 물론 코니시가 타이코 님보다 세상을 좀더 넓게 알고 있기 때문이니 코니시만을 비난할 수는 없습니다마는……"

쇼안은 이렇게 말하고, 이에야스의 묵직한 표정에서 무언가를 읽으려고 잠시 입을 다물고 반응을 기다렸다. 그러나 이에야스는 별로 놀라지도 않고 웃지도 않았다.

쇼안은 상대를 약간 흥분시키고 싶은 마음이 고개를 들었다.

"다이나곤 님, 시대가 많이 변한 것 같습니다."

"시대가 변하다니……?"

"타이코의 시대는 지났습니다. 이제부터는 다이나곤 님의 시대인 것 같습니다."

"나야 님."

"예."

"그런 말은 함부로 입 밖에 낼 것이 못 된다고 생각하는데……"

"입 밖에 내면 다이나곤 님께 폐가 될까요?"

"아니, 폐가 되느냐 아니냐의 문제를 떠나, 강화가 성립되지 않으면 전하는 다시 출병하시게 될 것이오. 이에 대해서는 모두 힘을 합쳐 조금이라도 상처를 덜도록 해야만 하오. 그러므로 국내 분쟁을 야기시킬 수도 있는 개인적인 감정은 함부로 입 밖에 내어서는 안 되오."

따끔하게 타이르는 말을 듣고 쇼안은 빙긋이 웃었다. 그 반응에서 인간의 무게를 느끼게 하는 쾌감을 맛보았다.

"제 말이 좀 지나쳤던 것 같습니다. 그러면 다음의 전망을 말씀 드리지요."

"좋아요, 어디 들어봅시다."

"지금까지 제가 알아낸 사실을 종합하여 판단해볼 때 카토와 코니시는 머지않아 현지에서 충돌할 것입니다. 타이코가 어떻게 중재할 것인지…… 코니시를 소환하면 다행이지만 만약 카토를 소환한다면, 그때는 이미 타이코로서는 이 위급한 사태를 해결할 힘이 없다고 보아야 할 것입니다."

쇼안은 당당하게 말하고 다시 이에야스의 반응을 기다리는 표정이 되었다.

3

이에야스도 그만 놀란 모양이었다.

쇼안의 말에 내포된 중대한 독단보다. 너무나 안하무인격인 태도에 놀란 것 같았다. 그러나 그것도 잠시뿐 곧 이전의 무표정한 얼굴로 돌아왔다.

그 다음 입을 열었을 때 이에야스는 쇼안이 바로 전에 한 말과는 동떨어진, 냉정한 자기 자신의 질문을 했다.

"조금 전에 강화는 깨질 것이라고 했지요?"

"예, 분명히 그렇게 말했습니다."

"어째서, 무슨 까닭으로?"

"명나라 황제에게도 타이코에게도 진실을 고하지 않기 때문입니다."

"그렇다면, 쌍방의 교섭 당사자에게는 진실을 덮어둔 채 일을 진행시킬 정도의 실력이 없다…… 이런 말이오?"

"그렇습니다."

"하지만 타이코 전하는, 코니시 셋츠는 군무가 있으므로 현지에 남겨두고 그의 아버지 죠안을 명나라에 파견하기로 결정했소. 그 죠안으로도 교섭이 안 된다는 말이오?"

"될 리가 없지요."

쇼안은 딱 잘라 대답했다.

"타이코 님이 나고야에서 명나라 사신에게 건넨 칠 개 조항, 그중에서 후반부 사 개 조항은 조선에 관한 것이므로 별도로 치고, 앞의 삼 개 조항 가운데 두 가지는 무리한 요구입니다."

"허어, 첫째는 명나라 황제의 딸을 우리 천황의 후비로 삼는다는 것이 아니오?"

"그렇습니다…… 이것은 전쟁에서 패배한 자가 보내는, 우리나라에서 말하는 인질…… 그러나 명나라 황제는 자기네 군사가 패했다고는 생각지 않기 때문에 말을 들을 리 없지요."

"과연 그 말이 옳소. 그렇다면 교섭 당사자는 적당한 미인이라도 골라 가짜를 보낼 생각일까요?"

"가짜라는 것을 알고도 웃으면서 받아들일 타이코라면 그런 방법으로도 성사가 되겠지요."

이에야스는 씁쓸히 웃고 고개를 끄덕였다.

히데요시 역시 전쟁에 이긴 줄 알고 있기 때문에, 가짜임을 알면서도 받아들일 것이라고는 도저히 생각지도 못할 일이었다.

"둘째 조항은 칸고勘合˚를 회복하여 관선官船을 왕래시키자는 것이 아니오?"

"그러합니다마는, 국가정책의 차이가 이 조항이 이루어질 수 없게 하는 큰 원인이 될 것입니다."

"국가정책의 차이가……?"

"예. 명나라는 아직 자유무역을 허용하지 않고 있습니다. 여기서 말하는 칸고 회복이란, 즉 명나라 황제의 허락을 받은 슈인센朱印船˚에 의한 교역을 말합니다."

"허어, 그것이라면 타이코도 인정한 일…… 어찌 파탄의 원인이 된다는 말이오?"

"다이나곤 님, 명나라에서 이 칸고에 의한 교역을 허락하는 상대는 그들의 속국에 국한되어 있습니다. 속국이 아니면 칸고에 의한 교역은 허락되지 않습니다."

"뭣이! 그러면 전에 일본이 교역한 것은……"

"아시카가足利 가문도 오우치大內 가문도 예전에는 모두 신하의 예를 갖추었습니다. 그러므로 칸고를 허락하라고 요구하면 저쪽에서는 일본을 속국으로 보고 우선 책봉사를 보낼 것입니다."

이번에는 이에야스가 아연실색하여 눈을 크게 떴다.

난세를 살아오며 거기까지는 알지 못했던 것이다.

"그러면 코니시 셋츠도 그 사실을 알고 있나요?"

쇼안은 짓궂게 눈을 치뜨고 고개를 끄덕였다.

"이익을 얻으려는 자는 체면 따위에 구애되지 않게 마련이죠."

4

이에야스는 쇼안 앞에서 자기 얼굴이 보기 흉하게 일그러지고 있음을 깨달았다.

쇼안의 말이 사실이라면, 히데요시는 이 얼마나 익살스럽게 혼자 날뛰고 있단 말인가.

상대는 거대한 명나라 최고의 권력자로, 천하의 종주국임을 자부하고 있다. 따라서 명나라 황제는 교역을 허락하는 상대의 국왕은 모두 신하로 안다. 그러한 상대에게 대등한 무역을 요구한다 해도 받아줄 리 없다. 신하의 예를 갖추거나 그렇지 않으면 무릎을 꿇게 하는 방법밖에 없다.

타이코는 실력으로 성취하려다 결국 성공하지 못했다. 그러므로 무역도 체념하는 수밖에 없다는 것이 쇼안의 결론인 듯.

"다이나곤 님."

쇼안은 다시 대담한 냉소를 얼굴 한쪽에 떠올리며 말을 계속했다.

"지금 일본이 맞닥뜨린 문제는 예전과는 다릅니다. 명나라 정벌은 불가능한 일이었다…… 따라서 이쪽에서 애걸하여 칸고에 의한 교역을 부활시키느냐, 아니면 모든 것을 물에 흘려보내고 단념하느냐 하는 두 가지 길밖에 없습니다."

"으음."

"두고 보십시오. 죠안이 명나라에서 어떤 활약을 하고 돌아올지를 말입니다."

"희망이 없다는 의미군요."

"일본이 속국임을 인정하는 책봉사의 파견…… 상대는 이것말고는 받아들이지 않을 것입니다."

"……"

"아마도 타이코를 일본 국왕으로 봉한다는 서신을 가지고 사신이 건너오게 될 것입니다. 아시카가 가도 그러했습니다. 그래서 타이코가 이를 받아들이면 무역은 부활됩니다. 그러나 동시에 타이코는 명나라 황실의 신하……라고 그쪽 기록에 남게 될 것입니다."

"그런 것에는 승복할 수 없소!"

"물론 타이코도 승복하시지 않을 것입니다. 그렇기 때문에 다시 전쟁이 벌어질 것이라고 말씀 드렸습니다."

이에야스는 다시 나직하게 신음했다.

챠야 시로지로는 온몸의 무게를 무릎에 실은 채 두 손을 짚고 얼어붙은 듯이 숨을 죽이고 있었다. 그리고 코노미는 쏘는 듯한 눈으로 이에야스를 응시하고 있었다.

이에야스가 극도의 경직상태에서 일말의 부드러움을 되찾게 된 것은 오랫동안 숨막히는 침묵이 이어진 뒤의 일이었다.

"사카이 사람들이란 참으로 무서운 존재로군. 그들의 속셈은 적당히 타이코를 부추겨 성공하면 명나라 정복…… 뜻대로 되지 않더라도 책봉사를 맞이하여 칸고의 부활을 꾀하겠다는 속셈을 처음부터 가지고 있었던 것 같소."

"그……그것은 오해입니다."

이번에는 쇼안이 당황한 듯 이에야스의 말을 가로막았다.

"사카이 사람들 중에서도 리큐 거사를 비롯하여 저까지 모두 이를 반대했습니다."

"그렇지도 않을 것이오. 코니시도 소宗도 모두 속마음은 같을 것 아니오? 일본이 명나라의 속국이냐 아니냐 하는 명분보다도, 그런 것은 어찌 되었든 교역을 하여 이익을 취하자…… 이런 속셈으로 어수룩한 타이코를 부추겼을 것 아니오?"

"당치도 않습니다!"

쇼안은 드디어 이마에 핏대를 세웠다.

"원인은 전혀 다른 데 있습니다. 그럼, 분명하게 그 원인을 말씀 드리지요."

5

"이런 어려움에 직면한 것이 사카이 사람들이 뿌린 씨 때문이라 생각하신다면 어이없는 일입니다. 문제는 그 이전에 있었습니다."

쇼안은 이에야스를 흥분시키려다 도리어 자신이 흥분한 꼴이 되고 말았다. 흥분하게 되면 더욱 눈이 오만하게 빛나고 말씨에도 위압하는 듯한 명석함이 더해졌다.

"우리가 타이코에게 사카이 사람들을 기꺼이 접근시킨 것은 야심 때문이 아니라, 무장들의 무지無智를 차마 그대로 볼 수 없었기 때문이라고 생각지 않으십니까?"

"글쎄……"

"우리나라 무장들은 대의大義를 망각한 아시카가 가의 정치에 물들어 무武가 무엇인지 모르는 몽매하고 흉악한 무리로 전락했습니다."

"으음."

"무란 흉기를 들고 난동을 부리는 것이 아닙니다. 어디까지나 창[戈]을 멈추는〔止〕 평화의 받침대가 되어야 하는 것……"

"글자로 보면 분명히 그렇기는 하지만."

"세계의 움직임에 대해서는 전혀 알지 못하고 단지 산적이나 도둑의 흉내만 냅니다. 손바닥만한 땅을 서로 빼앗고 빼앗기고, 불태우고 죽이는 무명無明의 나날이 백여 년이나 계속되었습니다. 그 무지함을 구하려고 약간이나마 세계의 창에 눈을 뜬 사카이 사람들이 궐기한 것이라고는 생각지 않으십니까?"

"그런 면도 없지 않았을 테지만……"

"그 점을 깨달으셨다면 앞으로의 일도 아실 것입니다…… 사카이 사람들은 힘을 합쳐 타이코를 돕고, 무장들을 무장 본연의 자세로 돌아가게 하려고 고심에 고심을 거듭해왔습니다."

"으음."

"타이코를 부유하게 만들기 위해 광산채굴과 제련의 신지식을 익히게 하고 교역의 길을 가르쳤으며, 곡물시장을 개설하는가 하면 세계가 넓다는 것을 알렸습니다…… 그 밖에도 다도에 눈을 뜨게 하거나 토지조사와 무기의 회수를 건의하는 등…… 그리하여 드디어 통일의 기반을 닦았다고 한시름 놓고 있을 때 그 대륙 출병이 결정되고 말았던 것입니다."

쇼안은 그의 버릇대로 이미 이에야스 따위는 안중에도 없다는 듯이 오만하게 말을 계속했다.

"정식으로 칸고 따위의 말은 꺼내지 않고도 조선이나 명나라와 적당히 교역선을 거래하게 할 방법이 따로 있습니다. 교역이라는 것은, 차차 국내 결속이 이루어지고 물산物産이 풍부해지면 부르지 않더라도 저쪽에서 이익을 추구하기 위해 스스로 찾아오게 마련……"

여기까지 말하고 나서 쇼안은 고개를 내저었다.

"아니, 그렇게 가르치고 싶은 것을 미처 가르치지 못한 아쉬움이 사카이 사람들에게 없지는 않습니다…… 사카이 사람들은 자기가 고심하여 기른 매에게 창공이 넓다는 것을 너무 일찍 가르쳐주었어요. 이 매는 유례없이 훌륭한 매이기는 하나, 자기 날개의 힘을 망각하고 홰치는 버릇이 있었지요. 또 한 가지, 과거에 작은 새들을 너무 많이 잡도록 내버려두었습니다…… 그 과거가 화근이 되어 결국 이 매는 자기야말로 하늘의 왕자라고 자부하게 되고, 드디어 독수리에게 도전하게 된 것이지요…… 그 길들이는 방식의 잘못이 사카이 사람들에게도 있었는지는 알 수 없지만…… 모든 것이 사카이 사람들의 잘못이라 생각한다면 안타까운 일입니다. 문제의 근본은 무를 잊고 산적이나 도적 같은 행위를 해온 무장의 무지에 있었습니다."

이에야스는 어느 틈에 지그시 눈을 감고 쇼안의 말에 귀를 기울이고 있었다……

6

이에야스가 만일 이 오만한 쇼안을 만나기 전에 텐카이天海를 만나지 못했다면 격분하여 쇼안을 쫓아냈을지도 모른다.

'노해서는 안 된다. 모든 것이 다 하늘의 소리……'

이렇게 생각하면서도 이에야스는 때때로 머리가 화끈 달아올랐다. 챠야 시로지로를 통해 이 사나이가 오만하다는 말은 미리 들어 알고 있었다. 그 거센 물살과도 같은 노부나가조차도 소년 시절부터 이 쇼안만은 소홀히 대하지 못했다고 하는데, 과연 만나보니 유례를 찾아볼 수 없을 만큼 무례한 사나이였다.

"하지만 그 말은 항상 정곡을 찌릅니다."

챠야는 이렇게 말하고 나서, 젊었을 때의 텐카이도 자주 쇼안의 집에 와서 묵었다고 했다.

"이야기가 상당히 비약했는데, 그렇다면 타이코라는 훌륭한 매도 독수리에게 다쳤다는 말이로군."

"그렇소이다. 그리고 다친 매가 다시 독수리에게 덤벼들지 않을 수 없게 되었다고 예언하는 것입니다. 대지를 치는 망치는 빗나가도 이 예언만은 빗나가지 않을 것입니다."

이에야스는 천천히 고개를 끄덕였다.

"그 예언을 마음에 새기고 앞으로의 상황을 지켜보겠소. 그것밖에는 다른 방법이 없으니까 말이오."

"무슨 말씀을 하십니까. 팔짱만 끼고 있다고 해서 그렇게 되었을 때 책임을 면할 수 있다고 생각하십니까?"

"하하하……"

이에야스는 느긋하게 웃었다.

"그렇게 서두르지 마시오. 타이코의 측근에는 아직 상처 입지 않은 젊은 매가 많이 있으니까."

"다이나곤 님."

"자, 이쯤 하고 한잔합시다. 챠야, 그게 좋지 않겠나?"

화제를 바꾸려는 이에야스를 쇼안은 다시 무섭게 물고 늘어졌다.

"실토를 하십시오. 여간 신중한 분이 아니시군요."

"그건 또 무슨 소리요?"

"타이코 곁에 있는 젊은 매라시면…… 정말 다이나곤의 눈에 든 매가 있습니까?"

"있다……고 하면 어떻게 하겠소?"

"타이코가 실패했다고 꽁무니를 빼고 물러날 일이 아닙니다. 사카이 사람들은 그 뒤를 이을 훌륭한 매를 아낌없이 도와야 하니까요."

"허어……"

"자, 그 이름을 말씀해보십시오."

이에야스는 챠야를 흘끗 바라보고 나서 이번에는 진지하게 고개를 갸웃했다.

"죠스이의 아들은?"

쇼안은 고개를 저었다.

"아버지에게 못 미칩니다. 사나운 매에는 이미 질렸습니다."

"호소카와 요이치로細川與一郎."

"오십보백보죠."

"마에다의 아들 토시나가利長라면?"

"생각은 깊지만 폭이 좁습니다."

"다테 마사무네는 어떻소?"

"몽매한 사람이죠!"

"그럼, 이시다 지부는?"

"다이나곤 님, 또 한 사람 중요한 인물이 빠졌습니다."

"우키타나 마시타는 아닐 것이고, 그럼 모리요?"

"아니, 도쿠가와 이에야스라는 사람이지요. 이에야스는 아직은 별로
늙지 않았을 겁니다."

7

"허어, 이에야스는 아직 쓸 만하오……?"

마치 남의 일이기라도 하듯이 중얼거리고 이에야스는 챠야와 코노
미를 바라보았다.

코노미가 킬킬 웃었다.

쇼안은 아직 이에야스에게서 시선을 떼지 않았다.

"나는 이에야스도 타이코와 마찬가지로 시대의 버림을 받은 매인 줄
로만 알았는데."

"이에야스는 매가 아니오."

"원 이런, 매서운 평이로군. 그렇다면 솔개란 말이오?"

"아니, 우리나라에서는 좀처럼 보기 어려운 큰 독수리……라고 리큐
거사가 죽기 전에 나에게 말한 일이 있어요."

"거사의 눈도 별것 아니군."

"혼아미 코에츠本阿彌光悅가 찾아와서 타이코의 찢어진 곳을 꿰맬 사람은 다이나곤……이라고 말했죠. 그렇지 않느냐, 코노미?"

"예, 그렇습니다."

"꿰매기 위해서는 실에 바늘을 꿰어야 합니다. 나에게 다이나곤을 한번 만나라고 권한 것도 그 젊은이였죠."

"코에츠가?"

"또 한 사람 있습니다. 즈이후隨風라는 이름으로 불리던 떠돌이 중일 때부터 나와 의기가 상통했던 자인데, 지금은 텐카이라 이름을 바꾸고 무사시武藏의 카와고에川越에 살고 있습니다."

"으음."

텐카이라는 이름이 나오자 이에야스는 눈부신 듯 눈을 깜박거렸다.

이번에도 에도에서 만나고 왔다. 텐카이의 말은 언제나 이에야스를 다음 천하인으로 점찍은 듯한 어조여서, 말하자면 그렇게 작정하고 길들이려는 매의 임자를 연상시키는 면이 있었다.

"그런 이야기는 그만둡시다. 챠야, 술과 식사 준비를 시키고 오게."

"알겠습니다."

챠야 시로지로가 나간 뒤 이에야스는 다시 한 번 자기 머릿속에 들어 있는 문제를 거론했다.

"그렇군. 명나라 황제는 타이코를 일본의 국왕으로 임명하겠다는 뜻을 전해올 거라는 말이로군."

"그렇습니다. 그렇게 하지 않고는 칸고를 부활시킬 방법이 그쪽에는 없으니까요."

"그렇다면, 이쯤에서 바늘에 실을……"

"꿰어놓지 않으면, 전쟁이 끝난 뒤 여러 장수들의 불평을 수습하기 어렵습니다. 수습하지 못한다면 다시 전국시대로 돌아갑니다."

"그건 그렇고 쇼안 님, 어째서 따님을 데리고 왔소?"

갑자기 화제가 바뀌자 쇼안은 빙긋이 웃었다. 아마 쇼안 쪽에서도 서서히 그 말을 꺼내려던 참인 모양이었다.

"딸의 의사에 따른 것입니다. 다이나곤 님이 그리웠던 모양이지요."

"어머, 참 아버님도……"

코노미는 크게 몸을 비틀었으나 별로 얼굴을 붉히지는 않았다.

"허어, 내가 그리워서?"

"나고야에서 받은 대접이 고마웠는지, 일본을 꿰맬 만한 실이라면 자기 손으로 뽑겠다고. 워낙 이 쇼안이 버릇없이 키운 자식이라 남자를 남자로 알지 않는…… 아니, 좀 이상하게 됐습니다. 됨됨이가 시원치 못한 딸을 가까이 두시라……고 한다면 도리에 맞지 않습니다. 그러나 튼튼한 실을 잣는다고 여겨 곁에 두시면 사카이 사람들과 연결하는 실이 될 수도 있다는 생각에서 데려왔습니다……"

딸에게 이야기가 미치자 쇼안의 어조가 갑자기 부드러워졌다.

8

이에야스는 다시 흘끗 코노미를 바라보았다.

코노미는 똑바로 이에야스를 바라보고 있었다.

그리워한다……는 따위 사랑의 감정과는 거리가 먼 눈이었다. 남자에게 빈틈만 생기면 지체 없이 공격해올 듯한 여자의 눈. 여자의 눈이라기보다는 여자 무사의 눈이라고 하는 편이 정확할 듯했다.

'이런 눈을 나는 어디선가 본 적이 있는데……'

이런 생각을 하다가 이에야스는 혼자 머리를 끄덕였다.

시마즈 류하쿠島津龍伯의 눈, 혼다 헤이하치로 타다카츠本多平八郎

忠勝의 눈, 혼다 사쿠자에몬本多作左衛門의 눈도 때때로 이처럼 빛나고 있었다.

'이런 눈을 가진 여자가 어째서 나를 섬기겠다고 하는 것일까……?'

이에야스는 정색하고 쇼안에게 고개를 끄덕여 보이고 나서 말했다.

"내가 따님에게 물어볼 말이 있는데 괜찮겠소?"

"하하하…… 어떤 질문이라도 좋습니다. 생각하는 바는 숨김없이 말해야 한다고 가르쳐왔습니다."

"알겠소. 이름이 코노미라고 했지?"

"잊으셨다면 섭섭합니다. 나고야에서는 가신들까지도 저를 소실이 아닌가 생각했을 정도였는데도 말입니다."

코노미는 눈도 깜박이지 않고 대답했다.

"허허허, 다루기 힘든 여자였어. 절대로 나를 가까이 오지 못하게 했거든. 그래서 나를 아주 싫어하는 줄 알았는데."

"지금도 좋아하지는 않습니다."

"허어, 쇼안의 말과는 전혀 다르군."

"명나라와 타이코 님의 사신처럼 다릅니다."

"교섭하는 자의 흥정이란 말이지."

"중매인의 말은 원래 믿을 것이 못 됩니다."

"하하하…… 여전해. 아, 이제 생각나는군, 생각이."

"무엇 말씀입니까?"

"나고야에서 나눈 두 사람의 기묘한 문답이 생각나. 하지만 그때 코노미는 떨고 있었어. 지금보다 훨씬 더 귀여웠지. 오늘은 약간 밉지만 말이야."

"호호호…… 싫은 사람과 미운 사람과……"

"오늘은 아버지와 챠야가 있으니 안심하고 있군. 안심이 된다고 해서 입을 나불거리는 여자는 미운 법이야."

이때 챠야 시로지로가 돌아왔다.

"챠야."

이에야스는 그쪽으로 눈을 돌렸다.

"어떻게 하면 좋을까?"

"예? 무엇을 말씀입니까?"

"코노미 말일세. 코노미가 사카이 사람들을 대신하여 내 곁에 있으면서 나를 감시하겠다는 것일세. 어떻게 하면 좋겠나?"

챠야 시로지로는 당황하여 쇼안을 바라보았다. 이에야스의 통렬한 빈정거림에 쇼안의 안색이 변할 줄 알았던 것이다.

그러나 쇼안은 눈을 가늘게 뜨고 모두를 바라보며 웃고 있었다. 혹시 그는 이 두 사람의 자유로운 대화가 서로 마음이 통한 증거라 생각하는지도 모른다.

"그것은…… 주군의 마음 여하에 달린 일……입니다."

"내 마음 같아서는 거절하고 싶어. 나를 좋아하지 않는다……는 여자를 곁에 두고 있으면 안심이 되지 않아. 위험해. 게다가 이것저것 나를 가르치려 할 테니까. 그렇다면 숨이 막힐 노릇이야."

코노미의 눈이 반짝반짝 빛났다.

9

"다이나곤 님."

코노미는 아버지도 챠야도 보려고 하지 않았다. 갸름하고 맑은 눈에 장난기 어린 웃음을 띠고 무릎걸음으로 한 걸음 앞으로 나왔다. 이에야스가 여전히 진지한 표정인 것과는 대조적이었다.

"저는 모든 것이 이 나라의 장래를 위해서라는 말을 듣고 이 자리에 나왔습니다."

"그것 참 갸륵한 마음가짐이로군."

"다이나곤 님의 신변에 앞으로 어떤 일이 생길 것인지, 그 점도 곰곰이 생각해본 끝에."

"내 신변에…… 무슨 위험이라도 닥친다는 말인가?"

"예. 다이나곤 님은 이제부터 당분간은 장수들이나 사카이 사람들로부터 미움을 받지 않으면 안 됩니다."

"허어, 그대만이 아니란 말인가, 나를 좋아하지 않는 사람이……?"

"예. 명나라와의 교섭에 대한 진상이 밝혀지면 다시 군비를 증강하지 않으면 안 됩니다."

"그야 그럴 테지."

"이 경우 다이나곤 님은 정면에서 타이코 님께 반대하실 수는 없을 것입니다."

노래하듯 말하는 코노미의 어조에 이에야스는 깜짝 놀랐다.

'모든 것을 다 꿰뚫어보고 있구나……'

이에야스가 지금 생각하는 일은 바로 그것이었다.

히데요시가 두번째로 증원군을 보내게 된다면 이에야스는 과연 반대할 수 있을까……? 아마도 하지 못할 것이다. 그렇다면 일단 따랐다가 철수 명령을 내릴 기회를 잡아야만 한다고……

"반대하시지 않으면 타이코 님은 또 자신이 직접 바다를 건너겠다고 하실 것입니다."

"어떻게 그렇다고 단정할 수 있다는 말인가."

"칸파쿠 히데츠구 님에게는 바다를 건너라고 명할 수가 없기 때문입니다."

"허어, 그것은 또 어째서?"

"만일에 명하신다면 그렇지 않아도 비뚤어져 있는 칸파쿠가 무슨 일을 저지를지 모르기 때문입니다."

"으음, 과연······."

"타이코 님은 잘 아시기 때문에 칸파쿠에게 출진을 명하시어 가문의 수치를 밖에 드러내는 일은 하시지 않을 것입니다."

"모든 일을 확실하게 말하는 여자로군."

"그러므로 타이코 님은 다이나곤 님이나 마에다 님을 불러놓고, 내가 직접 바다를 건너겠다고 말할 것입니다. 지금 제 말은 물론 수수께끼입니다."

이에야스는 다시 가슴이 섬뜩했다. 확실히 그렇게 될 것 같은 예감이 들었다.

"그 경우 다이나곤 님은 잠자코 듣기만 하시겠습니까? 아니면, 그 일은 내가 대신······이라고 말씀하시겠습니까?"

"글쎄······ 그때의 상황에 따라 여러 가지 답이 나올 수 있겠지."

이에야스는 당혹감을 감추고 오른손으로 천천히 턱을 쓰다듬었다. 쇼안에게 이야기를 듣고 왔는지도 모른다. 그렇다 해도 이 얼마나 날카롭게 밀어붙이는 여자란 말인가······

시녀 두 사람이 점심상을 들고 들어왔다. 챠야는 그 시녀의 손에서 술병을 받아들고 눈짓으로 물러가라고 지시한 뒤 우선 이에야스의 잔에 술을 따랐다.

그동안 코노미는 입을 다물고 정원을 내다보고 있었다. 정원에서는 열심히 멧새가 지저귀고 있었다.

시녀가 물러가자 코노미가 이번에는 이에야스 쪽을 보지 않고 혼자 중얼거리듯이 말했다.

"그때 다이나곤 님은 바다를 건널 수 없다고 직접 거절하실 수는 없습니다. 그러나 타이코 님이 이 말을 꺼내지 못하게 할 수 있는 유일한 여자가 이 세상에 있습니다."

10

이에야스는 또다시 가슴을 찔린 듯한 느낌이 들었다.

'과연 보통 여자가 아니다……'

만일 남자로 태어났다면 충분히 이시다 지부와 겨룰 수 있는 기량을 가지고 있다. 내심의 놀람을 감추기 위해 이에야스는 일부러 엉뚱한 말을 했다.

"코노미, 그대는 지금 무엇을 보고 있지? 진기한 새가 정원에 날아오기라도 했나?"

"아닙니다. 진기한 새는 지금 여기 이렇게 앉아 있습니다."

다시 오만하게 싱긋 웃었다.

"그 유일한 여자는 바로 저입니다."

"그대에게 타이코를 움직일 힘이 있다는 말인가?"

"예. 직접은 아닙니다. 타이코 님을 움직일 힘을 가진 분을 움직일 수 있습니다."

"타이코를 움직일 힘을 가진 분……?"

"예. 키타노만도코로 님 말씀입니다."

코노미는 충분히 의미를 함축시킨, 그러나 소녀 같은 장난기 있는 어조로 말했다.

"여러모로 생각해보았지만, 이것말고는 다른 방법이 없습니다."

"분명히 단언할 수 있겠나?"

"그렇습니다. 타이코를 대신해 조선에 건너가 전군을 지휘하실 수 있는 분은 다이나곤 님밖에 없습니다. 그러나 그렇게 되면 이 나라의 상처는 더욱 커질 것입니다. 그러므로 건너가시지 않도록 하고 철수할 기회를 포착하는 것이 상책이라 생각합니다."

"잠깐, 코노미!"

"예."

"그렇다면 나는 그대에게 나를 섬기라고 부탁하지 않을 수 없게 되는데?"

"그러기에 마음을 정하고 왔습니다."

"잠깐, 기다리라고 하지 않았는가."

이에야스는 드디어 얼굴을 붉혔다. 냉정해지려고 하면서도 점점 더 흥분하게 되었다.

"그대는 키타노만도코로에게 접근할 수 있는 연줄이 있다는 말이지?"

"예. 접근하지 않으면 부탁할 수 없지 않겠습니까?"

"바로 그것이야. 그럼, 그대는 오사카 성에 가서 키타노만도코로에게 무슨 말을 할 생각인가? 그래! 그 말을 듣고 나서 어떻게 할지 내 마음을 정하겠어."

"호호호……"

코노미는 재미있다는 듯이 웃었다. 이미 이에야스의 마음이 충분히 움직였다는 것을 간파한 웃음이었다.

"저만이 아는 진실을 말씀 드리려 합니다."

"그대만이 아는 것……?"

"예. 칸파쿠 부하들이 군비로 고통받는 제후들에게 돈을 빌려주려고 고심을 거듭하고 있습니다."

"뭐, 칸파쿠가 다이묘들에게 돈을 빌려주고 있다고?"

"다이나곤 님도 모르시는군요…… 그 빌려줄 돈이 부족하여 사카이 사람들을 루손(필리핀)에 보내 교역을 시키고 있습니다."

"뭣이? 그것이…… 정말인가?"

"예. 실제로 그 배는 막대한 돈줄을 잡고 일본으로 돌아왔습니다."

"선주는?"

"저희 나야納屋 일족으로 별명은 루손 스케자에몬呂宋助左衛門."

코노미는 무언가를 암시하듯 밝은 소리로 말하고 미소지었다.

11

이에야스는 코노미가 무슨 말을 하려는지 당장에는 알 수 없었다.

분명하게 알 수 있는 것은 히데츠구의 중신들이 그 세력을 확대시키기 위해 다이묘들에게 돈을 빌려주고 있는 듯하다는 것, 그 수단으로 교역선을 움직이고 있다는 것뿐이었다.

'있을 수 있는 일이다……'

이에야스는 생각한다. 그런데 이런 사실을 아직까지 깨닫지 못했던 자신을 생각하니 낯이 뜨거워졌다.

히데츠구 근신 중에는 특히 기량이 뛰어나다고 여겨지는 인물은 없었다. 그렇다면 그들이 자기 주인을 위해 꾀할 수 있는 것은 부유함을 이용하여 제후들의 환심을 사는 정도의 일일 것이다.

어쨌든 시대는 변했다는 생각이 들었다. 예전의 자금 조달은 광산의 채굴을 통해서였고, 영지에서 공납을 받은 쌀을 돈으로 바꾸는 것으로 충당했다. 그러나 지금은 교역을 통해 이익을 얻는다…… 더구나 그런 것을 시중의 젊은 여자가 간파하게 될 줄이야……

"코노미, 아직 그대의 대답은 완전하지 못해. 그 루손 스케자에몬이란 사람의 배와 내가 조선에 가지 않게 되는 것과는 무슨 관련이 있다는 말인가?"

"다이나곤 님!"

"그 이유를 좀더 자세히 설명할 수 없을까?"

"키타노만도코로 님이라면 이 말만으로도 충분히 깨달을 수 있으실 것입니다. 칸파쿠 님 부하가 그런 일을 하고 있으므로 다이나곤 님을 타이코 님 곁에서 떠나시게 할 수 없다고……"

"과연 그렇군."

"외국에 나가서 전군을 지휘할 수 있는 분은 국내에서도 충분히 제후들을 제압할 수 있다…… 이렇게 키타노만도코로 님을 설득하려는 것입니다."

이에야스는 가만히 시선을 쇼안에게로 돌렸다.

쇼안은 얼른 술잔을 내려놓고 이에야스의 시선을 받았다.

"마음에 드셨습니까?"

"아니, 여자로서가 아니라 측근으로서."

"본인도 그것을 바라고 있을지 모릅니다."

"에도에는 데려가지 않겠소."

그러면서 챠야 시로지로에게 시선을 돌렸다.

"쿄토의 집에 있는 여자들 모두를 지휘하는 역할을 맡기려고 하네. 챠야, 자네도 이의 없겠지?"

"예. 좀처럼 얻을 수 없는 분……입니다."

"코노미."

"예."

"지금 들은 그대로인데, 괜찮겠지?"

"예."

"그러나 방약무인한 그 태도를 집안에 퍼뜨려서는 안 돼. 그렇게 되면 방자한 여자…… 아니, 여자답지 못한 여자들만 설치게 되어 차마 눈뜨고는 볼 수 없을 거야."

"그 점 깊이 마음에 새기겠습니다."

"부탁하겠어. 그리고 이 이에야스의 결점은 너무 파헤치지 말 것…… 이라 말해도 물론 소용없는 일이겠지. 천성적인 것이니까, 그대의 눈은……"

이에야스가 이렇게 말하며 잔을 들자 얼른 코노미가 술병을 들어 술을 따랐다.

"후후후."

쇼안이 웃었다.

섬기겠다──이미 그런 결심이 서 있는 코노미가 기특하기도 하고 우습기도 했다……

흑막黑幕

1

소로리 신자에몬曾呂利新左衛門은 사카이의 이치노마치市之町 3가에 새로 지은 자기 집에 앓아 누워 있었다.

때때로 심한 기침이 나고 가래에 피가 섞여 나왔다. 초가을에 감기로 눕게 된 것이 원인이 되어 요즘에는 저녁마다 온몸에 미열이 났다. 그러나 천성적으로 느긋하게 요양하는 성질이 아니어서 조금만 상태가 좋아지면 일어나 각 방면의 사람들을 만나곤 했다.

"한심한 노릇이야. 내가 이러다가 죽어버리면 후세 사람들은 뭐라고 할까."

오사카 성이나 히데요시 앞에서의 소로리는 오토기슈お伽衆° 중에서도 짐짓 시치미를 떼는 탈속한 기인으로 보였다. 그렇지만 집에서는 사람이 달라진 듯이 우울해 보였다.

"타이코의 수염에 묻은 먼지나 털어주기에 급급해하면서 살아온 다인…… 아무 견식도 힘도 없는 아첨꾼이었다고 평할 테지."

"그렇게는 말하지 않을 거예요."

천연덕스러운 표정을 지으면서 웃은 것은, 올해도 제철에 맞게 루손에 다녀오겠다면서 출항 준비에 여념이 없는 나야 스케자에몬納屋助左衛門*이었다.

"후세 사람들은 리큐 거사 따위보다는 훨씬 더 음험한 책략가였다고 할 겁니다."

"스케자에몬, 나는 정말 음험한 책략가일까?"

"글쎄요, 그런 것은 자기 자신에게 물어보아야겠지요. 하기야 우리 두 사람 모두 후세를 위해 좋은 일은 하지 못했지만."

두 사람은 새삼스럽게 얼굴을 마주보고 씁쓸히 웃었다.

스케자에몬은 이제부터 은과 구리를 싣고 루손에 건너가 그곳 토산물인 도자기를 가져와서 히데요시의 황금을 잔뜩 우려내자는 책략을 세우고 있었다. 그리고 이 일의 참모는 병상에 있는 소로리 신자에몬이었다.

"특별히 음험한 책략가였다고는 하지 않겠지만, 상당한 멍청이였다는 이름은 남겠죠."

스케자에몬은 자기가 들고 온 포도주를 이부자리 위에 앉아 있는 소로리에게도 권하면서 자기도 따라 마셨다.

"어쨌거나 아케치 미츠히데明智光秀와 그토록 친했으면서도 하루아침에 그의 적인 타이코에게 돌아서버린 소로리 님이니까요."

"그리고 지금은 그 타이코로부터 황금을 우려내는 일을 거들고 있고…… 그런 이야기는 그만두세."

소로리 신자에몬은 우울한 얼굴로 이렇게 말하고 장지문에 비치는 매화나무 그림자를 조용히 바라보고 있었다.

사카이에서 제일가는 무구武具와 마구馬具를 취급하는 거상의 아들로 태어났으면서도 가산을 깨끗이 탕진하고, 지금은 칼집 만드는 기술자가 된 신자에몬이었다.

다도茶道에서는 미츠히데와 함께 죠오紹鷗의 문하생, 코도香道°에서
는 시노 파志野派인 타케베 소신建部宗心의 문하생. 노래에 능하고 북
도 잘 치며 호궁胡弓°과 쟈비센에도 솜씨 있는 다재다능한 사람이었다.
그러면서도 그 성격은 야성적이었으며, 남을 깔보는 면이 있기도 했다.

미츠히데의 야심을 간파했음에도 불구하고 모른 체하고 그의 소원
인, 흰 소 열여덟 마리의 머리가죽으로 된 천 개의 칼집을 만들어주기
도 했다. 히데요시와는 총포를 주선해준 인연으로 오래 전부터 아는 사
이였다.

이런 묘한 길을 걸어온 그의 마음에도 왠지 이번에는 깊이 서리가 내
려 있는 모양이었다. 때때로 문득 인생이 모두 공허하게 느껴졌다. 지
난날 몸부림쳤던 일이 이상하게 슬퍼지고, 히데요시와 싸우다 죽은 리
큐가 왠지 모르게 부러워지고는 했다……

"무얼 그리 깊이 생각하고 있습니까, 희대稀代의 멍청이가?"

스케자에몬이 조롱하듯 말했다.

2

"아니, 별로 깊이 생각하고 있지는 않아."

신자에몬은 우울하게 대답했다.

"자네는 나보다 훨씬 젊어. 젊은이는 노인이 느끼는 인생의 공허함
을 알지 못하는 거야."

"하하하……"

한창 활동할 나이인 스케자에몬은 거침이 없었다.

"타이코를 마음대로 농락하고 나서 막상 내 일을 도와줄 생각을 하
니 주눅이 든 것은 아니겠죠?"

"걱정하지 말게. 이것이 마지막으로 하는 나쁜 짓이라 생각하고 체념했으니까."

"많이 약해졌군요. 쇼안 님을 좀 본받도록 하세요. 그 나이에도 결국 코노미를 에도의 다이나곤에게 들여보냈지 뭡니까."

"쇼안은 특별한 분이야. 언제나 자기가 천하의 주인이라고 자부하거든."

"신자에몬 님, 타이코의 손에서 황금을 우려낸다……는 것을 나쁜 일이라 생각하게 되었군요."

"아니, 그렇다고는 할 수 없지만……"

"타이코가 가진 재산 중 얼마는 사카이 사람들이 헌납한 것, 헌납한 것이기에 되찾는다…… 이건 나쁜 일이 아니죠. 모두가 적당한 선에서 명나라와의 전쟁을 끝내기 위한 내조內助란 말입니다."

"구실은 얼마든지 붙일 수 있어. 하지만 그 황금을 히데츠구 님에게 건네 다이묘들에게 빌려주게 함으로써 국내에 소란을 일으키게 한다면, 보기에 따라서는 모반이 되기도 하는 거야."

"타이코의 눈을 국내로 돌려 전쟁을 빨리 끝내게 하기 위한 것…… 이라고 하면 훌륭한 계책이라 할 수 있죠."

"이제 그만두세."

신자에몬은 귀찮다는 듯이 손을 내저었다.

"나는 자네가 이번에 싣고 올 잡동사니를 천하의 진품이라고 떠들어대기만 하면 될 것 아닌가."

"허허허…… 그 어조에도 힘이 빠져 있어요. 루손의 타네츠보種壺°는 다인들이 쓸 항아리로 손색이 없다고 하지 않았습니까?"

"그것을 타이코에게 판다. 타이코는 다시 이것을 다이묘들에게 판다. 마지못해 그것을 사서 돈이 없어진 다이묘들은 몰래 히데츠구를 찾아와 돈을 빌린다…… 이것이 세상의 실상이라고 한다면 살아갈 맛이 없다…… 그럴 때가 반드시 자네에게도 찾아올 거야."

"하하하…… 자, 이제 그만둡시다. 오늘은 노인이 좀 이상하군요. 나는 좀더 큰일을 생각하는데도."

"확실하게 삶의 보람을 느낄 수 있는 아주 큰일이라면 그건 별문제지만……"

"있습니다, 분명히 있어요!"

아마도 연령의 차이는 오늘의 두 사람을 맺어주지 않을 모양. 인생의 경험은 신자에몬이 훨씬 더 많았다. 그러나 기력과 용기에서는 스케자에몬의 젊음과 비교도 되지 않았다.

사카이 사람들 중에서도 대담하기로 이름이 났고, 명나라 문제에서 실패한 타이코를 옛날의 히데요시로 젊음을 되찾게 해주겠다고 큰소리 치며 호라이蓬萊(타이완)와 루손을 이미 서너 번이나 왕래했기 때문에 그대로 이것이 별명이 되어버린 스케자에몬이었다.

"아룁니다. 나야 님으로부터 사람이 왔습니다."

스케자에몬은 그쪽을 돌아보지도 않고 내뱉듯이 말했다.

"곧 간다고 전해주게. 오늘은 노인과의 이야기가 후련하지 못했어."

그리고는 다시 웃었다.

3

"그럼, 집에서 데리러 왔으니 일단 돌아가렵니다."

스케자에몬은 유리잔에 남은 빨간 액체를 단숨에 들이켰다.

"출항하기 전에 다시 한 번 문안 오리다. 기운을 내세요, 기운을."

"기운을 차리지 못하면 자네가 곤란할 테니 말이지?"

소로리도 지지 않고 대꾸하며 싱긋 웃었다.

"묘한 일이로군. 루손으로 가는 사람이 방에 누워 있는 사람을 걱정하다니."

"그럼, 생명의 위험은 내게만 있고 그쪽에는 없다는 말인가요?"

"방에서는 난파할 리가 없지. 표류하지도 않을 것이고."

"하하하…… 그 대신 행운의 신은 서서히 소로리 신자에몬에게 싫증을 느끼고 있는 모양이오."

"타이코 님처럼 말인가?"

"그래요. 이 스케자에몬은 지금 아침 해와 같아요. 떠오르기는 하지만 가라앉지는 않죠. 그러나 노인이나 타이코에게는 슬슬 황혼이 다가오고 있어요."

"원 이런, 그것이 문병 온 사람의 인사란 말인가. 어서 돌아가게, 마음이 편치 않아."

"하하하…… 분하거든 어서 건강이나 되찾으세요. 완쾌한 뒤 다시한 번 전처럼 활약하시란 말입니다."

스케자에몬은 그대로 일어나 정원을 끼고 있는 복도로 나갔다.

'누군가 손님이 왔다……고 점원이 말했는데……'

혹시 쇼안인지도 모른다고 스케자에몬은 생각했다.

'그 노인은 늙을 줄을 모른다니까. 언제나 세상일을 자기가 가장 잘 안다는 듯이 허풍을 떨거든……'

어쩌면 그 큰 허풍이 불로장생의 묘약이 되는지도 모른다. 일족인 스케자에몬 따위는 쇼안 앞에 걸리면 어린아이 취급이었다.

'만일 노인이라면 오늘은 이쪽에서 잔뜩 허풍을 떨어야지.'

스케자에몬은 요즘 한 가지 큰 꿈을 꾸고 있었다.

조선에서 손을 떼게 한 뒤 히데요시에게 조선 이상으로 재미있는 장난감을 안겨주자는 것. 멀리 마카오 너머의 안남安南(베트남) 땅에 대규모의 일본인 마을을 건설하자는 꿈이었다.

그곳이라면 군사를 보내거나 피를 흘릴 필요가 전혀 없었다. 일본에서 산출되는 금은 외에 구리나 남만철南蠻鐵 등의 제품을 실어가기만 하면 평화적인 방법만으로도 충분히 넓은 땅을 사들일 수 있었다.

'모든 것을 싸워서 빼앗아야만 하는 줄 아는 구식 무사들의 눈을 뜨게 해주어야지.'

스케자에몬의 상점과 창고는 해변에 있었으나, 주택은 쇼안의 별장과 가까운 농민들의 여관거리 한 모퉁이에 있었다.

웬만한 절보다는 훨씬 더 넓은 부지에, 한 차례 항해를 하고 돌아올 때마다 건물이 하나씩 늘어났다. 그것도 단순한 건물이 아니라, 오사카 성을 모방한 방이 있는가 하면 쥬라쿠 저택을 본뜬 방도 있었다. 금과 은으로 된 못을 박은 옻칠을 한 기둥, 장지문의 그림도 히데요시가 동원했던 바로 그 화공을 데려다가 그렸다. 그것만으로도 이 사나이의 기분을 확실히 짐작할 수 있다.

"안녕히 다녀오셨습니까? 손님은 에도의 다이나곤 님을 섬기러 가신 코노미 님입니다."

마중 나온 점원이 공손하게 말했다.

4

"뭐, 코노미가……?"

스케자에몬은 약간 고개를 갸웃했으나 걸음은 멈추지 않았다.

일족 중에서도 만혼晩婚이었던 스케자에몬은 전에 한 번 코노미를 자기에게 달라고 쇼안에게 청혼한 일이 있었다.

쇼안도 별로 반대하고 싶은 생각은 없었던 모양이다.

"본인에게 직접 말해보게. 본인의 마음에 달려 있으니까."

이렇게 가볍게 대답했다.

스케자에몬이 본인에게 그 뜻을 비쳤을 때 코노미는 건방지게도 대번에 일소해버렸다.

"호호호…… 내가 스케자에몬 님의 아내가 되다니…… 정말 우습군요, 호호호……"

"웃을 일이 아니야. 나는 진정을 말하고 있는 거야."

"그러기에 우습다는 거예요. 호호호…… 내가 아내가 되면 어떻게 되는 거죠? 어디서 이상한 조개라도 먹고 왔나 보군요. 정말 우습네요……"

"싫다는 말인가?"

"호호호……"

"부족하단 말인가, 이 스케자에몬이…… 그대의 남편감으로?"

"웃기는군요. 우습기 때문에 웃는 거예요. 호호호……"

스케자에몬은 이것을 마지막으로 코노미에게 말을 건 일이 없었다. 무리가 아니었다. 유례를 찾아볼 수 없는 오만한 사나이가 여자에게 한마디로 청혼을 거절당했기 때문이다. 그 후부터는 우연히 얼굴이 마주쳐도 스케자에몬이 먼저 코노미를 무시했다.

그런 코노미가 자기 집 객실에 태연히 앉아 있었다. 자못 내전에서 기거하는 여자답게 극채색極彩色으로 그린 장지문의 「봄의 들놀이」 그림을 배경으로 하고 앉아 주위에 향유냄새를 잔뜩 풍기고 있었다.

"이거 진귀한 손님이 찾아왔군."

스케자에몬은 무뚝뚝하게 말하고 그녀 앞으로 가 책상다리를 하고 앉았다.

"무슨 바람이 불었지? 출항을 앞두고 있는 만큼 너무 놀라지 않게 했으면 싶어."

"스케자에몬 님."

코노미는 생긋 웃었으나 역시 고개를 숙이지 않았다.

"오늘은 키타노만도코로 님의 심부름을 왔어요."

"뭐, 오사카 성 내전에서……? 그럼, 에도의 다이나곤 님 밑에 있는 것이 아니란 말인가?"

"일은 쿄토에서 하고, 심부름은 키타노만도코로 님이 보낸 거예요."

"그렇다면, 용건을 말씀해주십시오…… 이렇게 말해야만 하나?"

"그래요."

"거드름을 피우는군, 이 계집이…… 이러면 실례가 되겠군."

"물론이죠, 잘 아시는군요……"

"잘난 체하지 마라, 용건은 뭐야?"

"당신은 괘씸한 사람이에요."

"아니, 그것은 코노미의 말인가, 키타노만도코로의 말인가?"

"물론 키타노만도코로 님이죠. 당신은 칸파쿠에게 은밀히 황금을 빌려주었다면서요?"

"흥, 그런 비난이라면 키타노만도코로 님이라 해도 할 입장이 못 돼. 나는 오사카 성의 요도야淀屋와 손을 잡고 칸파쿠의 쌀을 미리 사들이고 있을 뿐이니까."

"스케자에몬 님."

코노미는 조용한 목소리로 제지하고 키득 웃었다.

5

"또 웃는군, 이 여자가……"

스케자에몬은 혀를 찼다.

"나도 세계의 바다를 돌아다녔기 때문에 조금은 세상을 넓게 보아온 선주船主야. 전에 그대에게 청혼을 거절당했을 때와 같은 새파란 애송이 스케자에몬이 아니야."

"호호호……"

코노미는 이번에도 소리내어 웃었다.

"그때는 새파란 애송이였다는 말인가요. 호호호……"

"웃지 마라. 이제는 어엿한 사나이로서 모든 것을 분별할 수 있게 되었다는 말이야."

"그 무렵에는 까만 얼굴이었어요. 아마 그때 당신은 고토五島° 해상이라는 데까지 가서 교역을 하고 왔다고 했는데, 노부나가 님이 처음 이 사카이에서 보고 배를 끌어안고 웃었다고 하는 검둥이와 똑같은 얼굴이었어요, 아주 까만. 그래서…… 너무 우스워서…… 웃음을 참을 수 없었던 거예요."

"닥쳐! 도대체 용건이 뭐야?"

"괘씸하다고 말했지 않아요? 칸파쿠에게 건너간 돈이 어떻게 사용되는지 잘 알면서도 빌려주는 것은 세상을 어지럽게 만들려는 속셈…… 네가 가서 사실 여부를 확인하고 오라는 분부를 받았어요."

"그 대답이라면 이미 했어. 나의 가업은 선주지만, 타이코 전하의 허가를 받은 곡물상이기도 해. 그러한 내가 오사카 제일의 요도야와 손잡고 가업에 종사하는데 무엇이 괘씸하단 말이야."

"스케자에몬 님, 그럼 당신은 그 가업으로 움직이는 황금이 천하를 시끄럽게 만드는 원인이 되어도 상관없다고 생각하나요?"

"그럴 수도 있는 일이야."

"좋아요. 그 말을 들었으니 이제 됐어요."

"뭐라고?"

"나는 이 말을 그대로 키타노만도코로 님에게 말씀 드리겠어요. 키타노만도코로 님이 어떻게 받아들이고 타이코 님에게 무어라 건의하실지는 내가 알 바 아니에요."

"으음, 귀에 거슬리는 소리를 하는 여자로군. 다른 속셈이 있어서 지금 말을 돌리는 것이지?"

"훌륭해요! 과연 스케자에몬 님이에요! 드디어 깨달았군요."

"듣기 싫어!"

스케자에몬은 다시 한 번 혀를 찼다.

"가증스런 여자 같으니라구…… 오늘 나를 찾아온 목적이 뭐야? 분명히 말해봐."

"말을 하면 이해할 수 있을지 모르겠군요. 바닷물에 절어서 멍청해졌는지도 모르니까."

"답답해 못 견디겠어, 어서 말해."

"나는 사과문을 받아 가져가고 싶어요."

"사과문……? 나더러 무엇을 사과하란 말인가?"

"칸파쿠 히데츠구에게 돈을 빌려준 것은 나의 잘못, 앞으로는 그런 일이 없을 것이라고 나한테 써도 좋아요."

"내가 그대 앞으로……?"

"싫거든 그만두세요. 그러면 키타노만도코로 님이 타이코 님께…… 타이코 님은 당신에게 괘씸한 장사꾼이라고 조치를 취하실 거예요. 그렇지 않은가요, 스케자에몬 님?"

스케자에몬은 분통이 터지는 것을 겨우 참는 듯한 표정으로 잠시 코노미를 노려보았다.

'이 여자는 이미 언질을 받았어……'

상인이라고 해서, 천하를 소란케 하는 원인이 되는 것을 알면서도 돈을 빌려준다면 도리가 아니다.

"내가 사과문을 쓰면 어떻게 된다는 말인가?"

스케자에몬이 이렇게 말했을 때 코노미는 눈을 가늘게 뜨고 정원을 바라보고 있었다.

6

"글쎄, 어떻게 될는지."

코노미는 조롱하듯 중얼거리고 다시 장난스럽게 웃었다.

스케자에몬은 또 한 번 혀를 찼으나 천성적인 신경질을 터뜨리지는 않았다.

화는 났으나 왠지 모르게 코노미의 마음에 빨려들어가는 스케자에 몬이었다. 재녀——라기보다는 두려움을 모르는 이 여자의 배포에 야 릇한 매력을 느끼고 있었다. 어쩌면 코노미는 스케자에몬 자신의 근성 을 그림자처럼 반영하고 있는지도 몰랐다.

"으음, 내가 그대에게 사과문을 쓴다……"

"그래요. 그렇게 하는 것이 아마도 스케자에몬 님에게 가장 큰 이득 이 될 거예요."

스케자에몬은 그 말에는 대답하지 않았다.

"그대는 이것을 가지고 가서 키타노만도코로에게 보인다…… 키타 노만도코로는 그것으로 나와 칸파쿠 사이에 거래가 있었다는 사실을 알게 된다……"

"훌륭해요! 과연 선주인 스케자에몬 님이에요."

"또 놀리는군, 그러지 말라는데도…… 그런데, 코노미, 그 다음을 모 르겠는걸."

"거기까지 꿰뚫어보았으면 알 것도 같은데, 망원경 앞이 흐려진 모 양이군요."

"잠깐! 그대는 도쿠가와 님 밑에서 일한다고 했지?"

"그래요. 하녀들의 총감독이에요."

"도쿠가와 님 밑에서 일한다면 그의 이익을 도모하겠군……"

"충의를 다해야 하는 것이 첫째죠."

"그대에게 쓴 나의 사과문을 키타노만도코로에게 보이는 것이 어째서 도쿠가와 님에게 이익이 되는지…… 그 관련성을 모르겠어."

"당연히 관계가 있죠."

코노미는 다시 소리 내어 웃었다.

"수수께끼를 푸는 것보다 재미있겠어. 오랜만에 소년 시절로 돌아간 기분이 드는군."

그러나 이때 스케자에몬은 이미 시무룩한 표정이 되어 코노미를 노려보고 있었다. 아마도 코노미가 무슨 생각으로 '사과문'을 쓰라고 했는지 납득이 간 모양이었다.

"코노미, 그대는 방심할 수 없는 여자로군."

"호호호…… 스케자에몬 님 역시 상어도 뜯어먹지 못하는 무서운 뱃사람이 아니던가요?"

"……그대 혼자 생각한 일이 아닐 거야. 아버지 쇼안의 지혜에서 나왔을 거야."

"천만의 말씀!"

코노미는 티 없는 소녀와도 같은 표정으로 고개를 저었다.

"만약 그렇다면 사카이 사람 전체의 지혜가 동원되었는지는 몰라도 특히 아버지의 지혜는 아니에요."

"사카이 사람 전체의 지혜……?"

"그래요. 사카이 사람들이 지금 가장 원하는 일에 도움이 될 거예요, 그 사과문은……"

이 말에 스케자에몬도 히죽 웃었다.

"그렇군. 결국 목적은 나와 마찬가지로군."

"그렇지 않다면 무엇 때문에 이 코노미가 스케자에몬 님에게 사과문을 쓰라고 하겠어요? 이 모두가 조선에서의 전쟁을 빨리 끝내려는 일념에서예요."

코노미가 눈을 빛내면서 맞장구를 쳤다. 이번에는 스케자에몬이 쌀쌀하게 대답했다.

"코노미, 쓰지 않겠어. 나는 쓰지 않아. 루손 스케자에몬의 지혜가 여자에게도 미치지 못했다…… 그런 증거는 후세에 남길 수 없어. 절대 쓰지 않겠어."

7

"호호호……"
코노미는 큰 소리로 웃어넘겼다.
"스케자에몬 님은 그렇게도 속이 좁은 사람이었던가요?"
"뭣이?"
스케자에몬은 코웃음을 치며 조롱했다.
"코노미 그대보다 내 지혜가 훨씬 더 깊어. 따라서 그런 잔재주로는 나를 어떻게도 하지 못한다고 말하는 거야."
"이거 정말 재미있군요! 그럼, 당신이 칸파쿠에게 돈을 빌려주면 도쿠가와 이에야스 님은 조선에 건너가지 않아도 된다는 말인가요?"
"흥, 드디어 꼬리를 드러내는군. 그렇군, 도쿠가와 님을 조선에 보내지 않으려는 잔재주였다는 말이지."
"그것을 알았다면, 사과문을 쓰지 않겠다는 이유를 좀더 자세히 말해줄 수도 있겠군요?"
"코노미."

"왜 그러세요, 그렇게 정색을 하고?"

"내가 돈을 빌려주면 국내의 소란이 확대된다. 국내의 소란이 커지면 그 소란을 막기 위해서라도 실력자 도쿠가와 님이 조선에 갈 수 없는 것은 당연한 일이지 않아?"

"아니에요."

코노미는 단호하게 고개를 저었다.

"아직 타이코 전하는 국내 일을 나 혼자서는 해결할 수 없다……고 생각할 정도로 늙으시지는 않았어요."

"그렇다면, 국내의 일은 내가 처리할 테니 도쿠가와는 조선으로 가라…… 이렇게 되리라고 내다보는군."

"결국은 그렇게 될 거예요."

"그럼, 도쿠가와 님이 조선으로 건너가면 사카이 사람들에게는 어떤 손실이 생기지?"

"정말 흐린 안경을 쓰고 있군요. 도쿠가와 님이 외지에서 전사하고…… 타이코는 노쇠한데다 칸파쿠는 큰 그릇이 아니다…… 이렇게 되면 그 후에는 어떤 일이 벌어질까요?"

"으음……"

"사카이 사람들은 그때 누구를 받들어 일본을 재건해야겠어요? 수도에서는 다시 불길이 치솟고, 오슈에서는 다테 님, 큐슈에서는 시마즈 님, 쿠로다 님, 카토 님, 츄고쿠에서는 모리 님, 킨키近畿에서는 호소카와 님과 칸파쿠가 싸우게 되면 도대체 사카이 사람들의 꿈은 어떻게 된다는 말인가요? 오닌應仁의 난° 이래의 난세가 다시 찾아올 것이라 생각지 않으세요?"

"와하하하……"

갑자기 스케자에몬은 천장이 떠나갈 듯한 소리로 웃었다.

"알겠어, 코노미!"

"알았으면 그것으로 됐어요."

"아니, 지금 그 이야기를 알겠다는 것이 아니야."

"예? 그럼, 무엇을 알았다는 거예요?"

"그대가 내 아내가 되지 않은 이유를 알겠다고 했어. 앞질러 생각하지 마."

"스케자에몬 님은 아직도 그 일에 구애받고 있나요?"

"그래. 사나이의 체면이 구겨졌는데 쉽게 잊을 리가 없지. 누가 뭐라고 해도 그대는 여자니까."

"여자이기에 아내로 삼겠다고 했었겠죠."

"아니, 여자라고 한 것은 품고 있는 꿈이 너무 작다는 뜻으로 말한 거야. 그런 작은 꿈으로는 이 스케자에몬을 이해하지 못해. 내 꿈은 좀더 커! 즉 그대는 꿈이 너무 작아서 나라는 사나이를 이해하지 못하는 거야…… 그러고 보면 아내로 삼지 못한 것이 오히려 다행이었어. 자, 그만 돌아가도록 해. 돌아가도 좋아."

그 거침없는 말에 이번에는 코노미의 얼굴이 빨개졌다. 화가 난 모양이었다.

8

"사리를 분간하는 데 남녀 구별은 있을 수 없어요. 크다 작다 하면서 말을 흐려놓다니 스케자에몬 님이야말로 작은 사람이에요."

코노미는 이렇게 말하면서 무릎걸음으로 한발 앞으로 다가앉았다.

"자, 중요한 대답은 어떻게 됐죠? 도쿠가와 님은 조선에서 전사하고 타이코는 노쇠하고 칸파쿠는 그릇이 작다…… 이럴 경우의 생각을 말해주세요."

"하하하…… 꼭 그 대답을 들어야만 알 수 있는, 앞뒤 꽉 막힌 코노미였던가?"

"아, 그래요. 어서 말해보세요."

"좋아. 굳이 들어야겠다면 말해주지. 그렇지 않으면 이 자리를 뜨지 않을 테니까…… 그렇지?"

스케자에몬도 필요 이상 몸을 앞으로 내밀고 검게 탄 얼굴을 일그러뜨리면서 눈을 크게 떴다.

"우선 그대는 이 세상에서 분쟁이 일어나는 원인이 어디 있는지 생각해본 적이 있나?"

"분쟁의 원인은 욕심이에요. 욕심에는 한이 없어요. 그러므로 일단 다툼이 벌어지면 수습할 수 없는 난세가 되는 것이죠. 당신도 진력이 날 정도로 보아왔을 거예요."

"그것이 바로 작다는 말이야. 알겠나, 그런 견해는 고치지 않으면 안 돼. 인간이 가진 욕심의 대상이 되기에는 일본이란 나라는 너무 좁아. 원하는 것을 손에 넣을 수 없기 때문에 전쟁이 벌어지는 거야."

"큰 차이 없지 않아요? 나도 욕심의 크기에 비해 얻는 것이 너무 작기 때문에 분쟁이 그치지 않는다고 말했어요."

"아니, 크게 달라. 코노미, 그대의 생각과 내 생각은 완전히 달라. 나는 이미 전쟁이 없어진 다음 그 훗날까지 내다보고 큰일을 계획하고 있는 거야."

"그게 어떤 것이죠? 말해보세요."

"어차피 일본은 누군가의 힘으로 통일될 거야. 그리고 평화가 오면 소용없는 사람이 많이 생기게 돼."

"소용없는 사람……?"

"그래. 거기까지는 생각해보지 않았을 거야, 그대는. 세상이 평화로워졌을 때 소용없게 되는 사람은 바로 무사야. 그들을 어떻게 처리하느냐에 따라 세상은 크게 달라질 거야. 그들이 가난뱅이 떠돌이가 되어 거리에 넘친다면, 누가 천하를 손에 넣어도 소요는 그치지 않아. 그들이 입신출세할 기회는 천하의 대란, 전국戰國의 난세일 뿐이야. 하지만 그들에게 무사 노릇보다도 훨씬 더 구미에 맞는 좋은 일과 세계를 찾아 준다면 사정은 완전히 달라지지."

"좋은 일과 좋은 세계를……?"

"암. 나는 이미 그것을 생각하고 일에 착수하고 있어. 세계는 넓어! 조선이나 루손만이 나라는 아니야. 마카오나 니포만이 항구도 아니고. 안남도 있고 캄보디아도 있고 샴(타이)과 천축天竺도 있어. 모두 기후가 따뜻하여 곡물을 일 년에 두 번에서 세 번이나 수확할 수 있는 낙원이야. 여기에 속속 진출하여 일본인 마을을 건설하겠다는 거야. 죽느니 죽이느니 하며 소란을 떨지 않아도 큰 배를 만들어 그곳과 교역하면 가난을 모르고 살아갈 수 있어. 어때, 그렇게 되어도 타이코가 늙었다거나 도쿠가와가 죽었다거나 하면서 무사들이 혈안이 되어 싸울 것 같나? 인간의 욕망이란 물론 한이 없지만, 이 욕망을 다른 방향으로 돌리게 하는 방법이 없지는 않아…… 그것을 깨닫는다면 그대도 대단한 사람일 테지만……"

그러면서, 알 리가 없다는 듯이 일부러 오른손을 뻗어 코노미의 탐스러운 턱을 밑에서부터 치켜올렸다.

9

코노미는 무섭게 스케자에몬의 손을 뿌리쳤다. 그 눈은 여전히 불꽃을 튀길 듯이 격렬하게 상대의 시선에 얽혀 있었다.

"……그러면, 스케자에몬 님은 남쪽 나라 여러 곳에 일본인 거리를 건설하여 전후戰後의 무사들에게 새로운 삶의 장소를 마련해주겠다는 말인가요?"

"어떤가, 사나이의 생각이란 것이?"

"놀랐어요! 과연 사카이의 선주다워요!"

"아니, 그대는 지금 칭찬을 하는 것인가? 그렇다면 어서 돌아갔으면 좋겠는데……"

"아뇨, 그렇게 뜻이 크다면 더더욱 스케자에몬 님은 내 말을 들어야 해요."

"뭐라구! 아직도 나에게 사과문을 쓰게 할 생각인가?"

"잘 아시는군요. 사과문을 쓴다면 나도 뒤에서 남몰래 스케자에몬 님의 일이 성취되도록 기도하겠어요."

"쓰지 않겠다고 거절하면?"

"뻔한 일이죠. 모처럼 큰 뜻을 품었으면서도 타이코 님의 분노를 사 체포당할 수밖에 없어요. 어떠세요, 스케자에몬 님 정도나 되는 사나이가 사과문 하나에 구애되어 세상을 구제할 큰 야망을 버렸다……고 하면 사나이의 체면이 설 수 있겠어요?"

"으음, 가증스런 여자 같으니……"

스케자에몬은 신음했다.

"입부터 생긴 여자야."

"이미 생각은 충분히 했을 거예요. 쓸 것인지 말 것인지 다시 한 번 확실한 대답을 듣고 싶어요. 나도 오늘은 키타노만도코로 님의 사자로 온 사람이에요."

아마도 꿈을 비교하는 일에는 스케자에몬이 이긴 것 같았으나, 논쟁에서는 코노미 쪽이 우세한 모양이었다.

"정말 훌륭한 생각이에요. 과연…… 전쟁이 끝나면 남아돌게 될 무사들…… 그대로 내버려두면 일본 전체는 말할 것 없고 각각의 영지에서부터 소란의 불씨가 되겠죠……"

"으음."

"자, 쓰겠는지 아닌지 한마디라도 좋으니 말해보세요."

"……"

"코노미는 당신이 그릇이 큰 사나이라는 것을 인정하겠어요. 인정을 받았다면 당신도 내 말을 듣는 편이 좋을 거예요."

"코노미."

"루손 씨, 왜 그러세요?"

"그대는 내 그릇이 크다는 것을 인정한다고 했지?"

"그랬어요. 분명히 인정해요."

코노미가 대답하는 것과 스케자에몬의 손이 다시 그녀의 탐스러운 턱으로 뻗어오는 것은 동시의 일이었다.

"그럼, 인정한다는 증거를 보여줘야 할 것 아니야."

"예? 무어라고 했죠?"

"그릇이 큰 사나이라는 것을 인정한다는 증거가 필요해."

"인정한다는 증거라뇨?"

"코노미 그대는 그릇이 크다는 것을 몰랐기 때문에 전에는 나를 우습게 여겼어. 이제 그 사실을 알게 되었다면 나도 사과를 받아야 할 것 아닌가?"

"그럼, 이 코노미도 사과문을 쓰라는 말인가요?"

"아니, 내가 원하는 것은 그대의 정조야! 한 번이면 충분해. 그러면 나도 사과문을 쓰겠어. 어때, 잘못을 깨달았다면 순서대로 처리하는 게 좋지 않겠어? 한마디면 좋아. 그 사랑스런 입으로 대답해봐."

이렇게 말하고 스케자에몬은 자기 손바닥 위에서 망연자실해 있는 코노미의 얼굴을 끌어당겼다.

10

코노미는 갑자기 온몸이 마비되는 것 같았다.

도망치려 해도 발이 말을 듣지 않고, 따귀를 갈기려 해도 손이 움직이지 않았다. 경악했기 때문만이 아니라, 부자연스럽게 이성을 멀리하며 살아온 노처녀의 생리적 반역인 것 같았다.

"허어, 반항하지 않는군."

스케자에몬은 깜짝 놀란 듯이 중얼거렸다.

"반항하지 않는다면 몸으로 사과하겠다는 뜻일 테지."

그러면서 갑자기 코노미의 목을 끌어안았다. 뜨거운 입술이 목덜미를, 뺨을, 턱을, 이마를…… 드디어 입술을 미친 듯이 빨아들였다가 떨어졌다.

그렇다, 미친 듯이…… 하지만 이것은 스케자에몬 쪽이 아니라, 이뜻하지 않은 기습을 당한 코노미 쪽의 감각이었는지도 몰랐다.

코노미는 그만 눈을 감아버리고 말았다.

전에도 이런 놀람을 한 번 경험한 적이 있었다. 싫다고는 생각했으나, 꿈속의 일처럼 몸이 죄어들고 생각이 마비되어 의지가 말을 듣지 않았다.

"하하하……"

갑자기 스케자에몬은 웃기 시작했다. 아직 두 손은 코노미의 목을 꼭 끌어안은 채였다.

"하하하…… 이제 코노미는 내 여자가 됐어. 이거 정말 재미있군. 와하하……"

방약무인이란 이런 사내를 가리켜 하는 말일 것이다.

다시 목덜미에서 입 맞추는 소리가 났다. 그리고 떠밀듯이 목에 감겼던 팔이 풀렸을 때도 코노미의 몸은 아직 굳은 채로 자유를 되찾지 못하고 있었다.

"좋아, 그대가 이처럼 기특하게 사과를 한다면 나도 약속을 지키지 않을 수 없지. 코노미, 루손 정도나 되는 사나이가 평생에 단 한 번 쓰는 사과문이야."

스케자에몬은 마치 자기에게라도 말하듯이 중얼거렸다. 그리고는 벌떡 일어나더니 선반에서 종이와 벼루 상자를 꺼내와 두 사람 사이에 늘어놓았다.

경직되어 있던 코노미의 몸이 자연스러움을 되찾게 된 것은 이 무렵부터였다.

자세를 바로하자 두뇌도 이성도 저절로 활동하기 시작했다…… 얼굴이 빨개지고 수치심이 온몸을 휩쓸었다

'바로 이런 것이 사랑하거나 사랑을 받기 전의 자연스러운 인간의 자세일까……?'

"자, 불러봐, 그대의 생각대로…… 내가 일단 쓰겠다고 한 이상 그대가 원하는 대로 써주겠어."

"……"

"왜 잠자코 있어? 쓰게 하고 싶은 말은 이미 그 가슴속에 들어 있을 텐데……"

코노미는 꿀꺽 마른침을 삼켰다.

틀림없이 그러했다. 그러나 입 밖으로 말이 나오지 않는 것은 아직 그녀의 사고가 당황한 나머지 흐트러져 있었기 때문이다.

"그럼, 부르는 대로 쓰세요."

"염려할 것 없어. 쓰기 위해서 이처럼 벼루상자를 내 손으로 가져왔으니까."

스케자에몬은 아주 즐거운 듯이 붓을 집어 먹물을 묻히고 종이를 펴놓았다.

"자, 준비가 끝났어, 코노미……"

코노미의 눈에 비로소 전과 같은 빛이 되살아났다.

11

생각해보면 아주 기묘한 두 사람의 다툼이었다. 같은 나야 일족으로 두 사람은 어려서부터 잘 아는 사이였다.

그리고 정치란 어떤 것인가. 정권이란, 상권商權이란, 무력이란, 긍지란…… 이런 것에 대한 견해는 모두 쇼안의 영향을 받고 자랐기 때문에, 사카이 사람들이야말로 앞으로 일본의 기둥이 되어야 한다고 굳게 믿고 있었다.

두 사람의 이해는 언제나 일치되어 있었다. 앞서 리큐 거사나 소로리, 소큐宗久 등이 히데요시의 측근에 있으면서 종횡으로 활약한 것과 마찬가지로, 이제 스케자에몬과 코노미가 활동할 시대……라고 생각은 하면서도 인간 개개 사이에는 이상할 정도로 추호의 양보도 없이 자아의 격투가 감추어져 있었다.

"그럼, 부르겠어요."

"아, 어서 부르도록 해."

"우선 사과문이라고……"

"사과문…… 자, 썼어."

"나 스케자에몬은 앞뒤 분별도 없이 어느 고귀한 분에게 황금을 융통해드렸으나, 그대의 말을 듣고 천하를 위해 참으로 잘못된 일임을 깨닫게 되었음."

"아주 어려운 문구로군. 칸파쿠에게 돈을 빌려준 것이 큰 잘못이라는 의미겠지."

"그래요. 다 썼나요?"

"음, 썼어. 참으로 잘못된 일임을 깨달았음……이라고."

"그러므로 앞으로는 깊이 유념하여 다시는 그런 일이 없도록 삼갈 것이니, 이 사과문에 대한 것은 세상에 알리지 말기를 부탁하는 바임. 이 사과문은 이상에 기록한 바와 같이……"

"후후후……"

써내려가면서 스케자에몬은 참지 못하겠다는 듯이 웃었다.

"이것을 보니 루손 스케자에몬은 마치 코노미란 여자에게 꼬리를 잡혀 꼼짝도 못하는 꼴이 되고 말았군."

"그렇게 되도록 쓰지 않으면 아무런 의미도 없지 않겠어요?"

"영락없이 여우에게 홀린 꼴이 되고 말았어. 이것을 키타노만도코로에게 보이고, 이러한 일이 있으므로 도쿠가와 님이 국내에 머물러 있지 않으면 위험하다고 말할 생각이로군."

"자, 다 썼거든 서명을 하고 이리 주세요."

"예, 예, 여기 있습니다. 그런데 코노미……"

"예, 분명히 받았어요."

"나는 그것을 건네기는 했지만, 돈은 약속한 대로 융통해주겠어. 그래야만 도쿠가와 님을 국내에 있게 할 수 있으니까…… 그대도 이의가 없을 거야."

코노미는 대답하지 않았다.

받아든 사과문을 소중히 보자기에 싸서 품속에 간직하고 천천히 일어났다.

"너무 오래 실례가 많았어요."

"허허허…… 말하자면 그렇다고도 할 수 있지."

"차도 한 잔 대접받지 못하고 돌아가게 되어 섭섭하지만, 오늘은 중요한 심부름이니 이만 실례하겠어요."

"비꼬는 인사로군. 그러나 나는 마음이 개운해. 차도 한 잔 대접하지 못했지만 받을 것은 받았으니까. 힘을 내어 루손에 다녀오겠어. 그대도 조심해서 실수하지 말고 봉사하도록 해."

"그럼, 이만."

"그래. 돈을 잔뜩 벌어다가 이번에는 코노미 그대에게도 융통해주겠어. 하하하……"

이미 그때 코노미의 모습은 거기 있지 않았다.

요시노 참배

1

오사카 성 안은 지금 히데요시의 요시노吉野 참배 준비로 눈코 뜰 사이 없이 바빴다.

이번에는 히데요시만의 들놀이가 아니었다. 칸파쿠 히데츠구, 도쿠가와 이에야스, 마에다 토시이에 등도 수행하여 요시노의 벚꽃을 마음껏 즐기려 하는 것이었다.

이번 요시노 들놀이가 갖는 의미는 아주 중요했다.

히로이가 태어난 이후 칸파쿠와의 사이에 불온한 공기가 감돌기 시작하고 있었다. 뿐만 아니라, 세상의 이목은 지금 히로이의 스승으로 누가 뽑히느냐 하는 데에 쏠려 있었다.

히데요시가 히로이에게 천하를 물려줄 생각이라면 어렸을 때부터 그에 대비한 교육을 해야 한다. 따라서 스승은 천하에서 제일가는 인물이어야 할 것이고, 그럴 마음이 없다면 신분에 관계없이 가까운 친척 중에서 선택할 것이라 보고 있었다.

이럴 때 이에야스와 토시이에라는 두 원로가 수행하게 되었으므로 소문은 더욱 떠들썩했다.

"혹시 여행 도중에 칸파쿠를 처치할 생각은 아닐까?"

"그럴지도 몰라. 그리고 도쿠가와 님과 토시이에 님을 히로이 님에게 딸려놓으면 칸파쿠 잔당도 손을 쓰지 못하게 될 거야."

"아니야, 타이코 님은 칸파쿠의 딸과 히로이 님을 짝지어 도요토미 가문을 하나로 묶으실 생각이라는 말을 들었어."

"아니, 그것은 벌써 옛날이야기야. 타이코 님은 그러실 생각이지만 칸파쿠는 여전히 난잡한 행동——이대로 두면 천하의 법도가 서지 않는다……고 진작부터 다섯 부교들이 반대하고 있기 때문에 타이코 님 생각이 변하신 것 같아. 더구나 이렇게 되자 칸파쿠 쪽에서는 점점 더 의심이 깊어져 좀처럼 타이코 님을 만나려 하지 않는다더군. 그래서 고민하던 끝에 생각해낸 것이 이번 요시노 참배에 동행하도록 한 것이라는 말이 있어."

"그렇다면 무사히 끝나지 못할 들놀이가 될지도 모르겠군."

이러한 오사카 성 안 소문을 키타노만도코로는 강력하게 부인하고 있었다.

이미 후시미 성의 가건물에 옮겨가 있던 히데요시가 오사카에 돌아와 히데츠구를 불러 대면하고 나서 같이 요시노에 가기로 한 이번 여행은, 그러한 소문과는 정반대의 것이었다.

히데요시는 전혀 거리낌 없는 감정으로 이번 여행의 효과만을 생각하고 있었다. 칸파쿠와의 사이도 두 사람이 마음을 툭 터놓고 여행하면 자연히 풀리게 될 것이라 믿고 있었다.

이 담백한 부성애父性愛라 할 수 있는 것이 칸파쿠의 의심도 녹이게 될 것……이라고 키타노만도코로는 기회 있을 때마다 측근들에게 말해왔다. 키타노만도코로가 하는 말은 충분히 성안에서 다른 소문이 될 수 있었기 때문이다.

이러한 때 도쿠가와 가문을 섬기게 되었다는 코노미가 문안을 하러 왔다. 코노미는 히데츠구가 제후의 환심을 사기 위해 사카이 사람들과 짜고 자금 조달을 하고 있다, 머지않아 조정에도 돈을 바쳐 위세를 과시하게 될 것……이라고 세상 돌아가는 이야기를 하는 체하면서 심상치 않은 말을 했다.

키타노만도코로는 낯빛이 변했다. 만일 사실이라면 예사로 들어넘길 수 없는 큰일이라는 불안과 함께, 그것이 단순한 중상이라면 더더욱 용서할 수 없는 일이라는 생각이 들었다. 그래서 증거가 있으면 대라고 코노미를 다그쳤다.

오늘은 이와 같은 소문의 와중에서 드디어 히데츠구가 오사카 성에 도착하는 날이었다.

2

키타노만도코로는 그날 일찍 조카 키노시타 카츠토시木下勝俊를 불러, 히데츠구가 도착할 선착장에서 성까지의 길을 은밀히 경계하도록 명했다.

히데요시의 계획에는 전혀 차질이 없을 것이라는 자신감은 있었다. 그러나 칸파쿠에 대한 다섯 부교의 반감은 점점 더 높아지는 것 같았다.

물론 히데츠구 쪽에서도 신병을 경계하고 오겠지만, 다섯 부교의 부하 중에—

"지금이야말로 절호의 기회!"

이렇게 설치는 자들이 나타날지도 모를 일이었다.

만약 그런 사고라도 일어난다면 그야말로 도요토미 가문의 치욕은 더할 나위 없었다.

키노시타 카츠토시가 아무 일도 없었다는 것을 대번에 알 수 있는 표정으로 키타노만도코로에게 돌아온 것은 아홉 점 반(오후 1시) 무렵이었다.

　키타노만도코로는 안도했다.

　"무사히 도착하신 모양이로구나."

　들뜬 목소리로 물었다.

　"예. 누가 뭐라고 해도 혈육지간, 칸파쿠 전하의 모습을 보시고 타이코 님도 눈물을 흘리셨습니다."

　"그래, 정말 다행이야! 세상에는 남의 집안일에 이러쿵저러쿵 못된 소문을 퍼뜨리는 자가 많아."

　"근신들의 경계는 삼엄했습니다마는, 전하의 허심탄회하신 응대에 모두가 놀라는 눈치였습니다."

　"전하께서 오랫동안 기다리셨으니 그럴 수밖에 없지."

　"예. 나고야에서 돌아오신 이후의 첫 대면…… 생각해보면 이상한 일입니다. 두 분 모두 서로 그리워하시지만 소문이라는 눈에 보이지 않는 울타리가 가로놓여 지금까지 그 일이 성사되지 않았다니."

　카츠토시는 문득 생각났다는 듯이 말을 꺼냈다.

　"소문 이야기가 나왔으니 말인데, 전혀 뜻하지 않은 소문을 들었습니다만."

　"전혀 뜻하지 않은 소문이라니……?"

　"전하가 칸파쿠에 대한 일에는 별로 관심을 기울이고 계시지 않다, 이번 여행을 계획하신 이유는 전혀 다른 데에 있다고."

　"그것 참 묘한 소문이로구나. 그럼, 여행을 계획한 이유는 뭐라고 하더냐?"

　"원정이 뜻대로 되지 않는다, 그 거북한 마음을 숨기기 위해 이에야스와 토시이에를 대동하고 호화로운 들놀이를 하시는 것이라고."

"으음, 과연 그럴듯한 소문이야."

"따라서 칸파쿠도 이 화려한 들놀이를 장식하는 깃발에 불과하다, 그 밖에는 다른 이유가 없다는 것입니다."

"뭣이, 칸파쿠를 장식용 깃발이라고? 호호호…… 재미있는 소문이로군. 그렇다면 칸파쿠 가신들도 아무 걱정할 필요가 없겠구나."

"예. 공연히 쓸데없이 걱정하는 것은 타이코 전하의 인품과 그 큰 그릇을 알지 못하기 때문이라고."

네네는 다시 한 번 소리 내어 웃었다.

누가 생각한 말인지 모르나, 숙질간에 떠도는 불길한 소문을 불식하고 즐거운 여행이 되게 하려는 사람이 퍼뜨린 소문임이 틀림없었다. 그렇게 되어야만 했다. 히데요시의 진심은 이번 여행을 통해 히데츠구의 좁은 소견에서 나온 의심을 지워버리는 데 있었다.

"말씀 드립니다."

옆방에서 시녀의 목소리가 들렸다.

"도쿠가와 님 댁에 계시는 사카이 님이 뵙기를 원합니다마는."

사카이 님이란 코노미를 가리키는 말이었다. 때가 때인 만큼 네네의 낯빛이 어두워졌다.

"오늘은 만나고 싶지 않아. 아프다고…… 아니, 만나겠어. 역시 확인해보지 않을 수 없어."

3

키노시타 카츠토시는 네네의 표정에서 무언가를 깨달은 듯—

"그럼, 저는 이만……"

입속으로 중얼거리듯이 말하고 물러갔다.

거실 한구석에는 가구처럼 무감각한 느낌을 주는 코조스 혼자 앉아 있을 뿐…… 네네는 그쪽을 흘끗 바라보았다.

"자네는 그대로 앉아 있게. 그러나 이 자리에서 들은 말은 입 밖에 내지 말도록."

"잘 알고 있습니다."

"전하는 요시노에서 돌아오시는 길에 칸파쿠를 대동하고 코야산에 참배하실 거야. 코야산에는 오만도코로 님을 모시는 절이 있어. 오랜만에 오만도코로 님도 기뻐하시겠지."

자기 자신에게 하는 듯한 어조로 말하고 가까이 오는 발소리에 귀를 기울였다.

코노미의 발소리는 요란했다. 내전에서 일하는 시녀들은 어느 틈에 소리 없이 걷는 습관을 익히게 되지만, 코노미는 아직 그러한 여자들과는 달랐다.

"사카이 님을 안내했습니다."

"호호호…… 내 앞에서는 그냥 코노미라 불러도 상관없다. 이리 들라고 해라."

"실례합니다."

코노미가 들어오자 거실의 분위기는 몸으로 느낄 수 있을 정도로 확 밝아졌다. 네네는 그것이 기쁘기도 하고 화가 나기도 했다.

'세상의 고통을 모르는 자에게서 풍기는 밝은 분위기……'

그 밝은 분위기는 종종 남의 일을 걱정하는 동정을 결여한다. 상대의 상처를 아무렇지도 않다는 듯이 건드리고도 깨닫지 못하는 경우가 흔히 있다.

"코노미, 오늘은 또 무슨 일이지? 좀 있으면 타이코 전하와 칸파쿠가 같이 나에게 오시게 되었어. 나는 지금 기다리는 중이지."

"축하 드립니다."

코노미는 천진난만하다고까지 할 수 있는 표정으로 말했다.

"요시노의 벚꽃이 훌륭하다고 소문으로는 들었으나, 이 눈으로 직접 보게 되는 것은 이번이 처음입니다."

"뭐, 이 눈으로……?"

"예. 저도 요시노에 모시고 가게 되었습니다. 참, 키타노만도코로 님은 어째서 요시노에 벚꽃이 있는지 아십니까?"

"그야 심은 사람이 있기 때문이겠지."

"아닙니다. 인간의 연정이 꽃으로 변한 것입니다."

"인간의 연정이 꽃으로 변했다고? 호호호…… 어떤 전설을 들었군 그래."

"예. 그 산을 처음 개간한 엔노 교쟈 오즈누役の行者小角°님을 연모하다 죽은 사쿠라히메櫻姬의 연정이 엉겨 아래에 천 그루, 중간에 천 그루, 안쪽에 천 그루, 이렇게 골짜기와 봉우리를 모두 가냘픈 꽃으로 둘러싸게 되었다고…… 사람이 심었다고 생각하는 것보다는 이쪽이 더 아름답고 애달프다고 생각합니다."

"호호호…… 코노미답지 않은 말을 하는군. 그대 입에서 연모 운운하는 말을 듣게 될 줄은 몰랐어."

"그런데, 키타노만도코로 님은……"

"내가 어쨌다는 거야?"

"다른 마님들도 동행하신다고 들었는데…… 물론 키타노만도코로 님도 같이 가시겠지요?"

키타노만도코로는 씁쓸한 얼굴로 외면했다. 끝내 세상 모르는 이 처녀는 건드려서는 안 될 것을 건드렸다……

"제가 그만 쓸데없는 말씀을 드렸군요."

코노미도 당황한 모양이었다. 아니, 당황한 것처럼 보이면서 자신의 용건을 말하려고 한 것인지도 모른다. 그녀는 얼른 품속에서 루손의 사과문을 꺼냈다.

4

"오늘은 곧 돌아가겠습니다. 이것이 지난번에 말씀 드린 일의 증거
품입니다."

서둘러 사과문을 펼쳐놓는 코노미의 손놀림을 네네는 의아하다는
듯이 지켜보았다.

칸파쿠의 노신들이 사카이 사람들에게 돈을 융통하여 제후에게 빌
려주거나 조정에 헌납하려 한다…… 코노미가 이런 말을 했을 때 네네
는 가볍게 꾸중했다.

"그런 말은 세상의 오해를 사기 십상이야. 그렇지 않아도 헛소문이
두 사람을 괴롭히는 때인 만큼 삼가야 해."

코노미는 헛소문인지 아닌지 자기가 확인해오겠다고 했으나, 이렇
게 갑자기 그것이 진실이라는 증거를 들이댈 줄은 몰랐다.

"자, 읽어보시지요. 이것은……"

그러면서 방 한구석에 앉아 있는 코조스를 꺼려, 나야 스케자에몬이
라고 쓴 곳을 손으로 가리켰다.

키타노만도코로는 깜짝 놀라는 것 같았다. 수신인은 코노미로 되어
있었다. 이 억척스런 여자가 호되게 상대를 다그쳐 억지로 쓰도록 했을
것……이라고 네네는 생각했다.

"코노미!"

"예. 이것으로 제 말이 거짓이 아니었음을 아셨을 줄 믿습니다."

키타노만도코로는 잠자코 그 사과문을 집어들고 갈기갈기 찢어 뭉
쳐서 코노미의 무릎 아래로 던졌다. 그리고 천천히 자세를 고치면서 생

굿 웃었다.

"이렇게 찢어버리기를 원했을 거야, 그 사과문은."

이번에는 코노미가 깜짝 놀랐다.

"그래, 보았어. 보기는 했으나 잊어버렸어."

"예…… 예."

"아까 그대는 사람의 연정이 뭉쳐 요시노의 벚꽃이 되었다고 했지?"

"예, 그렇게 말씀 드렸습니다."

"꽃이 되는 것은 연모의 정뿐일까? 사람이 사람을 다독거리는 착한 심성은 꽃이 될 수 없을까?"

"황송합니다. 그것이야말로 진정한 꽃입니다."

"이제 알겠나, 찢어서 돌려준 내 심정을?"

"예…… 예."

"……그대가 한 말은 후일의 혼란을 걱정하는 마음에서였다고 생각해. 그렇지?"

"예."

"방심하지 말고 좀더 주위를 잘 살펴봐. 조선에는 아직 군사가 남아 있다. 그 전쟁이 끝나지도 않았는데 국내에서 온갖 야심의 싹이 자란다면…… 이런 걱정에서였겠지?"

"황……황송합니다."

"코노미, 알겠어. 이런 위기를 미연에 방지하기 위해서는 전하의 주위에 확실히 믿을 수 있는 사람이 있어야 해. 그렇다면 과연 그 사람은 누구일까……?"

네네는 다시 한 번 탐색하는 듯한 깊은 미소를 입가에 새겼다.

"나는 알아. 그대가 도쿠가와 님을 도우려 하는 심정을…… 그대와 내 마음은 마찬가지인 모양이야. 전하와 그분을 떨어지게 해서는 안 돼. 두 사람이 하나가 되어…… 그렇지 않으면 모두가 함께 지난 수십 년 동안 고생한 보람이 사라질 거야. 나도 잘 알아."

코노미는 아무 말도 할 수 없었다. 온몸이 싸늘해지고 가만히 떨리기 시작했다……

5

네네는 단호한 어조로 말을 계속했다.

"그대는 남달리 현명하게 태어났으니 알 수 있을 거야. 이번 요시노의 꽃놀이를 누가 타이코 전하에게 건의했는지를……"

"글쎄요…… 어느 분일까요?"

"호호호…… 아직 모른다는 말인가?"

"예."

코노미는 대답하면서 몇몇 사람의 얼굴을 떠올렸다.

이시다 지부일까? 아니면 마에다 겐이 호인前田玄以法印일까, 또는 오다 우라쿠사이織田有樂齋일까……?

'만일 리큐 거사가 살아 있었다면 분명히 거사가 권했을 텐데……'

"잘 모르겠나?"

"예."

"다른 사람이 아니라 바로 이 키타노만도코로였어, 네네였어."

"그러면…… 저어, 키타노만도코로 님이?"

네네는 천천히 고개를 끄덕이고 다시 조용히 웃었다.

"내가 도쿠가와 님이나 마에다 님과 상의해서 말씀 드렸다고 생각하면 좋을 거야. 그러면 내부 문제가 원만히 해결될 것 같아서."

"어머…… 키타노만도코로 님이……"

"그런데도 코노미는 무어라고 했지? 다른 마님들도 갈 것이므로 나

292

보고도 가라고 했어."

"죄……죄송합니다…… 용서해주십시오."

"호호호…… 사과할 것까지는 없어. 그러나 누구누구를 데려가기로 했다고 해서 질투하는 아내가 있는가 하면, 좀더 높은 곳에서 조용히 남편을 지켜보는 아내도 있는 게야."

"예…… 예."

"그대라면 어떻게 하겠나? 나는 이미 다투는 데는 지친 사람이야."

코노미는 붉어진 자기 얼굴이 이번에는 차츰 창백해지는 것을 느낄 수 있었다.

자기 나름대로 스스로의 행위에 자신감을 가지고 사카이 사람들 속에서 살아온 여자로, 그런 위치에서 나라의 번영을 진지하게 걱정해왔음을 자부하고 있었다. 그러한 코노미가 어째서 키타노만도코로의 숨은 노고를 깨닫지 못했던 것일까?

코노미보다도 몇 배나 상처를 입고 분노하며 질투하고 증오해왔을 키타노만도코로…… 이러한 그녀가 갖가지 고초에도 꺾이지 않고 이처럼 높은 아내의 자리에 올라 있다는 것을 코노미는 미처 깨닫지 못하고 있었다……

"키타노만도코로 님, 부끄럽습니다."

"아니, 부끄러워할 것은 없어. 인간은 모두 인생의 돌층계를 한 계단씩 올라가게 마련인 게야. 그대도 내 나이가 되면 좀더 높은 곳에 서서 넓게 바라볼 수 있게 될 거야. 부끄럽다고 말한 그 마음…… 이것만 있으면 절대로 정체되지 않거든."

"그 말씀 모두 깊이 마음에 새기겠습니다."

네네는 이렇게 말하는 코노미를 가만히 바라보았다.

"코조스, 차를 가져오게."

차솥 앞에 앉아 있는 늙은 여승에게 말했다.

"코노미, 그대는 과연 총명해. 차를 마시고 나서 한 가지 중요한 일을 부탁해도 될까?"

"저어, 키타노만도코로 님이 저에게……?"

"그래. 누구에게도 밝힐 수 없는 중요한 일을."

코노미는 깜짝 놀라 네네를 쳐다보았다.

네네는 눈을 실처럼 가늘게 뜨고 있었다.

6

코노미의 가슴이 무섭게 뛰기 시작했다.

키타노만도코로가 보기 드물게 현명한 부인이라는 사실은 오긴이나 호소카와 부인으로부터 이야기를 들어 잘 알고 있었다. 그러나 이처럼 모든 어려움을 원만히 극복한 부덕을 가진 사람인 줄은 몰랐다.

타이코와 멍석을 깔고 혼례를 치른 이래 여자의 자아自我를 충분히 살리면서 성장해온 사람……이기는 하나, 타이코의 위광이 그 뒤에 있었기에 종1품 키타노만도코로……라고 생각하고 있었다.

그런데 이 네네는 이미 알몸으로 거리에 내던져진다 해도 코노미와는 비교도 안 될 잘 다듬어진 구슬이 되어 있었다.

더구나 그 키타노만도코로가─

"누구에게도 밝힐 수 없는 중요한 일을 부탁하고 싶다."

이렇게 코노미의 혈관 구석구석까지 꿰뚫어보는 듯한 시선으로 지켜보며 말해왔다.

코조스가 공기도 흔들리지 않을 정도로 조용히 찻잔을 내밀었다. 코노미는 차를 마시면서 다음에 나올 키타노만도코로의 말이 여간 마음에 걸리지 않았다.

내놓은 찻잔은 타이코와 리큐 거사가 자주 언쟁을 벌였던 쵸지로長
次郎의 '검은 찻잔'. 찻잔을 들어 그려진 그림을 바라보면서 코노미는
온몸으로 네네의 시선을 무겁게 느꼈다.

"코노미."

"예."

"누구에게도 밝힐 수 없는 중요한 부탁은…… 그대가 틈이 날 때마
다 은근히 도쿠가와 님에게 전해주었으면 하는 것이야."

"저어, 도쿠가와 님에게……?"

"그래. 도쿠가와 님을 보는 그대와 나의 눈은 같은 것 같아."

"예."

"타이코 전하를 부탁한다……고."

"그런 것은 새삼스럽게 말씀하시지 않아도……"

"아니, 코노미. 그대의 생각과 내 말 사이에는 거리가 있어. 내가 말
하는 것은 도요토미 가문의 사람으로서 전하를 부탁한다……는 것은
아니야."

"예……?"

"천하인으로서의 전하를 말하는 것이야. 돌아가신 우다이진 님의 뜻
을 이어 천하를 평정하신 그 전하를 말하는 거야."

코노미는 크게 눈을 뜬 채 고개를 갸웃했다.

도요토미 가문 사람으로서의 히데요시와 노부나가의 뜻을 이어 천
하를 평정한 히데요시는 사람이 다르다는 말일까……?

적어도 키타노만도코로는 이를 구별하여 생각하는 것처럼 들렸다.

"이해할 수 있겠나, 그대는……?"

"알 수 있을 것 같다……는 생각이 듭니다."

"천하를 평정하신 전하…… 그 전하의 뜻이 후세까지 살아 있도록
도와달라는 말이야. 도요토미 가문, 단지 이것보다는 수십 년, 수백 년

후의 사람들이 혹시 전하의 목상木像을 모시게 된다면 그 왼쪽에는 돌아가신 우다이진 님, 오른쪽에는 도쿠가와 님, 이렇게 세 분을 모시고 이분들이 평화로운 세상을 만드신 분이라고 숭앙할 수 있게 보좌하는 방법…… 눈앞의 일만이 아니라 후세까지 신불의 뜻에 합당한 보좌 방법…… 그것을 내가 부디 부탁하더라고 전해주었으면 싶어."

코노미는 그 말을 듣는 동안 자신의 몸이 싸늘하게 굳어짐을 절실하게 깨달았다.

'이분은 도쿠가와 님의 심성까지도 정확히 꿰뚫어보고 있다……'

7

코노미가 본 이에야스는 이미 네네가 말한 것과 같은 마음으로 히데요시를 대하고 있었다. 사소한 개인적인 경쟁이나 원한은 초월해 있었다. 항상 히데요시 뒤에 숨어 전쟁의 경과와 국내 사정의 조화에 애를 쓰고 있었다.

"그 일이라면 심려하시지 않아도 좋습니다."

"과연 그럴까?"

"예…… 만일 그렇지 않더라도 저는 물론 키타노만도코로 님의 뜻에 부응할 수 있도록 힘을 기울이겠습니다."

"잘 부탁하겠어."

네네는 다시 한 번 부드럽게 다짐하면서 비로소 요시노 참배 문제로 화제를 돌렸다.

"전하는 어린아이 같으신 분이라서."

"예……"

"내가 요시노 참배를 권하자 무릎을 치고 기뻐하시면서, 마치 오랜

숙원이었던 것처럼 말씀하시는 거야."

"……그러셨겠지요, 성품이 그러하시니까."

"모처럼 타이코가 요시노에서 꽃놀이를 하는 것이니 후세까지 화제
가 될 만한 일을 하지 않으면 안 된다……고. 그 후 수많은 사자들이 요
시노를 왕래했어."

코노미는 다시 얼굴을 붉혔다. 키타노만도코로는 코노미보다 몇 배
나 더 사정을 잘 알고 있었다.

"그대는 요시노 어디에서 숙식하시는지 아나?"

"아니…… 그것까지는."

"옛날에 요시츠네義經°와 시즈카靜°가 묵었던 킷스이인吉水院°이라
고 해. 대동하실 인원은 모두 오천…… 여자도 삼백이나 되고. 이쯤 되
면 요시노의 봄은 정말 화려할 거야."

"그……그렇겠습니다."

"이미 숙소에서 사용하실 금 병풍 백 짝을 기증품과 함께 실려 보냈
어. 오늘은 각 영지에서 모아들인 벚나무 묘목 일만 그루를 꾸리느라
여간 바쁘지 않았을 거야."

"어머, 일만 그루나……?"

"그래. 이미 거기 있는 일천 그루에 타이코의 벚나무 일만 그루가 더
해지면, 후세까지 이번 꽃놀이의 아취와 화려함이 두고두고 이야깃거
리가 될 것이라고 말씀하셨어……"

네네는 격의 없는 표정으로 쓸쓸히 웃었다. 이미 코노미의 기질을 꿰
뚫어보고, 믿고 있는 동생을 대하는 듯한 쓴웃음이었다.

"그러한 분이어서 나는 가슴이 쓰라린 거야……"

"예……?"

"그 화려한 행사 뒤에는 누구에게도 말할 수 없는 고뇌가 숨어 있을
것…… 전쟁의 뒤처리에 대한 일…… 칸파쿠에 대한 일…… 히로이에

대한 일…… 요즘에 두드러지기 시작한 부교들과 아직 조선에 남아 있는 무장들과의 감정대립 등…… 그런 의미에서 전하는 참으로 가엾은 분이야."

코노미는 대답을 삼가고 눈길로 동감을 표시했다. 갑자기 키타노만도코로의 눈시울이 젖어오는 것처럼 보였다.

"코노미."

"예."

"여자란 말이지, 처음에는 남편을 의지하고 살게 마련이야."

"예."

"그러나 나중에는 경쟁을 하거나 다투면서 살고…… 결국에는 어머니의 마음이 되어야만 하는 것 같아."

"그 교훈 깊이 마음에 새기겠습니다."

"어머니의 마음은 움직이지 않는 것, 시종 자식을 염려하기만 할 뿐이야. 어떻게 하면 고통을 덜어줄 수 있을까, 어떻게 하면 무사히 지내게 할 수 있을까 하고."

이렇게 말하고 키타노만도코로는 다시 한 번 가냘프게 웃으면서 옷소매를 눈으로 가져갔다.

8

코노미가 키타노만도코로의 거실에서 물러난 것은 그로부터 잠시 후의 일이었다. 히데요시와 히데츠구가 함께 키타노만도코로를 찾아온다는 연락이 있었기 때문이다.

인생이란 참으로 복잡하게 짜여진 옷감과도 같다. 세상 사람들도 후세 사람들도 이번 요시노 참배를, 히데요시의 호탕하고 활달한 기질을 이야기할 때 두고두고 화제로 삼을 것이 분명하다. 그러나 이는 겨우 그 행사의 한 측면만을 보는 것에 지나지 않는다.

타이코 자신은 키타노만도코로가 말했듯이 사면초가四面楚歌가 된 데 대한 염려에서 한 행사였고, 또 그것을 권한 것은 남편의 고뇌를 보다 못해 나선 조강지처였다.

그러한 진실은 아마도 히데요시의 손으로 이식된 1만 그루의 벚나무도 알지 못할 터. 이러한 데에 바로 인생의 깊은 비애와 역사의 비밀은 숨겨져 있었다.

코노미는 성 서쪽 문을 나설 때 멍석에 싼 무수한 짐이 말에 실려 이동하는 것을 보았다. 벚나무 묘목만이 아니라 꽃놀이 잔치에 사용될 갖가지 도구까지 모두 이 성에서 실어나르는 모양이었다.

요시노의 킷스이인은 구리로 만든 유명한 토리이鳥居°를 지나, 그 옛날 다이토노미야大塔宮°가 본진으로 삼았던 자오도藏王堂° 왼쪽으로 뻗은 구릉 끝에 있다는 말을 들었다.

그 부근 언덕에 5,000의 군사가 자리잡고, 골짜기를 메운 1,000그루의 벚꽃을 바라보면서 성대한 주연을 베푼다…… 목적은 엇나가려는 칸파쿠 히데츠구의 마음을 붙들고 히데요시의 위세를 천하에 과시하려는 데에 있었으나, 코노미는 그러한 광경을 보면 울어버리게 될 것만 같은 두려움을 느꼈다.

요시노 벚나무는 엔노 교쟈 오즈누와 사랑을 이루지 못한 사쿠라히메의 넋……이라 생각하는 편이 아름답기도 하고 마음도 편했다.

그 요시노에 타이코의 벚나무가 더해진다. 오다와라 공격 때까지는 하는 일마다 성공하지 않은 적이 없었던 당대의 총아. 그가 불행한 만년에 눈물을 감추고 호화로운 꽃놀이를 한 슬픈 추억이 여기에 더해지는 것이다.

그 배후에는 사쿠라히메의 한결같은 사모의 정보다도 훨씬 더 깊고 훨씬 더 슬픈 한 여성, 키타노만도코로의 은은하고도 해맑은 사랑이 숨어 있다……

코노미는 자기 역시 그 호화로운 연회에 300명의 여자들 사이에 섞여 참가한다는 생각을 하자 묘하게도 가슴에 메어왔다.

성문을 나와 해자埃子° 옆 버드나무 그늘에서 걸음을 멈추고 다시 한 번 가만히 네모로 이어진 정문의 지붕을 돌아보았을 때. 코노미 뒤에서 말발굽 소리가 뚝 멎었다.

"이거, 뜻밖의 여자를 만나게 되는군."

말을 탔던 사람이 훌쩍 뛰어내렸으나 아직 코노미는 깨닫지 못하고 있었다.

"사카이에 사시는 쇼안 님 따님이 아닌가?"

"예?"

코노미는 그때야 비로소 돌아보고 정중히 고개를 숙였다.

"어머, 이시다 님이시군요."

"역시 코노미로군. 그런데 그 옷차림은 어떻게 된 거야? 내전에서 일이라도 하게 됐나?"

"아닙니다. 잠시 키타노만도코로 님께 문안을 여쭈려고……"

이시다 미츠나리는 의아하다는 듯이 고개를 갸웃하고 성큼성큼 코노미 앞으로 다가왔다.

9

"코노미, 그런데…… 키타노만도코로 님이 자주 그대를 부르시는 모양이지?"

미츠나리는 가까이 다가와 코노미의 어깨에 손을 얹기라도 할 듯이 친근감을 보이며 물었다.

장난을 좋아하는 코노미의 성격이 문득 고개를 든 것은, 별로 작게 보지 않았던 미츠나리의 키가 자기보다도 작다는 것을 깨달았을 때부터였다.

'이 사나이가 키타노만도코로에게 좋지 않은 감정을 품고 도요토미 가문을 쥐고 흔들려 한다……'

이런 생각이 들자 당장 조롱해주고 싶어지는 것도 말하자면 코노미의 억척스런 경쟁심의 발로였다.

코노미는 일부러 순진한 체하면서 크게 고개를 끄덕이고 노래하는 듯한 소리로 대답했다.

"이번에는 저도 도쿠가와 집안의 여자들과 같이 요시노에 가 벚꽃놀이를 보게 됐어요."

"뭐, 도쿠가와 집안의 여자들과 같이……?"

"예. 요시노에서는 킷스이인이 숙소이고, 산봉우리가 잇닿은 언덕에서 성대한 주연이 베풀어질 것이라고 해요. 아름다운 오동나무 문장이 그려진 장막에, 수천 그루의 벚나무에서 떨어지는 꽃잎…… 생각만 해도 가슴이 두근거립니다."

"도쿠가와 집안……이라니, 그럼 그대는 도쿠가와 집안에서 일을 보기로 했나?"

"예. 다이나곤 님이 굳이 원하셔서."

"그렇다면 나고야 소문은 사실이었군……"

"호호호…… 그럴지도 모르죠. 아니 그게 아니라, 역시 요시노에 가고 싶었기 때문이었는지도 몰라요."

"그렇다 해도, 도쿠가와 집안에서 일하는 그대가 어째서 키타노만도코로 님을……?"

"호호호……"

코노미는 다시 한 번 순진하게 웃었다.

"이번에 키타노만도코로 님은 동행하시지 않아요. 그래서 요시노에서 여러 가지를 잘 보고 와서 자세히 보고 드릴 생각으로 그 말씀을 하려고 찾아뵈었어요."

미츠나리의 눈이 번쩍 빛났다. 코노미의 짓궂은 유인의 덫에 걸려든 것인지도 모른다.

"으음, 이번 여행에 대해 자세한 것을……"

"예. 키타노만도코로 님은 여러모로 가슴 아프신 일이 있는 것 같아요…… 아니, 그것은 저와는 상관없는 일…… 이번 여행에 오긴 님이나 호소카와 부인이 같이 참가하시면 얼마나 즐거울까 하는 생각을 하면서 걸어가던 중이에요."

"코노미, 이런 데 서서 이야기할 수도 없으니 정문까지 같이 가지 않겠나? 대기소에 있는 부교의 집무실에서 나도 그대에게 부탁할 일이 있어."

"예? 지부 님이 여자인 저에게?"

"그래. 은밀히 말할 것이 좀 있어."

"어머! 하지만 나중에 하시면 안 될까요?"

"급한 일이라도 있나?"

"아뇨…… 저어…… 급한 일은 아니지만, 키타노만도코로 님이 다이나곤 님에게 전해달라는 말씀도 있고 해서."

미츠나리는 드디어 이 한마디로 코노미의 덫에 걸린 듯. 그는 긴장과 친근감이 뒤섞인 영리한 자 특유의 표정으로 말했다.

"사실은 나의 용건도 키타노만도코로 님이나 다이나곤과 전혀 관계가 없지는 않아. 오래 말하지는 않겠어. 요시노 여행에 대한 일이야. 들어두지 않으면 나중에 부주의했다고 꾸중을 듣게 될 거야."

미츠나리는 이렇게 말하고 말도 병졸도 잊었다는 듯이 앞장서 걷기 시작했다.

10

어느 시대에나 재녀에게는 모험이 따르게 마련인 모양.

코노미는 상대가 무슨 큰 비밀을 말할 것 같은 느낌이 들어, 자기 말과는 반대로 자진하여 따라가고 싶은 마음이 생겼다. 미츠나리가 반反칸파쿠파의 우두머리이고 다섯 부교 중에서도 가장 수완이 좋으며, 지금은 히로이와 그 생모 챠챠의 참모⋯⋯라는 소문은 이미 들어서 알고 있었다.

'키타노만도코로의 진심은 알고 왔다⋯⋯'

미츠나리를 만나게 된 것도 그녀에게 두 파의 기밀을 알리기 위한 보이지 않는 어떤 의지의 작용인지도 모른다⋯⋯ 이렇게 나름대로 판단하고 미츠나리의 말대로 뒤를 따라갔다.

미츠나리는 도중에 이번 여행의 예정을 재미있게 이야기해주었다.

출발은 25일(1594년 2월). 수행하는 다이묘들은 이번에도 화려함을 겨루게 될 것이므로, 야마토 가도의 시골사람들은 남녀노소를 불문하고 깜짝 놀라 행렬을 맞이할 것이 틀림없다. 27일에는 야마토의 무츠다六田 다리를 건너 이치노사카一の坂에 접어든다.

그곳 새로 지은 전각에는 야마토 츄나곤 히데토시大和中納言秀俊의 세련되고 아취 있는 다옥茶屋이 있다. 타이코는 여기서 휴식을 취하고 드디어 1,000그루의 벚나무가 있는 아래쪽으로 내려간다⋯⋯

"모처럼 요시노에 가시게 되었다면서 전하는 벌써부터 노래 초안을 준비하고 계시지. 아직 보시지도 않은 벚꽃을 연상하시면서. 그대가 가슴을 설레고 있는 것과 마찬가지로."

이런 말을 하면서 미츠나리는 소리 내어 웃기까지 했다.

"요시노에 도착하시면 킷스이인에서 토노오塔尾 능묘와 황궁 터, 조오藏王 등을 둘러보시고, 만약에 비가 내릴 경우에 대비하여 노能°와 다도까지 세밀하게 준비하고 가시게 되어 있어."

솔직하게 말해서 코노미는 이러한 미츠나리의 말에는 별로 흥미를 느끼지 않았다. 그녀의 흥미는 미츠나리가 '부탁이 있다'고 한 그 부탁의 내용이었다.

'히로이를 위해 나한테도 발벗고 나서라는 것일까……? 아니면, 키타노만도코로가 무슨 생각을 하고 있는지 탐지하려는 것일까……?'

정문 해자 옆에는 이 나니와難波 거리를 건설한 큰 상인과 부교들, 그 부하들이 사무를 맡아보는 장소가 있었다.

그 문으로 들어가 맨 오른쪽에 정원과 오요도가와에 면한 부교의 집무실이 있었다. 그곳으로 들어간 미츠나리는 서기와 부하들을 내보내고 코노미와 마주앉았다.

"코노미, 그대는 왜 내가 여기까지 그대를 데려왔는지…… 이제는 알 수 있겠지?"

미츠나리가 부드러운 어조로 이렇게 말했을 때까지만 해도 코노미는 전혀 두려움을 느끼지 않았다.

"예. 지부 님이 무언가 긴한 말씀이 있다고 하시기에……"

"바로 그 이야기 말이야. 알고 있을 테지?"

"아니, 모릅니다."

"그럼, 문초하겠어. 다른 사람에게는 말하지 않겠어. 이건 타이코 전하의 엄명이라고 생각해. 오늘 키타노만도코로 님과 그대가 나눈 이야기…… 추호의 거짓도 없이 모두 털어놓도록 해. 나쁘게는 하지 않겠어. 그러나 숨긴다면 그대로 두지 않겠어."

코노미는 갑자기 변한 미츠나리의 얼굴을 망연히 바라보았다. 미츠나리의 눈이 무섭게 빛나고 있었다.

11

처음에는 몹시 당황했다. 미츠나리의 진의를 알 수 없었다.

부탁이 있다고 한 것은 여기까지 데려오기 위한 구실, 일단 데려오면 이미 자기 덫에 걸렸다는 위협일까? 아니면, 정말 키타노만도코로가 무언가 도요토미 가문에 불리한 일을 꾸미고 있다는 생각을 하고 있기 때문일까……?

"자, 말해봐. 키타노만도코로는 무슨 일로 그대를 불렀나?"

"부르신 것이 아닙니다. 제가 문안 드리러 갔습니다."

겁이 나기는 했으나 아직 그 때문에 장난기가 위축되지는 않았다. 코노미의 조롱하는 투는 여전히 사라지지 않았다.

"닥쳐!"

미츠나리가 소리질렀다.

"그대는 도쿠가와 가문에서 일한다고는 하나 고작 상인의 딸에 지나지 않아. 그런데도 스스로 키타노만도코로를 찾아가다니, 그게 가능하다고 생각하느냐?"

"죄송합니다. 오긴 님이나 호소카와 부인과 더불어 차를 배울 때부터 키타노만도코로 님께 각별한 사랑을 받았기 때문에 그만 경솔한 말이 나왔습니다. 죄송합니다."

"그러니까 역시 부름을 받고 찾아갔다는 말이지?"

"아닙니다. 찾아갔다……고 하면 실례가 되므로 제가 문안 드리러 갔다고 했습니다. 틀림없습니다."

"도쿠가와 님의 밀령을 받고 갔겠지? 코노미, 거짓말을 하면 용서치 않겠어."

"어찌 거짓말을…… 저도 요시노에 같이 가게 되었기 때문에 말씀 드리고, 여행상의 주의사항을 여쭈려고 갔습니다."

"으음. 그러면 처음부터 그 내용을 자세히 말해봐. 키타노만도코로 님은 칸파쿠와의 대면도 있을 것이므로 여간해서는 면회를 허락하시지 않았을 텐데."

"그것은 사실입니다. 그러나 쇼안의 딸이라고 했더니……"

"만나겠다고 하셨다는 말이지?"

"예. 그리고 제가 요시노에 가게 되었다는 말씀을 드렸더니 쓸쓸해 하시면서, 나는 가지 않을 생각이라고 하셨습니다."

"코노미."

"예."

"그처럼 애매하게 말끝을 흐리면 요시노에 갈 수 없게 돼. 알겠나?"

"요시노에 갈 수 없게 되다니요……?"

"여기서 내보내지 않겠다는 말이야. 여기에는 시라스白洲°도 감옥도 있다는 것은 알고 있겠지?"

코노미는 비로소 등줄기가 서늘해졌다.

미츠나리의 어조는 다시 부드러워져 있었다. 그러나 그 부드러움 속 에서는 충분히 무서운 의지를 느낄 수 있었다.

"지부 님, 무슨 말씀입니까? 제가 키타노만도코로 님에게 무언가를 은밀히 말씀 드리기 위해 찾아갔다고 의심하시는 것입니까?"

"의심하고 않고는 문제가 아니야. 앞으로 며칠 동안 키타노만도코로 에게 출입하는 자는 누구를 막론하고 밖에 내보내지 말라……는 타이 코 전하의 밀령이 있었다고 생각하면 돼. 따라서 쇼안의 딸이건 도쿠가 와 님 사자이건 그대의 신분은 내가 알 바 아니야. 그런 의미에서 그대 는 불행한 방문자였어."

미츠나리는 보일 듯 말듯 미소를 떠올렸다. 조롱하는 자와 조롱받는 자의 위치가 완전히 뒤바뀌었다.

12

코노미는 당황했다. 여기 데려온 것은 미츠나리의 뜻이 아니라 타이코의 명령이라고 한다. 키타노만도코로를 찾아갔던 자는 누구를 막론하고 당분간은 밖에 나갈 수 없다고 한다…… 이렇게 되면 문제는 코노미와 미츠나리의 관계가 아니라 좀더 큰 권력자와 양羊의 입장으로 바뀌게 된다.

"그러면, 저는 무슨 말을 해도 소용없다는 말인가요?"

"그래. 그대를 만난 것이 이 미츠나리가 아니었다면 이유 여하를 불문하고 당분간은 감옥 신세를 면치 못했을 거야."

미츠나리는 쌀쌀하게 말하고 다시 엄하게 눈을 치켜올렸다.

"그대는 사카이에서 제일가는 재녀로 알려져 있어. 그러므로 여기까지 들었으면 대강 사정을 짐작할 수 있겠지."

"아니, 전혀……"

"어째서 타이코 전하가 키타노만도코로에게 출입하는 자를 그토록 엄하게 경계하시는지…… 모르겠나?"

"글쎄요……"

"이를테면……"

미츠나리는 다시 허공으로 시선을 보냈다.

"키타노만도코로는…… 칸파쿠를 감싸려 하고 있어."

"그것은 도요토미 가문을 생각하시고……"

"물론이지. 그러나 타이코 전하 역시 그 이상으로 깊이 생각하시고 이미 칸파쿠를 단념하셨다면 어떻게 하겠어?"

"예? 그럼, 저어……"

"이번 요시노 여행도 완전히 의미가 달라져. 키타노만도코로는 이 여행을 타이코 전하와 칸파쿠와의 화해를 위한 여행이라 생각하실 것이고, 타이코 전하는 애정의 아쉬움을 나타내는 것이라 생각하실 거야. 이렇게까지 해도 칸파쿠의 마음은 풀리지 않아, 그러니 다음 일은 말하지 마라…… 그런 생각이시라면 어떻게 하겠나?"

코노미는 또다시 소름이 끼쳤다. 그녀의 생각이 미치지 못했던 또 하나의 '요시노 참배' 의미가 숨겨져 있었던 모양이다.

"원만하게 타결될 것으로 아시는 키타노만도코로를 비롯하여 칸파쿠에게 미련을 두고 있는 사람들에게, 이렇게까지 하는데도 통하지 않는 상대……라는 것을 납득시키기 위한 여행을 시도하는 분과는 자연히 행동하는 바가 달라질 것이야. 후에 키타노만도코로를 궁지에 몰아넣는 일이 없도록…… 이런 마음으로 방문자를 경계하신다고 생각하면 전하가 밀령을 내리신 의미를 그대도 알 수 있을 테지. 어때, 요시노 참배의 의미를 이제는 그대도 알 수 있겠지?"

미츠나리는 다시 깨우쳐주듯, 달래는 듯한 어조로 목소리를 낮추어 말을 이어나갔다.

"알겠나. 나는 단지 그대를 명령대로 여기서 떠나지 못하게 해서 요시노행을 중지시키려는 것만은 아니야. 그대가 이 지부를 믿고 앞으로도 도요토미 가문을 위해 진력할 지부를 돕겠다면 곧 돌려보내겠다고 하는 거야."

드디어 미츠나리는 노골적으로 자기 목적을 털어놓기 시작했다. 코노미의 입장과 재능을 생각하고 첩자로 이용할 작정이었다.

코노미는 머릿속이 뜨거워졌다. 분노 때문이었다. 약자의 마음에서 타오르는 반항심에서였다.

"지부 님, 돌아가지 않겠습니다. 요시노 참배도 단념하겠습니다."

13

"뭐, 요시노 참배를 단념하겠다고?"

미츠나리는 뜻하지 않은 코노미의 대답에 깜짝 놀랐다. 아마도 이렇게까지 강하게 반항할 줄은 예상치 못했던 듯.

"그래? 이대로 여기 갇혀 있겠다는 말인가?"

"예. 변명은 필요치 않을 것 같군요. 마음대로 하십시오."

"코노미……"

미츠나리는 일단 굳어졌던 얼굴에 다시 미소를 떠올렸다.

"그렇다면 이 지부의 말을 믿지 못하겠다는 말인가?"

"아닙니다. 지부 님 정도나 되는 분이므로 타이코 전하의 뜻을 잘 알고 하시는 말씀이라 생각합니다."

"그래? 그럼, 타이코 전하의 뜻이 마음에 들지 않는다, 따라서 그대는 키타노만도코로의 편을 들어 전하가 마음을 바꾸시도록 하겠다는 것인가?"

"지부 님, 이 코노미는 한낱 사카이 상인의 딸에 지나지 않습니다. 도요토미 가문의 중요한 일이나 천하의 일은 알지도 못하고 또 알려고도 하지 않습니다."

"허어, 쇼안의 딸이 말인가……?"

미츠나리는 다시 한 번 나직하게 웃었다.

"그릇이 못 되는 사람을 칸파쿠에 앉혀놓으면 일부러 지상에 파란을 일으키는 것과 같다…… 지금은 그럴 때가 아니라는 것을 쇼안이라면 깨닫고 있을 텐데……"

"……"

"그대도 알고 있듯이 명나라와의 강화 문제가 어떻게 될지 아직 예측도 할 수 없어. 조선에 남아 있는 무장들은 우리를 몹시 원망하는 모양이야. 이 지부가 코니시와 짜고 무언가 분규를 일으키려 한다고 생각하면서."

"……"

"더구나 그 무장들은 대부분이 키타노만도코로를 자애로운 어머니처럼 생각하는, 키타노만도코로가 어릴 적부터 길러낸 사람들이야. 여기서 칸파쿠를 그대로 두면 칸파쿠나 키타노만도코로를 중심으로 한 무장들과, 이 지부를 포함한 측근의 부교들이 두 파로 갈라져 대치하게 될지도 몰라. 그렇게 되면 그야말로 큰일이야."

"지부 님, 그것도 타이코 전하의 생각이신가요?"

"아니, 이 지부의 예상……이라고 해도 좋아. 지부가 그런 말씀을 드렸기 때문에 전하도 그렇게 알고 계신다……고 해석해도 좋아. 모든 것이 다 도요토미 가문을 위해, 후일의 화합을 위해서지."

"……그리고 지부 님과 니시노마루 님, 히로이 님을 위해서이기도 하겠군요."

코노미는 드디어 해서는 안 될 말을 하고 말았다.

미츠나리의 눈썹이 치켜올라갔다. 관자놀이의 피부가 꿈틀꿈틀 움직이고 있었다.

"코노미."

"예."

"그대는 도요토미 가문을 위해 후일의 화합을 도모하는 것이 나를 위하고 니시노마루를 위하며 히로이 님을 위하는 일이어서는 안 된다는 말인가?"

"아뇨, 그 때문에 칸파쿠의 마음을 풀겠다는 노력을 포기해도 좋을지…… 다만 그것이 알고 싶어 여쭈었습니다."

"알겠어! 더 이상 그대에게 말할 게 없는 것 같군. 그러나 상황은 점점 더 그대에게 불리해졌어. 잠시 감금하는 것만으로는 부족해…… 처형해야만 하겠어. 본의는 아니지만."

14

코노미는 더 이상 놀라지 않았다.

"처형해야만 하겠다."

미츠나리의 이 말의 뜻을 잘 알 수 있었다. 미츠나리는 코노미가 자기 말을 따를 줄 알고 너무 중대한 일을 털어놓았다. 아마도 지금 말한 것이 세상에 그대로 새나간다면, 타이코의 요시노 행차나 코야 참배는 꼴사나운 술책이었다는 말을 두고두고 듣게 될 터. 미츠나리가 설자리는 없어지게 된다.

미츠나리는 조용히 일어섰다. 일부러 코노미는 보지 않고 그대로 복도로 나갔다.

코노미는 어깨로 깊이 숨을 쉬고 주위를 돌아보았다. 정원 끝의 기슭을 씻어내리는 잔잔한 물소리와 꾀꼬리 울음소리 비슷한 것이 들려오고, 목덜미에 싸늘한 오한이 느껴졌다.

'하지 말았어야 할 말을 했다……'

그런 식으로 항거하기보다는, 지부의 편을 드는 체하고 그가 생각하고 있는 것을 좀더 알아냈어야 했다. 그런 뒤 냉정하게 그녀가 믿는 바를 행했더라면 좋았을 터였다……

그러나저러나 지부 등의 건의로 이미 칸파쿠의 운명은 정해진 모양이었다. 요시노와 코야를 둘러보게 하고 그 후 어딘가에서 할복을 명할 것이 틀림없다.

그처럼 현명한 키타노만도코로도 과연 거기까지는 깨닫지 못하고, 지금쯤은 칸파쿠에게 편견을 버리고 히데요시와 화해하라고 설득을 계속하고 있을 것이다.

그런 의미에서 히데요시는 죄 많은 남편이었다. 그토록 깊이 믿고 깊이 사랑하는 아내까지 속이다니……

익살스럽게도 계속 의심에 사로잡혀 있는 칸파쿠 히데츠구의 예감이 더 적중했다고 할 수 있다……

다시 복도에서 발소리가 났다.

미츠나리가 칼을 가지고 온 것인지, 아니면 부하가 부르러 온 것인지. 코노미는 일부러 그쪽을 보지 않았다.

발소리가 코노미 뒤에서 멎었다. 칼을 들고 온 미츠나리의 부하인 모양이었다. 그 뒤를 이어 귀에 익은 미츠나리의 옷자락 스치는 소리가 들렸다.

"코노미, 안타깝게 되었어."

코노미는 잠자코 있었다.

"미츠나리는 경솔하게도 그대에게 너무 많은 말을 했어. 그렇지 않으면 죽이지 않을 수도 있었는데……"

"……"

"각오는 되어 있겠지?"

미츠나리는 뒤에서 칼을 받아들었다. 쓱 하고 칼집에서 칼 빼는 소리가 들렸다.

"마루로 나가. 정원까지 내려갈 필요는 없어."

코노미는 왠지 우스운 생각이 들었다.

여기서 미츠나리에게 죽게 된다…… 이것으로 코노미의 인생은 끝난다…… 조금 전까지만 해도 당당했던 한 여자의 인생이……

믿을 수 없다, 꿈만 같다. 무섭지도 않거니와 실감도 나지 않는다. 모든 것이 뜻하지 않게 급진전되는 바람에 이성도 감정도 몽롱해졌기 때문인지……

코노미는 비틀거리며 일어나 하라는 대로 마루 끝에 가서 앉았다. 이제 막 풀잎이 움트기 시작한 정원에는 아직도 서리 내린 뒤의 삭막함이 그대로 남아 있었다.

"각오는 됐겠지?"

미츠나리가 조용히 머리 위로 칼을 쳐들었다.

15

코노미가 본능적으로 죽음의 공포를 느낀 것은 미츠나리의 칼날이 오른쪽 뺨에 차갑게 닿았을 때였다. 칼날의 싸늘한 감촉이 그대로 온몸으로 퍼져갔다.

'죽는구나……'

순간 코노미는 눈을 꼭 감고 떨림을 참았다. 이 자리에서도 역시 반항심은 버릴 수 없었다. 심한 공포감을 상대에게 드러내려 하지 않는 불꽃 튀는 싸움이었다.

"코노미, 남길 말은 없는가?"

미츠나리가 짓궂을 정도로 조용한 목소리로 말했다.

"남길 말이 있거든 해도 좋아. 나중에 이 지부가 처리해줄 테니까."

"없어요!"

튀겨내듯이 코노미는 대답했다. 대답한 순간 하고 싶은 말이 가슴에 넘쳤다. 욕설을 퍼붓고도 싶었고, 아버지와 이에야스, 스케자에몬과 키타노만도코로의 얼굴도 뇌리에 떠올랐다.

"그래? 여자로서는 아까운 기량을 가졌어, 그대는."

"어서 죽이세요."

"얼마 동안은 그대가 어딘가로 도망친 줄로 알 거야. 그러나 때가 지나면 자연히 알게 될 테지."

그 말이 채 끝나기도 전에 칼날이 코노미의 목덜미를 떠났다.

"얏!"

나직한 기합소리가 미츠나리의 입에서 튀어나오는 것과 동시에 찰칵 하고 칼이 칼집에 꽂혔다.

그리고—

복도 저쪽으로 조용히 멀어지는 옷자락 스치는 소리를 듣고, 코노미는 퍼뜩 제정신으로 돌아왔다.

'살아 있다!'

어디에도 베인 데가 없었다. 얼른 왼손을 목덜미로 가져가 보았다. 손끝에 싸늘한 땀이 묻어날 뿐 앉아 있는 마루 끝에는 먼지 하나 떨어져 있지 않았다.

긴장이 풀린 코노미의 신경이 잠들기 직전과도 같은 망연하면서도 감미로운 허탈감에 빠진 것은 이때부터였다.

잠시 동안이기는 했으나, 코노미는 자기가 살아 있다는 감정도 구출되었다는 부담감도 느끼지 않았다. 단지 몽롱한 피로감에 사로잡혀 몸도 마음도 공백인 상태로 앉아 있었다.

정원이 보이기 시작했다. 봄의 은빛 강 수면과 그 위에 펼쳐진 하늘이 눈에 들어왔다. 짙은 흙 냄새와 움트기 시작한 풀잎과 연한 햇살과 정원석……

이어 코노미의 눈은 무릎 위에 얌전히 두 손을 모으고 앉아 있는 자신의 모습을 깨닫고 있었다.

"말씀 드립니다."

깨닫고 보니, 훨씬 뒤쪽 문지방에 아직도 관례를 올리지 않은 코쇼 하나가 두 손을 짚고 앉아 있었다.

"가마가 준비되어 있습니다."

"……"

"지금도 이 부근에는 제후들의 부하와 일꾼들의 왕래가 빈번합니다. 만에 하나라도 실수가 있어서는 안 됩니다. 제가 도쿠가와 님 저택까지 모셔다 드리겠습니다."

그때 비로소 코노미는 자기가 미츠나리에게 큰 빚을 졌다는 사실을 깨달았다.

"부교 님의 분부입니다. 서둘러주십시오."

젊은 무사가 재촉했다.

―― 19권에서 계속

《 주요 등장 인물 》

나야 스케자에몬納屋助左衛門

사카이의 상인이자 해외 무역에서도 활발하게 활동하여 별명인 루손(필리핀) 스케자에몬으로 더 유명하다. 일본에서 귀중품으로 취급받는 루손의 다기를 수입하여 부를 쌓고, 일찌감치 해외에 눈을 돌려 안남(베트남)에 일본인 도시를 만들려는 계획을 세운다.

도요토미 히데요시豊臣秀吉

칸파쿠의 자리를 양자인 히데츠구에게 물려주고, 타이코라 칭하게 된 히데요시는 마침내 대륙 진출을 위해 1592년에 조선 출병을 감행한다. 그러나 잇따른 해전의 참패로 곤욕을 치르며, 전투 때문에 나고야에 와 있는 사이에 어머니 오만도코로가 세상을 떠나 더욱 큰 슬픔에 빠진다.

도요토미 히데츠구豊臣秀次

미요시 요시후사의 아들로 태어나 외삼촌인 히데요시의 양자가 된다. 츠루마츠의 죽음으로 히데요시에게 칸파쿠 자리를 물려받으며 도요토미 가문의 상속자로 정해지지만 분로쿠 2년(1593) 히데요시의 아들(히데요리)이 태어나자 후계 문제에 불안을 느낀다. 결국, 그 불안이 돌출된 행동으로 나타나 히데요시의 눈밖에 나게 된다.

도쿠가와 이에야스德川家康

자신의 큰 뜻을 가슴에 품은 채 다이나곤으로서 히데요시를 보좌한다. 참외밭 놀이에서 히데요시 때문에 코노미를 만나게 되는데, 이에야스는 재치 있는 말솜씨로 그녀의 기를 꺾어 놓는다. 주위 사람들로부터 다음 천하인은 이에야스뿐이라는 말을 듣지만 아랑곳하지 않고 조용히 때를 기다린다.

오만도코로大政所

이름은 나카. 히데요시의 어머니다. 텐쇼 13년(1585) 히데요시의 칸파쿠 취임 후 오만도코로라 불린다. 조선 출병을 감행한 히데요시를 걱정하며 병을 얻어 히데요시가 나고야에 가 있는 사이에 세상을 떠난다.

요도淀 부인

챠챠히메라고도 불린다. 히데요시와의 사이에서 태어난 첫아들 츠루마츠를 병으로 먼저 저승으로 보낸 뒤 자신감에 넘치던 평소의 모습을 잃고 풀죽은 모습으로 지내다가 둘째를 임신하고 다시 기고만장해진다. 그리고 갖가지 해괴한 소문 속에 둘째아들 히데요리를 낳는다.

이시다 미츠나리石田三成

관직명은 지부쇼유治部少輔. 히데요시와 함께 츄고쿠 각지를 돌아다니며 전투에 참가한다. 임진왜란 때도 부교로 참가하여 벽제관 전투에서 활약하며, 명과의 화의 교섭을 추진하지만 실패로 돌아간다. 미츠나리는 원래 학문 수행을 위해 절의 승려가 되었던 사람이어서 무력보다는 지략이 뛰어난 인물 쪽이다. 히데요시가 그것을 간파하고 부교직에 임명하여, 미츠나리는 도요토미 정권에서 5부교의 한 사람으로 강력한 실권을 발휘한다.

코노미木の實

사카이 상인 나야 쇼안의 딸이다. 재치와 미모를 겸비한 그녀는 나고야에 가서 히데요시가 주최한 참외밭 놀이에 참석했다가 히데요시가 자신을 이에야스에게 포상으로 주려 하자 이를 재치 있게 받아넘기지만, 오히려 이것이 히데요시의 고집을 더 굳게 하는 구실이 된다. 결국 도쿠가와 가문에 들어가 도쿠가와 가의 일을 보게 된다.

코니시 유키나가小西行長

관직명 셋츠노카미. 소 요시토모와 자신의 잘못된 보고로 인해 조선 출병이 현실화되자, 그 잘못을 무마하려고 소 요시토모와 함께 조선 출병의 선봉에 선다. 부산에 처음 상륙하여 부산진 첨사僉使 정발鄭撥에게 명나라로 가는 길을 열 것을 요구하지만 거부당하자 부산을 점거해버린다.

《 아즈치 · 모모야마 용어 사전 》

겐지 이야기源氏物語 | 헤이안平安 시대의 궁중 생활을 묘사한 장편 소설.

고산노키리五三の桐 | 문장의 이름. 석 장의 오동잎 위에 오동나무 꽃을 중앙에 다섯, 좌우에 각각 세 개씩 배치한 문장.

고토五島 | 나가사키시長崎市의 북서 해안에 있는 열도. 나가사키켄長崎縣 키타마츠우라군北松浦郡 · 미나미마츠우라군南松浦郡 · 후쿠에시福江市에 속한다.

노能 | 연극 형식으로 일본 고전 예능의 한 가지. =노가쿠.

다이나곤大納言 | 우다이진右大臣 다음의 정부 고관으로, 다죠칸太政官의 차관.

다이묘大名 | 넓은 영지와 많은 부하를 둔 무사의 우두머리.

다이토노미야大塔宮 | 고다이고後醍醐 천황의 황태자 모리요시護良 친왕親王의 별칭.

도후쿠道服 | 귀족, 고관이 여행할 때 입는 먼지막이 옷. 하오리羽織의 전신. 도부쿠라고도 한다.

라쿠슈落首 | 시사와 인물을 풍자하는 익명의 노래.

로죠老女 | 쇼군將軍이나 영주의 부인을 섬기는 시녀의 우두머리.

부교奉行 | 행정, 재판, 사무 등을 담당하는 무사의 직명.

삼헌三獻 | 한 상에 석 잔씩 술상을 세 번 내어 모두 아홉 잔을 마시게 하는 일.

상황上皇 | 양위讓位한 천황의 존칭.

슈인센朱印船 | 쇼군의 주인朱印이 찍힌 해외 도항 허가장을 받아 동남아시아 각지와 통상을 하는 무역선.

시라스白洲 | 죄인을 문초하고 재판하던 곳.

시즈카靜 | 시즈카 고젠靜御前. 생몰년 미상. 헤이안平安 말기부터 카마쿠라鎌倉 전기까지 살았던 인물로 미나모토노 요시츠네의 첩이다.

아시가루足輕 | 평시에는 잡일에 종사하고 전시에는 병졸이 되는 최하급 무사.

엔노 교쟈 오즈누役の行者小角 | 나라 시대의 산악 수도사. 슈겐도受驗道의 시조.

오노노 오츠小野のお通 | 아즈치 모모야마 시대에서 에도 전기의 사람. 여류 작가.

오닌應仁**의 난** | 1467년부터 1477년까지 쿄토를 중심으로 일어난 대란. 지방으로 파급되고 센고쿠 시대로 접어드는 계기가 되었다.

오토기슈お伽衆 | 다이묘나 귀인의 말상대가 되는 사람이나 그 관직.

요리토모賴朝 | 1147~1199. 미나모토노 요리토모源賴朝. 카마쿠라鎌倉 바쿠후幕府의 초대 쇼군으로 무신 정권의 창시자.

요시츠네義經 | 1159~1189. 미나모토노 요시츠네源義經. 헤이안平安 후기의 무장. 미나모토노 요시토모源義朝의 아홉번째아들.

우다이진右大臣 | 다죠칸의 장관. 사다이진 다음의 직위. 여기서는 오다 노부나가를 가리킨다.

우란분재盂蘭盆齋 | 음력 7월 15일에 조상에게 제사지내는 불교 행사.

우마지루시馬印 · 馬標 | 전쟁터에서 대장의 말 옆에 세워 그 소재를 알리는 표지.

인로印籠 | 옛날 허리에 찼던 3층 또는 5층으로 된 작은 약상자. 본래는 도장 · 인주 등을 넣었다.

쟈비센蛇皮線 | 오키나와沖繩의 민속 악기. 산신三線의 속칭. 뱀가죽을 몸통에 댄 삼현 악기. 원元나라에서 류큐琉球를 거쳐 일본에 전해졌고, 이것이 개조되어 샤미센三味線이 되었다고 한다.

차자借字 | 한자 본래의 뜻과는 관계없이 음이나 훈訓을 빌려다 쓰는 한자.

챠쿠타이着帶 | 임신 5개월이 되어 복대腹帶를 두르는 일.

치리멘縮緬 | 바탕이 오글쪼글한 비단.

카나假名 | 한자를 차용해 만든 일본의 표음 문자.

카치徒步 | 도보로 주군을 따르거나 선도하던 하급 무사. 카치자무라이와 같다.

칸고勘合 | 명나라 조정이 사무역을 막기 위해서 바쿠후에 내주어 정식 무역선의 증표로 삼게 한 부절符節.

칸파쿠關白 | 천황을 보좌하여 정무를 담당하는 최고위의 대신.

코도香道 | 향을 피우고 그 향기를 즐기는 풍류.

코쇼小姓 | 주군을 측근에서 모시며 잡무를 맡아보는 무사.

코야산高野山 | 진언종眞言宗의 총본산인 킨부센 사金剛峰寺가 있는 산.

키요모리 뉴도淸盛入道 | 미나모토源 가를 대신하여 정권을 잡은 타이라平 가문의 무장으로 딸을 황후로 들여보내 외척으로서 전횡을 일삼았다.

킷스이인吉水院 | 나라켄奈良縣 킨부센 사의 승방僧坊. 타이호大寶(701~704) 연간, 엔노 교쟈 오즈누役の行者小角가 지었다고 한다. 미나모토노 요시츠네가 체류한 곳이며, 또한 고다이고後醍醐 천황의 행재소로 유명하다. 1874년(메이지明治 7) 요시미즈吉水 신사로 개명하였다.

타네츠보種壺 | 옛 도자기의 하나. 이가伊賀 · 시가라키信樂 · 비젠備前 · 토코나메常滑 · 세토瀨戶 등지의 옛 가마에서 출토된 무채색 항아리. 원래 농기구로 사용되었는데, 다인茶人들이 차주전자로 이용하였다.

타몬인 일기多聞院日記 | 1478년에서 1618년까지 씌어진 일기. 46책이며, 무로마치 후기에서 아즈치 모모야마, 에도 초기까지 씌어진 중요 사료史料다.

타이코太閤 | 본래 섭정攝政 또는 다죠다이진太政大臣의 경칭敬稱. 뒤에는 칸파쿠의 직위를 그 자식에게 물려준 사람에 대한 높임말. 여기서는 히데요시를 가리킨다.

탓츠케하카마裁着(ヶ)袴 | 무릎 언저리를 끈으로 묶어 아랫도리를 간단하게 한 치마바지.

토리이鳥居 | 신사 앞에 세우는 기둥문.

하카마袴 | 일본옷의 겉에 입는 아래옷. 허리에서 발목까지 덮으며 넉넉하게 주름이 잡혀 있고, 바지처럼 가랑이진 것이 보통이나 스커트 모양의 것도 있다.

하타사시모노旗差し物 | 갑옷의 등에 꽂아 표지로 삼는 작은 깃발.

해자垓子 | 성밖으로 둘러서 판 못.

헤이쿄쿠平曲 | 타이라平 가문의 흥망을 서술한 군담 소설『헤이케 이야기平家物語』에 곡을 붙여, 주로 비파를 반주로 하여 부르는 노래.

혈판血判 | 서약을 배반하지 않는다는 결의를 보이기 위해 손가락 끝을 베어 그 피를 도장 대신 찍음.

호궁胡弓 | 깡깡이 비슷한 동양 악기.

호로母衣 | 갑옷 뒤에 덮어씌워 화살을 막는 포대와 같은 천.

호인法印 | 호인다이카쇼이法印大和尚位의 준말. 승려의 최고직.

히에이잔比叡山 | 에이잔叡山이라고도 한다. 천태종天台宗의 총본산인 엔랴쿠 사延暦寺가 있는 산.

히타타레直垂 | 소매 끝에 묶는 끈이 달리고 옷자락을 하의 속에 넣어 입는 예복의 일종.

* 정식 일본 요리는 첫번째 상에 된장국, 회, 졸임, 야채 절임, 밥이 나오고, 두번째 상에는 물, 접시, 종지가 나온다.

《 임진왜란 》

1592(선조25)~1598년에 두 차례에 걸쳐 일본이 조선을 침입한 전쟁.

조선에 쳐들어온 일본군을 조선과 명明나라의 연합군이 물리친 전면적인 국제 전쟁. 임진년에
처음 발생하여 보통 '임진왜란'이라고 하며, '7년 전쟁'이라고도 한다. 그리고 1597년의 제2차
침략으로 일어난 전쟁만을 따로 언급할 때는 '정유재란丁酉再亂'이라고 부른다. 그 외 임진왜란
을 일본에서는 '분로쿠文祿 · 케이쵸慶長의 역役', 중국에서는 '만력萬曆의 역'이라고 한다.

◈ 임진왜란 직전의 동아시아 정세

● 16세기 후반의 조선과 일본

조선은 15세기 말부터 정치의 실권을 가진 훈척勳戚과 중앙 정계로 진출하던 사림士林 간의 권
력 투쟁이 격화되면서 연이어 사화士禍가 발생했다. 1567년 선조宣祖의 즉위를 전후하여 사림
정치가 확립되었지만, 그들이 바라는 혁신은 선조의 구신계舊臣系에 대한 비호와 내부 분열로
인해 파벌 정치의 양상으로 변질되었다. 더욱이 세금의 과중한 징수 등은 민심의 동요를 가져
왔으며, 군제軍制도 병농일치의 원칙이 붕괴되고, 지휘관들이 군사의 입번立番을 면제해주고
대가를 받는 풍조가 만연하면서 군사력이 약화되었다. 이때 이이李珥가 '10만 양병설'을 주장
하지만 실현되지 않았다.

◈「나고야 성도」 병풍

오다 정권의 뒤를 이은 도요토미 히데요시는 도쿠가와 이에야스와 연합하여 1587년 전국을
통일한다. 도요토미 정권은 통일 과정에서 도시 부상富商들의 협력을 기반으로 대륙과의 교
통 창구인 하카타博多 등을 장악하여 상권과 무역권의 통일적 확보를 꾀했다. 그리고 토지와
농민을 일원적으로 파악하기 위해 전국적인 토지 조사와 호구 조사를 실시하고, 새로운 신분
규정을 정하는 등 체제 정비를 서둘렀다. 그러나 도요토미 정권은 다이묘大名들의 전폭적인
지지를 얻지 못했고, 토지 소유에서 제외된 하급 무사들의 불만을 샀다. 더욱이 삼포왜란三
浦倭亂, 닝보寧波의 난亂 등으로 명·조선과의 무역이 거의 폐쇄되자, 정치적으로 강력한 다
이묘들의 무력을 해외로 분출시켜 국내의 안정을 기하고, 경제적으로 국제 교역상의 불리를
타파하기 위해 중국 침입을 통한 '체제 변혁'을 구상하게 되었다.

◈ 히젠 나고야 성 유적

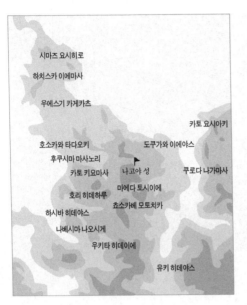

시마즈 요시히로

하치스카 이에마사

우에스기 카게카츠

카토 요시아키

호소카와 타다오키   도쿠가와 이에야스

후쿠시마 마사노리
카토 키요마사   나고야 성   쿠로다 나가마사
마에다 토시이에
호리 히데하루
쵸소카베 모토치카
하시바 히데야스

나베시마 나오시게

우키타 히데이에

유키 히데야스

◈ 나고야 성 종군 장수 배치도

도요토미 정권은 1591년부터 조선 침략을 위한 준비를 시작하여 큐슈九州 · 시코쿠四國 · 츄고쿠中國 다이묘들의 군대를 재편성했다. 히데요시는 그해 8월, 침략일을 다음해 3월 1일로 정하고 나고야에 지휘 본부를 건설하여 수륙군의 편성을 완료했다.

◈ 히젠 나고야 성 복원 모형(나고야 성 박물관 소장)

두만강
회령
경성
길주
단천
함경도
의주(임시 수도)
압록강
평안도
함흥
안변
평양
황주
평산
황해도
개성
연안
한양
경기도
강원도
여주
죽산
충주
단양
오령
죽령
안동
청주
문경
충청도
옥천
추풍령
상주
경상도
인동
성주
대구
경주
창녕
밀양
울산
의녕
동래
전라도
진주
창원 김해
부산포
사천
순천
고성
오우라
츠시마
이즈하라
이키
하카타
제주
나고야

────── 제1군(코니시 유키나가)
────── 제2군(카토 키요마사)
- - - - 제3군(쿠로다 나가마사)

◈ 일본군의 침공로

● 일본의 침략

1592년 4월 13일 코니시 유키나가가 이끄는 일본군 선봉대 1만 8천7백 명이 7백여 척의 병선에 나누어 타고 츠시마 섬의 오우라 항大浦港을 출발하여 부산포로 쳐들어왔다. 부산진 첨사 정발鄭撥은 적과 싸우다 전사하고 부산성이 함락되었다. 다음날 일본군이 동래성을 공격하자 동래부사 송상현宋象賢은 군민과 더불어 항전했으나 전사하고 동래성이 함락되었다. 18일에는 카토 키요마사의 후속 부대가 부산에, 쿠로다 나가마사의 제3번대가 다대포를 거쳐 김해에 상륙했다. 4~5월에 걸쳐 제4~9번대에 이르는 후속 부대가 상륙하여 수군 병력 약 9천 명을 합해 조선에 침략한 일본군의 총병력은 대략 20여만 명에 이르렀다. 부산·동래성을 함락한 일본군은 3로로 나뉘어 서울을 향해 북진을 계속한다.

◈ 조선으로 출항하는 카토 키요마사의 선단

◈ 조선으로 출항하는 이시다 미츠나리의 선단

◈「부산진순절도」

1592년 4월 13일 왜장 코니시 유키나
가의 제1번 부대가 부산진을 공격하
는 모습. 이 싸움에서 부산진 첨사
정발은 성을 지키다 순절한다.

◈「동래부순절도」

부산진 함락 후 왜군이 동래부를 공
격하는 모습. 이 싸움에서 동래부사
송상현은 관민들과 함께 순절한다.

● 수군의 승리와 이순신李舜臣

일본 수군은 남해와 서해를 돌아 육군에게 물자를 조달하면서 수로로 북상하는 작전을 세웠다. 당시 전라좌도 수군절도사였던 이순신은 임진왜란 발발 1년 전부터 일본군의 침입에 대비하여 수군을 훈련시키고 군량을 저장하고 있었다. 특히 그는 돌격선突擊船의 필요를 절감하여 조선 초기에 만들어졌던 귀선龜船(거북선)을 개량했는데 이는 일본 수군과의 해전에서 큰 위력을 발휘했다. 이순신 함대에 의한 해상권의 장악은 의병 활동과 함께 불리했던 전세를 역전시키는 데 결정적인 역할을 했다.

◈ 한산대첩에서 본 이순신의 전법

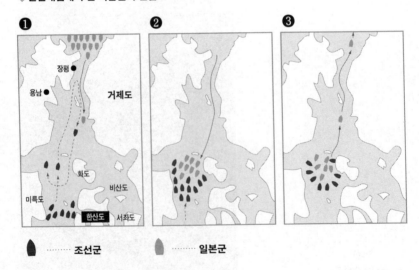

❶ 일본군이 조선군의 정찰선을 추적.

❷ 조선군이 학익진을 폄.

❸ 학날개 모습으로 포위하여 일본군을 괴멸시킴.

◈ **진주성**

김시민 등이 처음으로 왜군을 크게 이긴 곳.

◈ **탄금대**

신립 · 이일 등이 배수진을 치고 방어하던 곳.

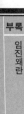

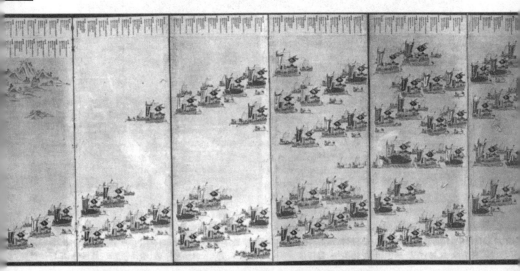

◈ 한산대첩에서 이순신 장군이 학익진을 펼친 모습을 그린 12폭 병풍

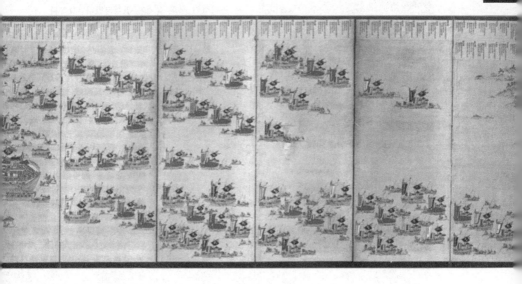

◈ 일본군 진영을 방문하는 심유경

● 휴전의 성립과 강화의 결렬

전쟁의 와중에서 코니시 유키나가의 강화 제의가 있었고, 1592년 6월 대동강변에서의 회담이 열린 것을 계기로 휴전 교섭이 시작되었으며, 명나라에서도 심유경沈惟敬을 일본 진영에 보내 강화를 추진했다. 그해 8월 평양에서의 강화 회담 뒤 평양 북방에 휴전선을 책정했고, 이후 본격적인 강화 회의가 진행되었다. 그러나 명과 일본 간의 강화 회의도 5년을 끌다가 결렬되고 말았다.

◈ 히데요시를 일본왕에 책봉하는 명나라의 책서

본래 히데요시는 강화의 조건으로 명나라의 황녀皇女를 후비後妃로 보낼 것, 일본과의 무역을 재개할 것, 조선 8도 중 4도를 일본에 할양할 것, 조선의 왕자 및 대신 12명을 인질로 줄 것 등을 요구했다. 심유경은 이 요구가 절대 받아들여질 수 없음을 알고 히데요시를 일본왕으로 책봉하고 조공朝貢을 허락해줄 것을 요구한다고 본국에 거짓 보고했고, 명은 1596년 사신을 파견해 히데요시를 일본 왕으로 책봉하는 책서策書와 금인金印을 전했다. 이에 히데요시는 크게 노하여 이를 받지 않고 조선 재침략을 기도하게 된다.

● 정유재란

일본은 강화가 결렬되자 1597년(선조 30)에 14만 1천5백여 명의 병력을 동원하여 재차 침략했다. 명나라도 병부상서 형개를 총독, 양호를 경리조선군무經理朝鮮軍務, 총병관 마귀를 제독으로 삼아 5만 5천 명의 원군을 보내왔다. 이때 조선군의 전선 동원 병력은 3만 명으로, 권율 부대를 대구 공산에, 권응수 부대를 경주에, 곽재우 부대를 창녕에, 이복남 부대를 나주에, 이시언 부대를 추풍령에 각각 배치했다. 7월 초 일본은 주력군을 재편하여 코바야카와 히데카네를 총사령관으로, 우군은 대장 모리 히데모토 이하 카토·쿠로다 등으로, 좌군은 대장 우키타 이하 코니시·시마즈 등으로 편성한 뒤 공격을 감행했다.

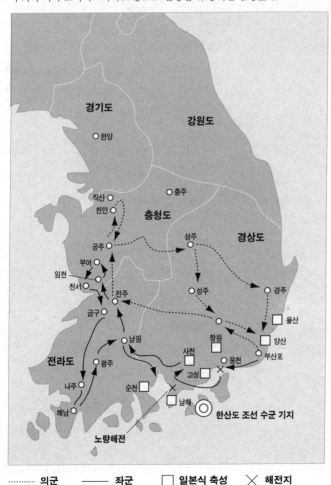

| ┈┈┈┈┈ 의군 | ──── 좌군 | ☐ 일본식 축성 | ✕ 해전지 |

◈ 일본군 침공로

◈ 「**조선군진도 병풍**」 | 울산성 공방전에서 농성하는 일본군을 포위한 조선과 명나라의 연합군을 묘사한

◈ 명랑대첩비

1597년 1월 일본군의 거짓 정보와 모함에 의해 이
순신은 파직당하고 원균이 삼도수군통제사가 되었
다. 원균이 이끄는 조선 수군은 일본군에게 대패하
고, 8월 초 다시 삼도수군통제사에 복귀한 이순신
은 9월 16일 12척의 함선을 이끌고 출동하여 서해
로 향하는 3백여 척의 일본 전선을 명랑鳴梁에서 대
파했다. 이 승리로 일본군의 수륙병진 계획은 수포
로 돌아갔고, 조선 수군은 다시 해상권을 장악했
다.

◈ **만인의총**

정유재란 때 남원성을 사수하다 전사한 전라병사 이복남 등 군·관·민을 합장한 묘역.

이순신의 조선 수군은 진린 지휘하의 명나라 수군과 함께 일본군의 퇴로를 차단하고자 11월 노량露梁에서 일본 전선 3백여 척과 해전을 벌였다. 그 결과 조선과 명이 일본의 함선을 2백여 척이나 격침시키는 최후의 승리를 거두었으나, 이순신은 전사하고 말았다. 이 노량해전을 마지막으로 일본과의 7년에 걸친 전쟁은 끝나게 되었다.

《 이순신 》

1545(인종 1)～1598(선조 31).

조선 선조 때의 명장.

삼도수군통제사三道水軍統制使를 지내며 임진왜란으로 나라가 존망의 위기에 처했을 때 바다를 제패함으로써 결정적인 전기를 이룩한다. 그의 우국지성과 고결한 인격은 온 겨레가 추앙하는 의범儀範이 되어 민족의 사표師表가 되고 있다. 본관은 덕수德水. 자는 여해汝諧.

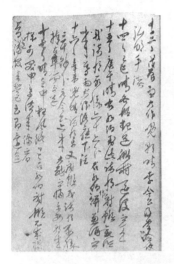

◈『난중일기亂中日記』

이순신이 임진왜란이 일어난 7년 동안 쓴 일기.
7책. 필사본.

이순신은 임진왜란이 일어난 다음달인 1592년(선조 25) 5월 1일부터 전사하기 한 달 전인 1598년 10월 7일까지 거의 매일 일기를 쓸 정도로 세심한 성품을 지녔다. 『난중일기』는 본래는 이름이 없었으나, 1795년(정조 19) 『이충무공전서』를 편찬할 때 『난중일기』라는 이름이 붙여져서 지금까지 불리고 있다.

◈ 현충사

◈ 이충무공묘

– 사적 112호

《 거북선 》

◈ **거북선**

조선 시대에 사용한 전투함. 일명 귀선龜船.

이순신은 임진년 6월 14일에 써올린「당포파왜병장唐浦破倭兵狀」에서 "신이 일찍부터 섬 오랑
캐가 침노할 것을 염려하여 특별히 귀선을 만들었습니다. 앞에 용두를 설치하여 아가리로 대
포를 쏘게 하고, 등에는 쇠꼬챙이를 꽂았으며, 안에서는 밖을 내다볼 수 있으나 밖에서는 안
을 엿볼 수 없게 해서, 비록 적선 수백 척이 있다 하더라도 그 속으로 돌입하여 대포를 쏠 수
있게 했습니다……"라는 구절로 거북선에 관하여 설명하였다.(1980년 해군사관학교에서 복원)

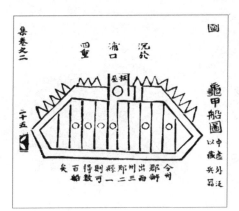

◆「귀갑선도」

이덕홍의 상소문에 첨부된 귀갑선
구상도.

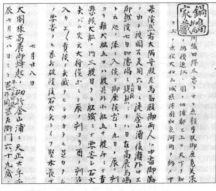

◆「고려선전기」

임진왜란에 종군한 일본군 토노오카
진자에몬이 임진년 7월 28일 부산포
에서 거북선에 대해 기록한 것 .

◆「인갑鱗甲 기록」

1748년(영조 24)에 작성된 경상좌수사 이언섭의 장
계 초본. 점 찍은 곳이 거북선의 기록 부분.

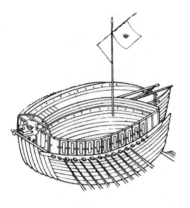

◆ 『이충무공전서』의 통제영 귀선(왼쪽)과 전라좌수영 귀선

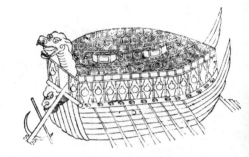

◆ 『이충무공전서』

≪ 일본 수군 ≫

◈ **아타케부네安宅船**

임진왜란 때 일본 수군의 가장 크고 대표적인 전투함. 센고쿠 시대의 전법과 조선술을 집결하여 완성한 수군 함대의 주력선. 아타케부네의 모습은 당시 도요토미가 조선을 침략하는 전진 기지로 삼았던 나고야 성 일대를 그린 「나고야 성도」 병풍 그림에 모두 세 척이 보인다.

임진왜란 때 이순신 장군은 아타케부네를 보고 층각선層閣船, 판각선板閣船이라고 하였고, 층각의 수에 따라 이층각선, 삼층각선 등으로 구분하였다.

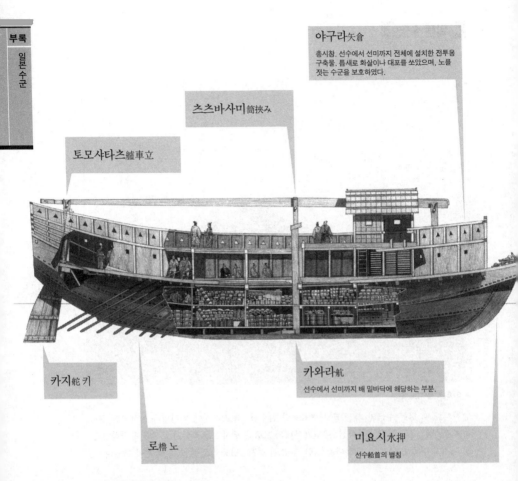

야구라矢倉
총시창. 선수에서 선미까지 전체에 설치한 전투용 구축물. 틈새로 화살이나 대포를 쏘았으며, 노를 젓는 수군을 보호하였다.

츠츠바사미筒挟み

토모샤타츠艫車立

카지舵 키

카와라航
선수에서 선미까지 배 밑바닥에 해당하는 부분.

로櫓 노

미요시水押
선수船首의 별칭

◈ 아타케부네의 내부

배의 앞머리는 거북이 등짝같이 강철판으로 장식하였고, 안에는 대포를 설치하여 정면에서 포격할 수 있게 하였다. 또한, 뱃머리에서 배의 뒷부분까지는 총시창(야구라)을 구축하고 방패판을 이어 붙여 갑판을 보호하였다. 방패판에는 활이나 소총을 발사하기 위한 총구멍을 뚫어놓았기 때문에 전후 좌우에서 사격할 수 있도록 하였다. 아울러 일부 방패판은 바깥쪽으로 눕힐 수 있도록 되어 있어 배 안에 있던 병사들이 적선에 뛰어들 때 상대방의 배에 걸쳐놓고 다리 역할을 할 수 있도록 고안되었다. 그리고 갑판 위에는 일본의 성곽처럼 별개의 이 층 또는 삼 층 구조의 누각이 형성되어 있다.

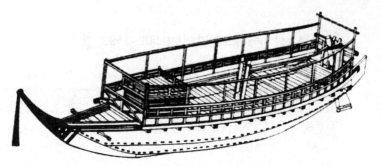

◆ 소조小早

관선과 소조의 차이는 배의 대소, 즉 배에 장착된 노의 숫자에 의해 좌우된다. 보통 배에 장착된 노가 30정艇 이하일 경우에 소조라고 하였으며, 그 이상일 경우는 관선이라고 하였다. 전투선과 전투선 사이를 오가는 연락 임무와 적정을 탐지하는 척후의 임무를 담당하였다.

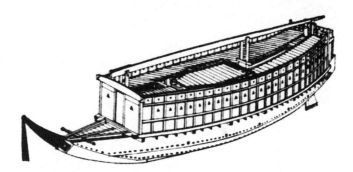

◆ 관선關船

일본의 전투함 중에서 아타케부네 다음 크기의 전투용 배. 아타케부네가 근대 해군의 전함에 해당하는 배라면, 관선은 순양함 같은 성격의 배.
빠른 속력을 이용하여 상대의 배에 접근해서 조총과 검 등으로 상대를 제압하였다.

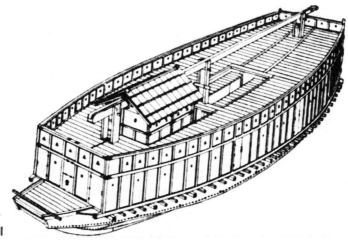

◆ 아타케부네

345

《 도쿠가와 이에야스 관련 연보(1592~1593) 》

◈ —서력의 나이는 도쿠가와 이에야스의 나이

일본 연호	서력	주요 사건
분로쿠 **文祿**	**1** **1592** 51세	정월 5일, 히데요시는 조선을 지나 명나라로 출병하기 위해 여러 장수들에게 출진을 명령한다. 또한 출정의 규칙을 정한다. 정월, 히데요시는 이키 및 코마에 금제禁制를 내린다. 같은 달, 이에야스의 여섯째아들 타다테루가 태어난다. 어머니는 야마다 씨. 2월 2일, 이에야스는 에도를 출발하여 16일에 쿄토에 들어간다. 3월 1일, 히데요시는 조선 정벌을 위한 쿄토 출발 예정을 변경한다. 눈병으로 10일로 연기된다. 3월 4일, 카토 키요마사는 이키를 향해 나고야를 출발한다. 3월 10일, 히데요시는 쿄토 출발을 거듭 연기한다. 3월 17일, 이에야스는 우에스기 카게카츠·다테 마사무네 등 여러 장수들과 함께 쿄토를 출발하여 히젠 나고야로 향한다. 3월 26일, 히데요시는 쿄토를 출발하여 히젠 나고야로 향한다. 4월 13일, 코니시 유키나가·소 요시토모가 부산진을 함락한다. 4월 17일, 카토 키요마사·나베시마 나오시게가 제2진으로 부산에 도착한다. 4월 18일, 쿠로다 나가마사·오토모 요시무네가 경상도 김해성을 공격한다. 4월 25일, 히데요시가 히젠 나고야에 도착한다. 5월 2일, 코니시 유키나가는 가운데 길로, 카토 키요마사는 동쪽 길로, 쿠로다 나가마사는 서쪽 길로 진격하여, 이날 한양을 점령한다.

일본 연호	서력	주요 사건
분로쿠 文禄		5월 4일, 일본 수군이 거제도 동쪽 앞바다에서 이순신에게 패배한다. 6월 3일, 히데요시는 이시다 미츠나리 · 오타니 요시타카 · 마시타 나가모리 등 세 부교를 조선에 파견하여 민정民政을 담당하게 한다. 6월 5일, 일본 수군은 당항포에서 재차 이순신에게 패배한다. 수군 장수 쿠루시마 미치유키가 전사한다. 7월 7일, 쿠키 요시타카 등의 수군이 조선 수군절도사 이순신의 수군에게 여러 차례 패배한다. 이날, 와키사카 야스지의 수군도 전라도 견내량에서 패배한다. 7월 22일, 히데요시의 생모 오만도코로가 사망한다. 향년 80세. 이날, 히데요시는 생모의 병환 소식을 듣고 급히 쿄토로 향한다. 7월 29일, 히데요시가 오사카에 도착한다. 8월 6일, 히데요시는 다이토쿠 사에서 오만도코로의 장례식을 거행한다. 9월 9일, 하시바 히데카츠가 조선에서 사망한다. 당시 나이 24세. 10월 1일, 히데요시는 재차 히젠 나고야로 향한다.
2	**1593** 52세	정월 5일, 오기마치 상황이 붕어한다. 향년 77세. 같은 날, 명나라 장수 이여송이 조선군과 함께 평양성에 임박한다. 정월 8일, 코니시 유키나가가 평양에서 크게 패한다. 정월 21일, 일본군이 한양성에서 퇴각한다. 정월 26일, 코바야카와 타카카게 · 타치바나 히로이에가 벽제관에서 명나라 군을 격파한다. 2월 16일, 카토 키요마사가 이여송을 개성에서 격파한

일본 연호	서력	주요 사건
분로쿠 文祿		다. 2월 17일, 히데츠구가 야마시로 오하라에서 사냥을 한다. 3월 15일, 코니시 유키나가는 명나라 사람 심유경과 회견하고 강화를 의논한다. 이날, 우키타 히데이에는 이시다 미츠나리, 오타니 요시츠구 등과 강화의 조건을 의논한다. 4월 3일, 히데요시는 조선에 있는 병사들의 도망을 단속할 것을 명령한다. 4월 12일, 히데요시는 도해渡海를 보류할 뜻을 발표한다. 아울러 일본군의 한양성 철퇴를 명한다. 같은 날, 코니시 유키나가는 심유경과 용산에서 다시 만나고, 강화의 조건을 검토한다. 5월 15일, 이시다 미츠나리 · 코니시 유키나가가 명나라 사신 사용재 · 서일관과 함께 히젠 나고야에 도착한다. 5월 23일, 히데요시는 처음으로 명나라 사신과 만난다. 6월 9일, 히데요시는 명나라 사신을 초대하여 뱃놀이를 한다. 6월 28일, 히데요시는 강화의 조건 7개 조약을 명나라 사신 사용재 · 서일관에게 제시한다. 8월 3일, 히데요시의 아들 히로이(히데요리)가 태어난다. 어머니는 요도 마님(챠챠히메). 8월 13일, 히데요시는 조선에 있는 여러 장수들에게 귀환을 명한다. 8월 25일, 히데요시는 히젠 나고야로부터 오사카로 돌아온다. 9월 상순, 오사카 도착. 8월 29일, 이에야스는 히젠 나고야에서 오사카로 돌아

일본 연호	서력	주요 사건
분로쿠 文祿		온다. 같은 날, 명나라의 심유경이 일본의 강화사 나이토 죠안과 함께 북경으로 향한다. 10월 1일, 히데요시는 히로이(히데요리)와 히데츠구 딸의 약혼을 결정한다. 10월 14일, 이에야스가 오사카를 출발하여 26일, 에도로 돌아간다. 12월, 이에야스는 후지와라 세이카에게 『정관정요』를 강의하게 한다. 이달 말, 이에야스는 재차 상경한다.

옮긴이 이길진李吉鎭

1934년 황해도 출생. 1958년 서울대학교 사회학과를 졸업하였다.
일본 문학 작품 및 일본 문화에 관련된 많은 책들을 유려한 우리말로 옮겼다.
주요 역서로는 가와바타 야스나리의 『설국』, 이마이 마사아키의 『카이젠』,
오에 겐자부로의 『사육』, 기쿠치 히데유키의 『요마록』,
야마오카 소하치의 『오다 노부나가』, 『사카모토 료마』 등이 있다.

| 부록의 자료 제공 및 감수는 고려대학교 일어일문학과 최관 교수님께서 해주셨습니다.

도쿠가와 이에야스 제18권

1판 1쇄 발행 2001년 3월 25일
2판 3쇄 발행 2023년 5월 1일

지은이 야마오카 소하치
옮긴이 이길진
펴낸이 임양묵
펴낸곳 솔출판사

주소 서울시 마포구 와우산로29가길 80(서교동)
전화 02-332-1526
팩스 02-332-1529
이메일 solbook@solbook.co.kr
홈페이지 www.solbook.co.kr
출판 등록 1990년 9월 15일 제10-420호

한국어판 ⓒ 솔출판사, 2001
부록 ⓒ 솔출판사, 2001

이 책의 '부록'은 독자들이 일본의 전국시대를 폭넓게 조망할 수 있도록
전공 학자와 편집부가 참여, 오랜 시간과 많은 비용을 들여 작성한 것입니다.
저작권자인 솔출판사의 서면 동의 없이 무단 전재와 무단 복제를 금합니다.

ISBN   979-11-86634-43-1 04830
ISBN   979-11-86634-22-6 (세트)

• 잘못된 책은 구입한 곳에서 바꿔드립니다.
• 책값은 뒤표지에 표시되어 있습니다.

코마키·나가쿠테小牧長久手 전투(1584) 병풍도 뒷부분.
오다 노부오, 도쿠가와 이에야스 연합군과
도요토미 히데요시 군의 전투 장면.